좋은 의사를 만난 환자는 행복하다

좋은 의사를 만난
환자는 행복하다

초판 1쇄 인쇄일 2017년 2월 13일
초판 1쇄 발행일 2017년 2월 20일

지은이 고병구
펴낸이 양옥매
디자인 이수지
교 정 조준경

펴낸곳 도서출판 책과나무
출판등록 제2012-000376
주소 서울특별시 마포구 방울내로 79 이노빌딩 302호
대표전화 02.372.1537 **팩스** 02.372.1538
이메일 booknamu2007@naver.com
홈페이지 www.booknamu.com
ISBN 979-11-5776-386-3(03810)

이 도서의 국립중앙도서관 출판시도서목록(CIP)은 서지정보유통지원 시스템
홈페이지(http://seoji.nl.go.kr)와 국가자료공동목록시스템
(http://www.nl.go.kr/kolisnet)에서 이용하실 수 있습니다.
(CIP제어번호 : CIP2017003601)

좋은
의사를 만난
환자는
행복하다

고병구 지음

책나무

참 못난 의사의 변

가난한 농사꾼인 부모님의 삶을 보면서 자란 저는 농사일만 아니라면 무슨 일을 해도 괜찮다는 생각을 하였습니다. 뜻하지 않은 인연으로 인문계 고등학교를 졸업하게 되었고, 은사님의 권유에 따라 의예과를 지원하였습니다.

그런데 합격자 발표를 보기도 전에 문득 '의사가 과연 내 적성에 맞는 걸까?' 하는 의문이 들었습니다. 물론 그때까지 한 번도 의사를 본 적이 없었습니다. 예과 과정을 마치고 본과인 의과대학을 다니면서도 진로에 대해 많은 고민을 했으나 의사가 되어 환자를 볼 마음은 생기지 않았습니다. 결국 졸업과 동시에 동기생들과는 다른 길을 택했습니다.

그러나 5년이 지나 임상의사의 길로 들어서게 되었고, 환자들을 대하면서 비로소 저의 생각이 잘못되었다는 사실을 깨닫게 되었습니다. 의술의 소중함을 모르고 배우기를 게을리했던 지난날이 너무나 후회스러웠습니다. 늦었지만 제대로 된 의사가 되겠다는 일념으로 더 많은 시간과 노력을 기울였으나, 헛되이 보낸 시간들에 대한 아쉬움을 지워 버릴 수는 없었습니다.

내과의원을 열고 몇 해가 지나 매일 같이 반복되는 진료 업무로 지쳐 가고 있을 때, 제 자신이 환자가 되어야 했습니다. 힘든 시간이었지만 의사로서의 소명에 대해 다시금 생각해 보는 소중한 기회였고, 새로운 각오로 환자들을 대할 수 있게 되었습니다.

지금은 의사로 살아가는 삶이 숨 쉬는 것만큼이나 자연스럽게 받아들여집니다. 세상일로 머리가 혼란스럽다가도 진찰실에 들어서는 순간 마음이 평안해지는 것을 느낍니다. 화장실 갈 여유조차 없을 만큼 시간에 쫓기면서도 환자들을 대하다 보면 어디선가 새로운 힘이 솟아나곤 합니다. 환자를 보는 것이 곧 제 자신을 치유하는 길이자 제가 힘을 얻는 비결입니다.

다소 먼 길을 돌아오긴 했으나 의사로 살아가게 된 것을 무척 다행으로 여깁니다. 하지만 저는 실력이 가장 뛰어난 의사도 아니고, 희생과 봉사를 목적으로 살아가는 의사도 아닙니다. 제 능력 안에서 원칙대로 환자를 진료하며 의사로서의 역할에 만족하는 그저 보통의 의사에 불과합니다. 어쩌면 남들보다 뒤늦게 깨달은 '못난이 의사'라는 말이 더 어울릴지도 모릅니다.

개원 의사인 제게 주어진 임무는 환자들의 질병을 조기에 발견하여 그분들의 고통을 덜어 드리고 최선의 치료를 받을 수 있도록 돕는 일입니다. 많이 질문하고, 작은 호소도 크게 듣고, 의심나면 다시 만져 보고 두드려 보고, 조그마한 실마리도 놓치지 않는 것이 최고의 비결입니다. 첫 단추를 잘 꿰는 일이라 생각합니다.

수많은 후배 의사들이 배출되고 경쟁이 치열해지면서 진료의 원칙이 흐트러지거나 환자와 의사 사이에 신뢰 관계가 무너지는 일이 잦아지고 있습니다. 우리는 세계에서 가장 편리하고 경제적인 의료 제도를 가진 나라이지만 불합리한 점도 적지 않습니다. 하루빨리 개선해 나가야 할 때라 생각합니다.

환자를 진료해 오면서 고민하고 생각했던 일들, 의협신문이나 지역의사회지에 기고했던 글들을 중심으로 엮어 보았습니다. 삭막하고 열악해진 진료 여건을 극복해야 할 후배 의사들에겐 꿈같은 이야기로 들릴 수도 있겠지만, 고통받는 환자들을 위해서 한번은 짚고 넘어가야 문제라 생각했습니다. 의사로서 좀 더 기본에 충실하고, 환자와의 관계는 신뢰의 바탕 위에서 진료가 이루어지기를 바라는 마음으로…….

하루 종일 하늘 한 번 바라볼 수 없는 진료실은 무척 좁은 공간입니다. 방송과 신문조차도 가까이할 기회조차 거의 없는, 어쩌면 세상과는 아주 동떨어진 공간이라 할 수 있습니다. 만나는 사람들 또한 매우 제한적입니다. 그들과의 대화는 언제나 질병과 고통에 대한 것들뿐입니다.

그런데 언제부터인지 세상 살아가는 이야기, 세상 돌아가는 이야기가 들려오고, 질병은 환자들만 앓는 것이 아니라 이 세상도 앓고 있다는 사실을 알게 되었습니다. 그러나 종일 환자들과 씨름하다 보면 이 세상에 대한 생각은 깡그리 사라져 버리고 맙니다. 그렇게 하루 일과를 마치고 진료실을 나서면 어둠 속에서 흔들리고 있는 세상이 다시 눈에 들어옵니다. 하지만 그런 세상을 위해 아무것도 할 수 없다는 사실에 마음이 무거워지곤 합니다. '병든 세상은 누가 고치지?'

그러던 어느 날, 가슴속에 묻어 두었던 이야기를 누군가와 나눠야겠다는 생각이 들었습니다. 하지만 10년이 지나서야 겨우 펜을 들게 되었고, 품고 있던 생각들을 글로 옮기는 데 또 10년이 흘렀습니다. 지나온 길을 돌아보고 또 앞으로 가야 할 길을 그려 보면서 글을 쓸 때마다 '아무리 세상이 흔들려도 나만은 흔들리지 말아야겠다.'고 스스로 다짐했습니다.

그렇게 칠삭둥이 같은 글들이 모였지만, 선뜻 세상에 내보일 수가 없었습니다. 초보운전처럼 용기를 내는 것이 두렵기도 했지만, 조용히 침묵하며 살아가겠다는 아내와의 약속을 지키기 위해서였습니다. 그러나 이제 그 약속을 깨뜨려야 할 때가 온 것 같습니다. 어려운 시대에 침묵하는 것도 잘못이라는 생각이 들었기 때문입니다. 하지만 이 글이 공개될 때쯤이면 어디론가 다시 숨어 버리고 싶은 마음이 될 것임을 압니다.

저의 좁은 식견으로는 이 사회를 이끌어 가는 원동력은 정치나 이념, 철학을 논하는 자들의 머리에서 나오는 것이 아니라, 바른 마음으로 자신의 역할에 충실한 사람들의 삶에서 흘러나와야 한다고 믿습니다. 그것이 가장 자연스런 변화이기 때문입니다. 진심으로 이 세상을 아끼고 사랑하며 묵묵히 자신에게 주어진 길을 가는 다수가 세상을 바꾸어 갈 때, 이곳은 우리 모두가 바라는 세상이 될 것입니다. 그리고 바르게 열심히 사는 길이 진정한 행복이라는 사실을 말하고 싶습니다.

저는 한 사람의 직업인으로서 제가 있어야 할 자리에서 주어진 역할에 충실하려고 노력하는 평범한 의사에 불과합니다. 앞으로도 저는 오직 그 일만을 위해서 살아갈 것입니다. 하지만 훨씬 더 어려운 여건 속에서도 진실과 더불어 살아가는 분들에 비해 보잘것없는 저의 삶이 많이 부족하다는 생각을 합니다. 원칙을 지키면서 땀 흘려 노력하는 모든 분들의 앞날에 행운이 함께하기를 기원합니다. '바르게 살아도 성공할 수 있다'는 데릭 벨의 말이 우리 모두에게 진리이기를 기대해 봅니다.

차례

차례

차례

1부

이 시대를 지키는 마지막 선비

제1장

좋은 의사, 행복한 환자

진료 일선에서 환자를 보는 개원 의사로서
어떤 열악한 조건 속에서도 흔들리지 않고
의사로서 지켜야 할 기본 원칙이 있다고 믿는다.
속속들이 허물어져 가는 세상을 바라보면서 의사는
이 사회를 지키는 진정한 선비가 될 수 있기를 기대해 본다.

1
의사의 자질

　인디언 출신으로서 보스턴의대를 졸업한 의사이며 작가로 활동해 온 오히예사(영어명: 찰스 이스트만)가 자신의 삶을 기록해 놓은 『인디언의 영혼』이란 책이 있다. 그 책에 이런 내용이 나온다.

　부족의 치료사로 일하는 그의 할머니가 막내 손자인 저자(오히예사)를 데리고 약초를 캐러 다니면서 나중에 크면 그에게 '약초의 비밀'을 가르쳐 줄 것이라는 약속을 한다. 그러면서 "네가 커서 올바른 사람이 못 된다면 난 이 보물들을 다른 형제들에게 전해 줄 거야. 치료사는 선하고 지혜로운 사람이어야 하기 때문이지. 위대한 전사가 되는 것도 바람직한 일이지만 훌륭한 치료사가 되는 것은 그것보다 더 고귀한 일이니까!"라고 말한다.

　그만큼 동서고금을 막론하고 뛰어난 의사가 되는 것은 매우 중요한 일이라는 사실을 알 수 있다. 그러나 뛰어난 의술을 지닌 의사가 되기 전에 갖춰야만 할 것이 있다. '올바른 사람', '선하고 지혜로운 사람'이 먼저 되어야 한다.

　이 시대를 지키는 마지막 선비

오늘날 성적이 우수한 대부분의 학생들이 의과대학을 지원하고 있다. 사람의 생명과 건강을 지키기 위해서 우수한 학생들이 의사의 길을 선택하는 것은 지극히 바람직한 현상임에 틀림없다. 하지만 그 전에 먼저 그 사람의 됨됨이, 즉 자질이 준비되어 있지 않으면 정말로 훌륭한 의사가 될 수 없다는 사실을 기억해야 한다. 따라서 학부모나 교육자는 자신의 자녀나 제자가 의사가 되기 위한 올바른 자질을 지녔는지 판단한 뒤에 진로 선택을 하도록 도울 필요가 있다.

그럼에도 불구하고 자질에 상관없이 오직 성적만 되면 누구나 의과대학을 지망하도록 권하는 것이 현실이다. 그렇게 의과대학으로 몰린 우수한 두뇌들은 자신들의 선택에 만족을 느끼며 의사가 되기 위한 힘든 과정을 기꺼운 마음으로 해낼 수 있을 것인가? 그렇게 해서 과연 훌륭한 의사가 될 수 있는가?

내가 의과대학을 다니던 시절에도 장차 의사가 되는 길로 들어선 것에 대하여 회의와 갈등 속에 방황하는 학생들을 여럿 보았다. 그 중 일부는 아예 진로를 바꾸기도 했고, 지금은 훌륭한 의사가 되어서 열심히 환자를 진료하는 사람도 있다. 그러나 의사가 되기 이전에 심각하게 고민하고 진로를 선택한 사람들보다는 권유에 의해 의과대학에 들어와서 공부에만 열중하던 사람들 중에 의사가 된 후 심각한 갈등에 빠지는 경우가 더 많다는 사실을 알게 된다.

이는 근본적인 자질의 문제라고 볼 수도 있지만, 그보다는 의사로서의 자질과 사명에 대한 인식을 교과 과정 중에나 혹은 그 이전

좋은의사를 만난 환자는 행복하다

에 충분히 채워 주지 못한 것이 더 큰 문제라 할 수 있다. '히포크라테스선서'나 '의사윤리선언' 같은 명문화된 선언문이 있어서 각종 행사에서 관례에 따라 손을 들고 선서를 하고 있지만, 형식이 사람의 바탕을 쉽게 바꾸지는 못한다. 환자 진료의 임무가 부여되기 이전에 의사로서의 자질을 먼저 갖출 수 있도록 대책이 마련되어야 한다.

그럼에도 불구하고 수년 전까지 의사들은 그 성실함과 유능함, 그리고 의사로서의 철저한 사명감에 대하여 일반인들로부터 매우 긍정적인 평가를 받아 온 것이 사실이다. 당시에는 대부분의 의사가 스스로 자긍심을 가지고 진료에만 전념할 수 있었다. 그러나 의약분업과 더불어 이 사회가 의사들을 보는 시각이 부정적인 평가로 바뀌고 말았다. 일부 부도덕한 의사들을 부각시켜 모든 의사들을 부도덕한 존재로 매도하는 사회적 분위기가 형성된 것이다.

거기다가 진료권에 대한 심각한 제한, 의사 수의 급격한 증가로 인한 치열한 경쟁 등으로 대부분의 의사들이 의사로서의 자존심도 잃고 절박한 경제적 위기에까지 몰리게 되었다. 그 결과 많은 의사들이 자괴감에 빠져서 진료 행태의 변화뿐만 아니라 진료실 바깥세상에 대한 관심이 높아지게 되었고, 순수한 의도(醫道)의 길을 걷는 의사들의 비율도 갈수록 줄어들고 있는 실정이다.

의료를 소비라는 관점에서 다룰 뿐 아니라 필수적인 것으로는 인식을 하면서도 소중한 것으로는 여기지 않는 국가 정책과 의사를 그저 돈만 아는 사람들쯤으로 치부되는 현실은 매우 안타까운 일이다. 기계를 제작하고 수리하는 일은 생산적인 업무로 인정을 하면서도 사람들의 고통을 치료하고 건강을 지켜 주는 일은 부수적인 서비스로 여기는 세태에 대한 서글픔을 지울 수가 없다. 선심 정책으로 이용하기 위해 정치적인 방식으로만 진행되어 온 의료 정책과 의약분업사태가 머지않아 또 하나의 부메랑이 되어 이 사회로 돌아오리라는 것은 쉽게 예상되는 일이다.

노블레스 오블리주(Noblesse Oblige). 그러나 '노블레스'는 고사하고 열악한 진료 현실로 인해 허물어져 가고 있는 수많은 의사들에게 과연 '오블리주'를 기대할 수 있을까? 오늘날 의사들에게 주어진 '오블리주'가 무엇인지 묻는 이가 있다면 '세상에 물들지 않고 순수한 열정으로 환자를 열심히 보는 것'이야말로 모든 의사가 언제까지나 지켜 가야 할 진정한 '오블리주'라 말하고 싶다.

좋은의사를 만난 환자는 행복하다

2
의사와 원죄

    해마다 이맘때가 되면 새내기 의사들은 환자와의 첫 대면에 가슴 두근거리며 밤잠을 설치고, 새로 전문의가 된 젊은 의사들은 각자 꿈을 펼치기 위해 자신의 진료 현장을 찾게 된다. 그러나 어둡기만 한 후배 의사들의 앞날을 바라보는 선배 의사로서 안타까운 심정을 금할 수가 없다.

    요즘 의사들이 안고 있는 문제와 고민들, 그리고 의사에 대한 이 사회의 인식에 대해 자주 생각해 보게 된다. 대부분의 의사는 개인 적인 학습 능력과 성실도 면에서 아주 뛰어날 뿐 아니라 사회 규칙 과 질서에 순종하며 살아온 사람들임은 어느 누구도 부인하지 못한 다. 그런데 어째서 이들이 의사면허증을 받는 순간부터 금방 이기 적이고 비양심적인 존재처럼 인식되고 마는가? 의사의 한 사람으로 서 그러한 사회적 인식에 대해 가슴이 아플 때가 많다.

    이 사회가 의사들을 이러한 시각으로 바라보게 된 원인은 무엇일 까? 분배에 대한 개념이 사회적 이슈로 떠오르면서 언제부터인지

'의사 = 가진 자'라는 등식이 성립되어 버렸기 때문이라 생각된다. 그뿐 아니라 많은 국민들은 의사가 대체로 교만하고 이기적이라는 인식을 가지고 있다. 당연히 의사는 사회적으로 지탄받아야 할 대상으로 떠오른 것이다.

그렇다면 의사들에 대한 이러한 시각을 단순히 사회적 인식의 탓으로만 돌릴 것인가? 그와 같은 부정적인 이미지는 의사들 스스로 자초한 바가 크다는 사실을 알아야 한다. 비록 늦기는 했지만 의사들 각자가 자신의 모습을 돌아보아야 할 때가 된 것이다. 그것이 근본적인 문제를 해결할 수 있는 지름길이라 생각된다.

현재 사회적으로 안정된 기반 위에서 살아가는 원로 의사들은 대체로 자신들의 노력과 능력에 의해 부와 명예를 얻게 된 것이 사실이다. 그러나 이들의 대부분은 가진 자로서 겸손함이 부족하였고 나누는 일을 등한히 하며 살아왔다. 의사가 절대적으로 부족하던 시절에는 그들의 삶의 태도와는 상관없이 사회적인 대우를 받으면서 살아갈 수 있었지만, 근래 십수 년 사이에 의사들의 숫자가 늘어나고 사회가 개방되면서 과거와 같은 의사들의 태도는 더 이상 용납받을 수 없게 된 것이다.

그와 동시에 매스컴과 각종 사회단체로부터 공격의 대상이 되어버렸다. 과거 선배 의사들에 대한 부정적 시각에서 비롯된 비난의 화살이 오늘날 진료 현장의 중심을 이루고 있는 젊은 의사들을 향해 쏟아지고 있는 것이다. 그러나 누구도 그것을 쉽게 피해 갈 수는 없다. 의사라는 이유 하나로 그들도 원죄를 안고 살아가야 하는 운명이다.

　과거에는 순수한 진료를 통해 얻는 수입만으로 의사는 일정한 부 (富)를 누릴 수 있었다. 그러나 불과 십여 년 사이에 대부분의 의사가 교과서적인 진료만으로 생계를 꾸려 가는 것은 불가능한 일이 되어 버렸다. 해마다 3,500명이 넘는 새로운 의사들이 쏟아져 나오는데, 의료수가는 물가상승률에 비해 거의 정체 상태에 머물러 있기 때문이다. 당연히 순수 진료에 의한 수입으로 살아가기를 포기하는 의사들이 늘어날 수밖에 없다. 더구나 경제적인 뒷받침이 되지 않는 젊은 의사들은 상대적으로 더욱 열악한 처지에 놓이게 된 것이다.

　이처럼 냉혹한 현실은 그들이 품고 있는 히포크라테스의 꿈을 무참하게 깨뜨릴 뿐 아니라 그들을 정신적인 공황 상태로 몰아가고 있다. 참으로 어두울 수밖에 없는 의사들의 미래이며, 그것은 동시에 우리 의사가 돌보아야 할 환자들의 미래라고 할 수 있다.

　그럼에도 불구하고 우수한 학생들은 의사가 되기 위해 오로지 의과대학으로만 몰려들고 있는 실정이다. 언론이 현실을 바로 비춰 주지 않기 때문이다. 오히려 '의사는 가진 자'라는 개념을 지나치게 강조한 나머지 부를 얻기 위해서는 곧 의사가 되어야 한다는 인식이 학생들뿐 아니라 모든 학부모들의 머릿속에 박혀 버린 것이다. 결국 의사가 되기 위한 진로를 택하는 젊은 인재들이 늘어날 수밖에 없다. 그러나 새로 의사면허를 받고 사회에 진출한 젊은 의사들이 오늘날 진료 현장에서 느끼는 절망감을 알게 된다면, 그들의 선택은 전혀 달라질 수도 있지 않을까?

장차 의사들이 이 사회로부터 질시받고 외면당하는 원죄에서 벗어나기 위해서는 진료 일선에 있는 의사들이 꼭 알아야 할 뿐 아니라 현재 의학을 공부하는 학생들이 제일 먼저 배워야 할 것이 있다. 그것은 '친절과 서비스'보다 더욱 중요한 것은 '겸손과 나누는 삶'이라는 사실이다.

그러나 아쉽게도 이미 생계를 위해 순수 진료를 포기한 많은 의사들을 그들 본래의 자리로 돌아오게 할 수는 있을까? 그리고 새로 배출되는 젊은 의사들의 가슴속에 품고 있는 의사로서의 꿈을 과연 이 땅에서 펼칠 수 있을까? 지금 의사들이 지니고 있는 원죄로부터 자유로워지는 날, 그 꿈은 이루어질 수 있으리라 믿는다. 그러나 그것이 결코 쉬운 일은 아니라는 사실 앞에서 다시 한번 고민하지 않을 수가 없다.

하지만 이 모든 열악한 현실적 여건에도 불구하고 현실과 타협하는 부끄러운 의사가 되지 말고 처음 의사의 길로 들어설 때 품었던 히포크라테스의 꿈을 언제까지나 지켜 갈 수 있기를 간절히 소망한다.

좋은의사를 만난 환자는 행복하다

3
좋은 의사를 만난
환자는 행복하다

두 달간 호흡 곤란으로 고통을 받으시던 장인어른께서 세상을 떠나셨다. 지난 10월 중순 감기에 걸리시는 바람에 기침과 호흡 곤란으로 한 달간 종합병원에서 입원 치료를 받으시고 퇴원을 하였다가 다시 증상이 악화되어 대학병원에 입원하여 치료를 받으시던 중이었다.

장인어른의 건강에 처음 이상이 나타난 것은 20년 전 당뇨에 걸리셨을 때이다. 한동안 어려움을 겪으시긴 했으나 가벼운 운동과 식이요법만으로 혈당 조절을 하실 수 있었다. 그 다음은 당뇨가 온 지 5년째 되던 해에 급성관상동맥질환으로 인해 관상동맥이식수술을 받으시게 된 것이다. 더 큰 위기였지만 무사히 넘기고 건강도 되찾으시는 것 같았다.

그런데 11년 전, 특발성폐섬유증을 앓게 되시면서 다시 긴장하지 않을 수 없었다. 빨리 진행되는 경우 수개월 만에 목숨을 잃을 수도 있는 병이었기 때문이다. 다행히 진행이 다소 완만하여 가벼운 나

이 시대를 지키는 마지막 선비

들이와 일상생활은 웬만큼 하실 수가 있었다. 그러나 최근 1~2년 사이에 호흡 곤란이 심해지신 다음부턴 주로 집안에서 보내시며 틈 틈이 붓글씨를 쓰시는 게 일과의 전부였다.

풍채가 좋으시던 분이 병상에서 수척한 모습으로 아내와 내 손을 잡으시며 "너희가 있어 참으로 행복했고 고마웠다."고 하실 때는 '어쩌면 우리에게 주시는 마지막 말씀이 아닌가?' 하는 생각에 두려운 마음이 들었다. 신혼 초 아내는 학교에 매여 있었고 집 얻을 형편도 되지 않아 지금 군의관으로 근무하는 아들이 중학교를 졸업할 때까지 처가에서 보내야만 했다. 평생을 교직에 몸담아 오신 분이라 원칙밖에 모르시고 과묵하신 편이었지만 마음속으론 언제나 우리를 믿고 아껴 주셨다.

진작부터 예상은 했던 일이지만 막상 닥치고 보니 의사이면서도 좀 더 생명을 지켜 드리지 못한 데 대한 죄책감을 떨쳐 버릴 수가 없다. 최고의 인력과 시설을 갖춘 대학병원에서 생을 마감하셨으니 여한이 없다지만 지난 일을 되새기며 아쉬움을 달래고는 한다. 한 편 절박했던 순간들에 대한 대처가 미흡하진 않았는지 가족이기에 앞서 의사의 한 사람으로서 냉철한 마음으로 되짚어 보게 된다.

정말로 피할 수 없는 위기였을까? 좀 더 고통을 덜어 드릴 수는 없었을까? 온갖 투약과 산소호흡기의 신세를 지시면서도 가쁜 숨을 몰아쉬며 괴로워하시다가 위장 출혈까지 겹쳐 온몸의 통증을 호소하실 때는 정말로 막막하기만 했다. 겨우 출혈 부위를 찾아 지혈을 시키고 '이제 회복되시려나?' 했는데 상태가 더욱 악화되어 중환자실로 모셨더니, 외롭고 삭막한 분위기를 견디지 못해 일반 병실로 옮겨 달라고 애원하시던 모습이 머리에서 지워지지 않는다.

의사가 환자와 첫 대면을 할 때 어떤 마음가짐이어야 할까? 수시로 변하는 환자의 상태 앞에서 의사는 어떻게 대처해야 할까? 생사의 기로에 놓여 있는 환자를 위해 의사가 할 수 있는 가장 의미 있는 일은 무엇일까? 세 가지 질문을 두고 고민하다가 내 아들을 비롯하여 같은 의사의 길을 걷고 있는 후배 의사들에게도 들려주고 싶은 말이라 생각되어 그 답을 기록해 본다.

첫째, 환자에 대한 애착을 가져야 한다.

'반드시 이 환자를 살려 내고 말겠다. 반드시 낫게 하겠다.' 전적으로 자신을 의지하는 환자에 대한 애착이며 책임 의식이다.

아무리 비싼 옷이라도 몸에 맞지 않으면 좋은 옷이라 할 수 없다. 일률적인 고가의 세트형 검사와 최고의 의술이 최선의 치료가 아니다. 각각의 환자를 위한 맞춤 진료가 이루어져야 한다. 이를 위해서는 환자에 대한 깊은 관심과 이해가 필요하다. 그에게 정말로 필요한 것이 무엇인가를 알고 애착을 가질 때에 비로소 맞춤 진료가 가능해진다. 새롭고 많은 지식이 필요하지만 환자에게는 저마다 몸에 맞는 옷을 입혀야 한다. 좋은 의사란 뛰어난 실력과 맞춤 진료를 잘하는 의사라 할 수 있다.

둘째, 신속하게 대처하는 의사가 되어야 한다.

이 시대를 지키는 마지막 선비

'이 환자는 지금 어떤 상태이며 앞으로 어떤 변화가 일어날 것인가?' 수시로 변하는 환자의 상태를 의사가 읽어 내지 못하면 환자는 위기에 빠질 수밖에 없다.

의사가 부지런하지 않으면 환자의 상태를 제대로 파악할 수 없고, 변화를 예측하는 것은 더구나 불가능하며, 신속하게 대처하는 것은 더더욱 불가능한 일이다. 자칫 뒷북치는 의사가 되기 쉽다. 일부 질환을 제외하곤 환자의 상태가 갑자기 악화되는 경우는 거의 없다. 대체로 미리 전조 현상이 나타나기 때문이다. 환자가 의외의 고통을 호소할 때 의사는 반드시 그 원인을 밝혀내야 한다. 환자의 고통 소리를 건성으로 듣는 의사는 올바른 답을 찾을 수 없다.

셋째, 마음이 따뜻한 의사가 되어야 한다.

'나는 이 환자를 제대로 돌봐 주고 있는가? 내가 이 환자를 위해 할 수 있는 최선은 무엇인가?' 생사의 갈림길에 놓여 있는 환자 앞에서 의사가 수시로 마음속에 던져 보아야 할 질문이다.

가족이나 친구, 종교를 통해 환자는 많은 위로를 받는다. 하지만 환자가 누릴 수 있는 또 하나의 위로가 있다면, 그것은 바로 자신을 돌보고 있는 의사로부터 얻는 충만감이다. 마음이 따뜻한 의사가 생의 마지막 순간을 지켜 준다는 사실만으로도 환자는 큰 위안을 받는다. 환자로서는 이보다 더 큰 행운이 없다. 몸은 고통 속에 잠겨 있을지라도 마음만큼은 행복을 맛보아야 할 사람들이 환자들이다.

좋은의사를 만난 환자는 행복하다

환자를 위해 자기를 희생하며 모두를 바치는 의사를 최상의 의사라 할 수 있다. 하지만 모든 의사가 그렇게 될 수는 없다. 그것은 종교적인 소명의식과 특별한 신념이 없이는 불가능한 일이기 때문이다. 지금 우리에게는 최상의 의사가 아니라 좋은 의사, 더 바란다면 '참 좋은' 의사가 필요하다.

환자가 겪는 고통이 어디서 비롯된 것인지를 철저히 확인하고, 경과가 기대에 미치지 못하면 거듭 환자를 살펴보고 이미 나와 있는 각종 검사 결과와 기록들을 다시 검토하면서 어떻게 접근해 가야 할지를 결정해야 한다. 귀와 눈과 손이 무딘 의사가 되어서는 안 된다. 아무리 바쁘고 피곤할지라도 정말로 필요한 순간에 발은 수고를 아끼지 말아야 한다. 도저히 시간을 낼 수 없을 만큼 바쁘다 할지라도, 그것이 위기에 처한 환자를 돌아보지 못한 데 대한 핑계가 될 수는 없다.

좋은 의사를 만나는 환자는 진정한 행복을 맛볼 수 있다. 비록 죽음 같은 고통에 싸여 있을지라도 전심으로 자신을 돌봐 주는 의사를 만난 환자는 기쁨을 경험하게 될 것이다. 그런 환자는 자신이 겪는 질병으로부터 오는 고통을 훨씬 가벼운 마음으로 받아들일 수 있다.

좋은 의사를 만난 환자는 행복하다.

이 시대를 지키는 마지막 선비

4
개원 의사의 기본 수칙

요즘 각종 모임이나 세미나에서 의사들끼리 만나게 되면 신나는 이야기는 좀체 들을 수가 없다. 한결같이 어떻게 하면 적자 운영이라도 면하여 살아남을까 하는 이야기들뿐이다. '대부분의 의사들이 이럴진대 일반 서민들이야 오죽하랴!' 싶지만 '그래도 이건 아니다.' 하는 생각이 든다. 의사들의 고통스런 소리가 커지다 보면 머지않아 '이들에게 병든 몸을 맡겨야 하는 환자들의 고통이 외면당하는 날은 오지 않을까?' 하는 두려운 마음이 앞서기 때문이다.

의약분업이 시작될 즈음 '의사는 우리 사회에 남아 있는 마지막 선비'라는 어느 작가의 말에 깊은 공감을 느낀다. 속속들이 허물어져 가는 세상을 바라보면서 의사는 이 사회를 지키는 진정한 선비가 될 수 있기를 기대해 본다.

진료 일선에서 환자를 보는 개원 의사로서 어떤 열악한 조건 속에서도 흔들리지 않고 의사로서 지켜야 할 기본 원칙이 있다고 믿는다. 당장 배고픈 의사들에게는 꿈같은 소리이고 가슴에 불을 지르

좋은의사를 만난 환자는 행복하다

는 말이 될지 몰라도 '그래도 의사는 이렇게 살아야 한다.'고 생각한다. 그것이 환자를 위하는 일이고 환자들의 신뢰를 받으며 이 어려운 시대에 오래도록 살아남을 수 있는 비결이라 믿는다.

첫째, 질문을 많이 던져라.

몇 마디 증세만 듣고 섣불리 판단하여 처방을 내리는 것은 금물이다. 의사 앞에서 자신의 아픈 곳에 대해 적절하게 표현하지 못하고 '어디가 아프다'는 말만 되풀이하는 환자들이 많다. 의사소통이 되지 않는다고 성급한 결론을 내렸다가는 오진하기 십상이다. 환자가 힌트를 주지 않으면 천하의 명의라도 소용없다. 성가실 만큼 꼬치꼬치 캐물어서 '이것이다!' 하는 확신이 설 때 처방을 내려야 한다.

둘째, 내진을 충실히 하라.

말만 듣고 대충 넘어가지 마라. 직접 손으로 확인하고, 정말 밝히고자 하는 마음으로 청진기를 들이대야 한다. 건성으로 흉내만 내는 진찰은 눈가림에 불과하다. '이 정도면 충분하다.'는 혼자만의 착각이 환자를 위험에 빠뜨리거나 다시는 그 환자를 볼 수 없게 만들지도 모른다. 각종 검사는 이미 알고 있는 사실을 재확인하는 과정에 불과할 뿐이다.

셋째, 환자에게 솔직하게 대하라.

자신의 실력으로 잘 모르는 것이 있으면 환자에게 솔직하게 인정하라. 의사가 무슨 만물박사도 아니고 그 복잡한 의학지식을 어찌다 알 것인가? 자신이 아는 것만 치료해 주는 것이 바로 그 환자를 행복하게 해 줄 수 있는 비결이다. 환자는 실험 도구가 아니고 버려도 그만인 고장 난 기계도 아니다. 모르는 것은 깨끗이 단념하고 자신의 한계를 인정하는 태도를 가질 때, 비로소 환자들의 신뢰를 얻을 수 있다.

넷째, 동료 의사를 잘 활용하라.

워낙 방대한 분야에다 깊이를 더하다 보니 이제는 아무리 뛰어난 의사라 하여도 혼자서 모든 것을 잘할 수는 없다. 세분화된 전문적 지식으로 잘 준비되어 있는 동료를 활용해야 한다. 나보다 더 잘 돌보아 줄 수 있는 동료 의사를 소개해 주는 것만으로도 의사로서의 역할은 충분히 수행한 셈이다. 자신이 잘할 수 있는 것, 개원 의사의 수준에서 보편적으로 다룰 수 있는 치료의 범위를 넘어서지 않는 것이 중요하다.

다섯째, 항상 배우는 자세를 가져라.

국가고시나 전문의 자격 취득 후 4~5년이 지나면 알고 있던 지식은 이미 낡은 것이 되어 버리거나 많은 부분을 잊어버리게 된다. 이 때부터는 수시로 배움의 기회를 찾아서 재충전해야 한다. 요즘 각종 의학연수강좌나 세미나에서 머리가 허연 선배 의사들의 모습을 많이 발견할 수 있다는 것은 참으로 다행한 일이다. 끊임없이 배우

좋은의사를 만난 환자는 행복하다

면서 진료실을 지킬 때에 환자들에게 최적의 치료가 이루어질 수 있다.

　마지막으로 한 가지를 더한다면, 의사로서의 자존심을 잃지 마라!
　의사로서 잘나서가 아니라 내가 진료하는 환자에 대하여 가장 많이, 정확하게 알고 있는 전문가로서의 자존심을 걸고 내 환자를 돌보고 지켜 내야 할 임무가 있기 때문이다. 비록 충분한 보상이나 장래에 대한 보장은 없지만 '이 시대를 지키는 마지막 선비'라는 말에 자부심을 갖고 스스로 무너지지 않기를 바란다.

5
무능한 의사는
도태되어야 한다?

요즘 가장 안정된 직업으로 알려져 있는 의사들 중에서도 적자 운영에 시달리다가 빚만 안고 폐업하는 경우를 자주 보게 된다. 심지어 최근 4~5년 사이에 십 수 명의 의사가 경영난을 이기지 못해 자살로 생을 마감하기도 하였다. 그러나 의사가 아닌 친구들과 대화를 나눠 보면, 이와 같은 현상을 해당 의사의 개인적 무능에서 비롯된 당연한 결과로 받아들이는 것을 볼 수 있다.

정부의 의료 정책 역시 의사들을 더욱 위기로 몰아갈 뿐, 이런 문제를 해소하려는 노력은 찾아보기 어렵다. 고학력 실업자가 넘치는 국내 현실을 생각하면 지금 의사들이 겪고 있는 고통도 그중의 하나라고 생각할 수도 있다. 그러나 현재 의사들에게 닥친 위기를 의사 개인의 문제로만 봐야 할지, 또 이 문제가 장차 국민 건강에는 어떤 영향을 미칠 것인지 헤아려 볼 필요가 있다.

첫째, 어떤 의사를 무능한 의사라고 하는가?

좋은의사를 만난 환자는 행복하다

결론부터 말하면 무능한 의사는 없다. 초 · 중 · 고등학교를 거치면서 언제나 선두만 달리다가 치열한 경쟁을 거쳐서 의술의 길로 들어선 사람들이 의사들이다. 더구나 중 · 고등학교 시절보다 더 빽빽한 학과 수업과 하루가 멀다 하고 시험을 치르면서 실력을 쌓고 국가가 인정하는 자격을 취득한 사람들이 지금의 의사들이고, 피고름이 튀고 고통과 비명이 난무하는 환경 속에서 수년간의 엄격한 수련 과정을 거쳐서 자격을 취득한 사람들이 바로 전문과 의사들이다. 그런데도 그들의 진찰실 앞에는 환자들의 발길이 줄어들고 있는 것이 현실이다.

최고의 두뇌와 지성을 가지고 최신의 의술을 익힌 사람들을 무능하다고 말한다면 무능하지 않은 사람은 누구인가? 진료실에만 갇혀 살다 보니 세상을 사는 기술이 떨어지고 융통성과 타협을 모르는 것을 '무능'이라 하는가? 의학적인 실력을 도외시한 채 환자들의 많고 적음으로 의사의 유 · 무능을 판단한다면, 그것은 분명 잘못된 기준이라 할 수 있다.

지금도 길거리에 나서 보면 귀동냥으로 얻어 들은 실력, 어깨너머로 익힌 기술, 엉터리로 아는 잡술로 환자들을 치료한답시고 설치는 사람들이 넘치는 것을 볼 수 있다. 각종 매체에서는 자칭 일인자가 되어 도가 넘치는 광고로 환자들을 유혹하는 예도 얼마든지 볼 수 있다. 수백, 수천만 원씩 쏟아붓는 광고를 믿고 그들을 찾는 환자들은 또 얼마나 많은가? 그런 자들의 술수에 속아서 효과도 불분명한 치료비뿐 아니라 비싼 광고비까지 부담하고 있는 국민들의

이 시대를 지키는 마지막 선비

의식에 안타까움을 금할 수가 없다.

둘째, 어떤 의사가 도태되어야 하나?

한마디로 부패한 의사는 도태되어야 한다. 환자의 생명과 고통을 볼모로 돈벌이에만 집착하는 의사, 양심을 속이고 불법을 저지르는 의사는 도태되어야 한다.

그런데 이와 같이 의사로서의 기본적 자질을 갖추지 못한 의사가 도태되어야 함은 지극히 당연한 일이지만, 대부분의 평범한 의사들이 도태될 위기에 처해 있다면 이는 심각한 문제가 아닐 수 없다. 의사로서의 실력과 자질은 유능한 사람들이 아쉽게도 사회적으로 무능하기 때문에 의사로서의   신념은 고사하고 부패의 나락으로 떨어질 위기에 처해 있기 때문이다.

하루 종일 100명의 환자를 보아도 20여 명만 보는 외국 의사들의 수입에 미치지 못하는 의료수가로 종일 50명도 채우지 못하는 의사가 전체의 절반에 달하고, 그보다 적게 30명 미만을 보는 개원의가 4분의 1이나 되는데, 그들이 어떻게 정상적인 방법으로 의원을 운영해 나갈 수 있겠는가? 경쟁에 밀려 값비싼 시설 투자를 하여도 수익은 고사하고 빚만 늘어나는 것이 개원가의 현실이다. 우리나라의 의료수가가 다른 OECD 국가들에 비해 3분의 1 혹은 5분의 1에 불과하다는 사실을, 정부도 언론도 외면하고 있을 뿐이다.

이미 부패한 의사가 양산체제로 들어섰고 오늘은 아니지만 내일 또 모레는 부패의 길을 걸을 수밖에 없는 것이 대한민국 의사들의 미래이다. 머지않아 거의 모든 의사가 부패라는 멍에를 지고 도태되어야 할 운명을 향해 가고 있는 것이다. 문제는 적정 투자 적정 진료가 아니라, 과잉 투자 염가 진료가 문제인 것이다.

　셋째, 의사들이 부패한다고 환자들이 고통을 받게 되나?

　이 사회는 아직도 의사들을 화려한 모습으로 인식할 뿐 아니라 지금도 의과대학을 지망하는 우수한 학생들의 발길은 끊어질 줄을 모른다. 그러나 많은 의사들이 폐업을 하고 신용불량자가 되어 전전긍긍하고 있다는 사실을 알아야 한다. 의약분업 이후 이미 십여 명의 의사가 경영난을 이기지 못해 스스로 목숨을 끊고 말았다. 의사라는 자존심 때문에 하소연도 못하고 숨죽이며 지내다가 자살이라는 극단적인 선택을 해 버린 것이다. 그들이 차라리 부패한 의사의 길을 택했더라면 그 자신과 가족들을 위하여 오히려 다행한 일이 아니었을까?

　모든 일차 진료기관은 무너져도 상관없다는 사고가 현재 추진되고 있는 의료 정책의 곳곳에서 드러나고 있다. 쏟아지는 의사들과 넘치는 병·의원들 중에서 환자들이 찾아갈 곳이 없으랴만, 지금까지 손쉽고 저렴하게 치료받을 수 있었던 동네의원들이 무너지게 된다면 그 고통은 결국 환자들의 몫이 될 수밖에 없다.

　밤낮을 새우며 4~5년씩 갈고 닦은 전문과목을 포기하고 비급여, 비교과서적인 진료로 눈길을 돌리는 의사들이 늘어날 때, 환자들의 발길은 어디로 향해야 하는가?

넷째, 의사들의 부패를 막을 비결은 무엇인가?

이 정부가 국민의 건강권을 보호하는 것이 중요하다는 사실을 알고 있다면, 국민의 건강을 책임지고 있는 의사들에게 적정한 투자에 대해 적정한 수입을 보장받게 해야 한다. 사업가들처럼 감히 부자 의사가 되기를 바라지는 못하지만, 망해 가는 가난한 의사가 되게 하지는 말아야 한다. 의사이니까 잘살게 해달라는 말이 아니라, 환자들에게 고통이 돌아가지는 않게 해달라는 말이다. 아무리 철저한 통제를 하더라도 생존의 기로에서 목숨을 걸고 저지르는 범죄는 막을 수가 없기 때문이다.

만일 이 정부가 영국식의 사회주의적 의료 정책을 선호하고 공공의료를 지향한다면, 영국처럼 의사들의 배출에 소요되는 모든 비용과 의료시설 전반에 투자되는 일체의 비용을 국가에서 부담해야 한다. 그리고 의사들 개개인에 의한 고비용 투자로 말미암아 부패할 수밖에 없는 현재의 의료체제를 폐지하고 모든 의사를 공직으로 받아들여야만 할 것이다. 또한 영국처럼 국민 의료비도 일반조세에 포함시켜 국가 재정에서 부담토록 해야 한다. 국민 각자에게 별도의 보험료를 부과하고 또다시 환자 개개인에게 진료비를 부담시키는 것만으로도 공공의료의 순수한 의미는 훼손된다는 사실을 알아야 한다.

이도 저도 아니라면, 앞으로 배출될 의사들의 숫자를 확 줄여 달라는 것이다. 미래가 보장되지 않는 의사들, 부패의 길을 걸을 수밖에 없는 의사들, 환자들에게 고통만 안겨 줄 위험 요인이 될 의사들의 배출을 원천적으로 막아 달라는 말이다. 지금 진료 일선에 있는 의사들에게조차 기대하기 어려운 히포크라테스 정신을 더욱 열악한 여건 속에서 살아갈 수밖에 없는 미래의 의사들에게서 어떻게 기대할 수 있겠는가?

지금도 수련 중에 배운 아까운 의술을 사장시키고 대체요법이나 비만과 미용클리닉에만 매달려야 하는 의사들을 많이 볼 수 있다. 뒷골목이나 동네 어귀를 지키고 있던 낡은 의원 간판들이 지난 수년 사이에 모두 사라지고 말았다. 그 대신 번화한 네거리마다 화려한 색상과 번쩍거리는 네온으로 장식한 병·의원 간판들이 넘쳐나고 있는 것은 과연 성공의 표시인가, 생존의 전략인가?

스스로 의사이면서 같은 의사들의 아픔을 건드리는 것은 고통스런 일이지만 머지않아 이보다 더욱 심각한 사태가 일어날 것임을 예견하며, 이러한 사실을 이야기하지 않을 수 없었다. 그러나 우수한 인력들이 값비싼 투자를 하여서 얻는 것이 이처럼 비참한 현실이라면, 그들의 선택을 비난만 할 수는 없다. 의사들을 부패의 길목으로 내몰고 있는 정부의 잘못된 의료 정책이 시정되지 않는다면 이 문제는 결코 해답을 찾을 수 없기 때문이다. 그동안 배우고 익힌 아까운 지식들이 환자들을 위해 제대로 활용될 수 없는 아픔이 많은 의사들의 가슴속에 분노처럼 응어리져 있다는 사실을, 행정 당국자나 정책 입안자들은 기억하여야 할 것이다.

공공성을 내세우며 철저한 통제로 묶어 두고 의사들끼리 경쟁을 붙여서 최상의 서비스를 도출해 낸 우리 정부의 의료행정이야말로 그 기발함은 가히 천재적이라 할 수 있다. 투자는 의사들 각자의 주머니를 털어서 하게 만들고 한정된 재화(의료비) 속에서 살아남기 위해 의사들끼리 치루는 과당경쟁에서 나오는 서비스를 우수한 정책의 탓으로 돌린다면, 그 얄팍한 속임수가 얼마나 오래갈 것인가? 원칙이 무시되는 선심행정 덕분에 머지않아 아픈 환자들에게는 격심한 고통이 가중될 것임은 조금만 앞을 내다볼 줄 아는 사람이라면 누구나 짐작할 수 있는 일이다.

의사들이 배운 뛰어난 의학 지식이 국민 건강을 위하여 바르게 사용될 수 있도록 다시 기본 진료의 영역으로 그들을 끌어들이는 일에 정부는 최선을 다하여야 할 것이다.

(2005년 8월)

---

* 전체 개원의(22,928명) 중 하루 진료 환자가 50명 미만인 의사가 47.1%이고, 30명 미만인 의사가 24.9%에 달한다(2007년 한국보건사회연구원 자료 참조).

** 이 글을 쓴 지 3년이 지나고 정권도 바뀌었지만 아쉽게도 의료정책의 흐름은 전혀 바뀔 줄을 모르고, 개원 의사들은 훨씬 더 열악한 형편에 처하고 말았다.

　　　　　　　　　　　좋은의사를 만난 환자는 행복하다

6
환자와 의사

　요즘은 대체로 '좋은 의사'의 조건으로 환자에게 친절하고 설명을 잘해 주는 의사를 첫손가락에 꼽는다. 의사로서의 실력보다 서비스가 뛰어난 의사가 환자들에게 인기를 얻는 것은 어쩌면 당연한 일인지도 모른다.

　그러나 같은 의사의 입장에서 '좋은 의사'에 대한 기준을 든다면, 실력 있고 환자에게 성실한 의사가 가장 뛰어난 의사라고 생각된다. 진찰실 혹은 병실에서 환자에게 최선을 다하는 의사가 환자에게는 가장 큰 도움이 되기 때문이다. 의사에게 있어서 환자를 진료하는 것보다 더 중요한 임무는 없다. 그런 점에서 환자를 열심히 돌보는 의사가 가장 훌륭한 의사라 할 수 있다.

　모든 인간관계는 상호 신뢰에서 출발하는 것이지만, 그중에서도 특별한 신뢰가 요구되는 영역이 환자와 의사의 관계라 할 수 있다. 그러나 환자와 의사 사이에 이루어지는 신뢰는 갑자기 형성될 수 있는 것이 아니다. 의사가 환자 한 사람 한 사람에 대해 쏟아부은 열정이 모일 때, 비로소 신뢰 관계가 형성되는 것이다. 물론 소문만 듣고도 특정 의사를 찾는 환자들이 있지만, 그 역시도 그만한 명성을 얻기까지 많은 사람들로부터 인정받을 만큼 충분한 신뢰를 쌓아 온 결과라고 볼 수 있다.

하지만 요즘처럼 급박하게 돌아가는 세상에서 환자와 의사 사이에 신뢰 관계를 형성한다는 것은 여간 어려운 일이 아니다. 하루가 다르게 발전해 가는 새로운 의학 지식을 습득해야 하고, 환자를 진료하는 일만으로도 벅찬데 처리해야 할 서류 정리나 행정 업무는 또 얼마나 많은가? 이런 처지에 수시로 환자를 상담하거나 퇴원하는 환자의 등을 향해 손을 흔들어 줄 만큼 한가롭지가 못하다. 그럼에도 불구하고 결코 무너져서는 안 되는 것이 환자와 의사의 관계라 할 수 있다.

언제나 최선을 다한다는 것은 매우 어려운 일이지만, 환자들에게 있어서 의사의 역할은 참으로 중요하다. '이 환자가 나의 진료실을 찾게 된 것은 환자 자신을 위하여 다행한 일인가?' '어떻게 하면 이 환자에게 가장 큰 도움을 줄 수 있을까?' '나는 이 환자에게 정말로 도움이 되고 있는가?' '나 자신도 모르는 사이에 혹시 환자에게 불이익을 끼치고 있지는 않는가?' 의사로서 환자를 대할 때마다 스스로 물어보아야 할 질문이다. 내가 보던 환자를 다른 의사에게 의뢰하게 되는 경우라 할지라도 마찬가지이다. 환자를 위해서는 언제나 최선의 선택이 이루어져야 한다. 의사는 환자에게 가장 좋은 길을 안내해 줄 의무가 있기 때문이다.

좋은의사를 만난 환자는 행복하다

환자를 진찰하는 중에 나도 모르게 속으로 가장 많이 중얼거리는 말이 있다. "아! 정말 어렵다, 정말로 어렵다!" 답이 나오지 않을 때는 속이 타들어 가는 것 같다. 30년 가까이 환자를 진료해 오면서 나름대로 최선을 다하려고 했으나 완벽한 진료를 한다는 것은 거의 불가능하다는 생각이 들 때도 많다. 대신 진찰 중에 생각지도 못했던 병을 찾아냈을 때는 속으로 쾌재를 부르기도 한다. 가끔은 환자에게 불행한 사실을 알려야 하는 고통이 따르기도 하지만⋯⋯.

나를 찾아온 환자가 질병의 고통에서 회복되는 것을 지켜보는 것은 의사로서 커다란 기쁨이다. 그러나 때로는 병의 성격상 혹은 예상보다 회복이 늦어지는 경우에는 의사로서 여간 피곤한 일이 아니다. 그뿐만 아니라 오진이라도 하게 된다면 평생을 두고 죄책감에 시달리거나 수치심으로 괴로워하는 수도 있다. 의사라는 직업이 주는 무게가 결코 가볍지가 않다.

상호 신뢰에 바탕을 두어야 할 환자와 의사의 관계가 단순한 의료 제공자(공급자)와 소비자의 관계로 전락해 가고 있다. 유물론적 사고의 결과인지 자본주의적 물질적 사고의 결과인지는 알 수 없다. 함께 마음을 나누면서 고통을 해결해 가야 할 환자와 의사 사이에 휴머니즘적 인간관계는 사라지고 경제적 계산에 바탕을 둔 삭막한 공급자와 소비자의 관계로 전락한 것이다. 각종 의료 관련 법규나 건강보험제도 역시 이와 같은 관계의 설정 위에서 운용되고 있을 뿐이다.

갈수록 환자에 대한 열정과 마음의 여유를 잃어 가는 젊은 후배나

이 시대를 지키는 마지막 선비

동료 의사들을 보면서 착잡한 생각에 잠길 때가 많다. 오로지 환자 진료에만 전념해야 할 의사들의 상당수가 생존의 위협 앞에서 허물어지고 있기 때문이다. 의사가 생존을 먼저 생각하게 되면 이미 순수한 의사로서의 역할을 감당하기는 어려워진다. 의사들 스스로 환자와의 신뢰 관계를 깨뜨릴 수 있는 위험에 노출되기 때문이다.

현실적으로 열악한 진료 여건들로 인해 처음 배움의 길로 들어설 때에 가졌던 히포크라테스의 꿈을 접는 의사들이 늘어날 수밖에 없다. 의사들 자신에게도 불행한 일이지만, 더욱 불행해지는 것은 그러한 의사에게 치료받아야 할 환자들이다.

좋은의사를 만난 환자는 행복하다

7
연수 강좌

　화려하던 벚꽃과 진달래가 지고 도로변 가로수에는 어린잎이 파릇파릇 돋아나고 있다. 이틀 전 비가 온 다음이라 더욱 싱그러운 모습으로 하루가 다르게 잎이 자라는 모습을 느낄 수 있다. 막상 차를 몰고 나섰지만, 대학병원 응급실 9층 강당에서 열리는 연수 강좌보다는 가족과 함께 산으로 들로 시외를 향하여 달리고 싶은 생각이 간절한 것은 싱그러운 어린잎에 들뜬 마음 때문일까.

　이른 시간이라 생각하며 도착해 보니 벌써 많은 사람들이 와서 등록을 하고 부스를 관람하면서 얘기를 나누고 있다. 시작 시간이 되어 강의실을 둘러보니, 계단식 넓은 강당에 의사들이 콩나물시루처럼 빽빽이 자리를 잡고 있다. 머리가 희끗희끗한 선배 의사로부터 아직 어린 티가 가시지 않은 후배 의사들까지, 하나라도 더 배우기 위해 이 좋은 봄날을 반납하고 어두컴컴한 강의실에서 눈을 반짝이며 자리를 지키고 있는 것이다. 개원 의사들을 위한 연수 강좌가 거의 매일요일마다 전국 각지에서 열리는 덕분에 매일 진료실에서 환자들을 보면서 고민하던 의사들은 자신들의 부족한 지식을 메우기 위해서 이렇게 모여드는 것이다.

10여 년 전까지만 해도 일요일 종합 연수 강좌는 주로 서울에서만 이루어졌다. 당시에 강좌를 듣기 위해서는 차를 공항에 대 놓고 토요일 오후나 일요일 이른 아침 비행기를 타고 올라갔다가 일요일 저녁 늦은 시간에 내려와야 했다. 연수 강좌 비용과 소요 시간은 제쳐 두고라도 왕복 비행기 삯과 서울에서의 교통비가 적지 않았고, 김해공항의 일기가 좋지 않아 서울에서 비행기가 이륙하지 못하는 날은 어김없이 야간열차를 타고 월요일 새벽에 부산역에 내려서 택시를 타고 다시 공항으로 들어가 자동차를 몰고 나오기도 했다. 그럴 때는 휴일 다음 날이라 평소보다 많은 환자가 몰려 하루 종일 피로감에 시달려야만 했다.

다행히 지금은 지방 의과대학이나 여러 학회에서 준비하는 일요일 전일 강좌가 한 달에 두세 차례씩 있고, 두어 시간짜리 세미나는 평일 저녁에도 거의 이틀에 한 번꼴로 열리기 때문에 관심만 있다면 누구나 새로운 의학 지식에 접할 기회를 얻을 수가 있다.

규정상 매년 12점만 이수하면 되는 연수 평점을 시간이 허락되는 대로 참석하다 보니, 평점 100여 점에 이르는 의사들도 더러 있다. 평점이 인정되지 않는 소그룹 세미나까지 포함하면 공부할 기회는 거의 곱절이나 더 많은 셈이다. 그러나 지난해에 들었던 강좌라도 이듬해에 들으면 어느새 새로운 내용이 추가되어 있고, 치료의 원칙마저 바뀌어서 당황할 때도 있다.

좋은의사를 만난 환자는 행복하다

개원가에서 흔히 접하는 질환들이라지만 첨단 장비를 갖춘 대학 병원에서조차 오진으로 인해 환자가 고통받게 된 일에 대하여 울먹이듯 고백하는 젊은 교수의 말에 강의실 안은 한동안 숙연해진다. 세상에서 피도 눈물도 없는 사람들이 의사들인 줄 알고 있지만, 항상 고통과 죽음을 가까이서 지켜보며 삶에 대한 진지함을 마음속에서 지워 버릴 수 없는 사람들이 의사들이라 할 수 있다. 다만 어떤 상황 앞에서도 침착성이 요구되는 직업상의 이유로, 감정보다는 이성을 앞세우며 언제나 더욱 냉정해지려고 노력할 수밖에 없다.

아무리 민주화가 되어도 의사 사회에 존재하는 상하의 위계질서는 영원히 사라질 수 없는 현상인지도 모른다. 바람직한 일은 아니지만 가끔은 밖으로 노출되는 스텝과 전공의, 위 연차와 아래 연차들 사이에서 일어나는 폭력 사태도 다급한 생사의 순간을 지켜보는 의사들의 심리에서 기인한다고 볼 수 있다. 부족한 정서를 메우기 위해 많은 노력들을 기울이고 있지만 매일 매순간의 삶이 그러하지 못한데, 부드러워진다는 것이 결코 쉬운 일은 아니다.

새로운 지식을 얻은 기쁨을 간직하고 강의실을 나서면 이렇게 아름다운 봄날을 외면하고 보내 버린 것이 아쉽고, 한 주일을 기다린 보람도 없이 집안에 갇혀 하루를 보낸 가족에게 미안하여 다음 휴일을 약속하지만 반드시 지켜 준다는 보장은 없다.

이 시대를 지키는 마지막 선비

제2장

요즘 환자들, 요즘 의사들

의사로서 갖추어야 할 의학적 지식에 못지않게 환자에게
마음으로 다가서는 의사가 되는 것 또한 중요하다.
자신이 돌보고 있는 환자가 겪고 있는 고통을
함께 느끼는 의사가 될 때, 그들의 고통은
훨씬 더 줄어들게 될 것이라 믿는다.

1
요즘 환자들,
요즘 의사들

요즘 길거리에 나서 보면 눈에 띄는 것이 병·의원 간판이고 새로 생기는 빌딩마다 의원이 몇 개씩 들어서는 것을 볼 수 있다. 20~30년 전만 해도 대형병원이라야 전국에 4~5백 병상을 갖춘 대학병원들 몇 개에 불과했지만, 지금은 1천여 병상에다 자병원(子病院)까지 갖춘 대학병원도 여럿이고 어지간한 대도시마다 초대형 종합병원들이 넘쳐나고 있다. 의과대학은 또 어떤가? 필자가 의대생이던 시절만 해도 전국에 12개 의과대학에서 해마다 천여 명 정도의 의사만 배출되던 것이 현재는 41개 의과대학에서 해마다 3천5백 명의 의사가 쏟아져 나오고 있다.

아직도 미해결의 난치성 질환들이 많기는 하지만, 환자들에게는 선택의 폭이 넓어지고 최첨단의 의료 혜택도 누릴 수 있는 기회가 많이 열려 있다. 마음에 들지 않으면 환자들은 언제든지 의사나 의료기관을 바꿀 수도 있다. 의사들 또한 최신의 의학 지식과 첨단의 고가 장비를 이용하여 정확한 진단과 효과적인 치료를 위해 많은 노력을 기울이고 있다.

그러나 이처럼 넘쳐나는 의료혜택의 기회 속에서 환자들은 자신들이 받고 있는 의료 행위에 대하여 만족하고 있는지, 또 의사들은 의사로서 자신들의 역할에 대하여 진정한 보람과 긍지를 느끼고 있는지는 생각해 보아야 할 문제이다.

먼저 환자들의 관점에 대해 살펴본다. 의사보다는 시설을 선호하는 환자들이 갈수록 늘고 있다. 그래서인지 최신의 고가 의료 시설이 갖추어져 있지 않으면 외면하는 환자들이 많다. 진료비가 다소 비싸더라도 위압감을 줄 만큼 웅장한 기계 앞에 누우면 마음이 편안해지고, 무슨 검사를 하여서 결과가 이렇게 나왔다는 말을 들어야 안심이 되는 것 같다. 첨단 장비에 의한 소견에 따라 의사로부터 최종 진단 결과를 듣고도 믿음이 가지 않아 새로운 기계를 찾아 방황하는 환자들도 있다.

의사로부터 받은 몇 알의 처방약으로는 만족하지 못하여 화려한 포장을 한 정체불명의 약물이나 다양한 형태의 식품들을 치료약으로 오인하여 선호하는 환자들도 많이 볼 수 있다. 그것이 오히려 약이 아니라 독이 되어 병원을 다시 찾는 경우는 흔히 보는 일이다. 무분별한 매스컴의 영향으로 이런 일이 더욱 조장되고 있는 현상은 반드시 시정되어야 할 문제이다.

소외된 현대인의 모습을 가장 많이 볼 수 있는 곳이 병원이라고 할 수 있다. 각종 스트레스에 시달리다가 다양한 증세들을 호소하며 병원을 찾는 환자들이 많다. 그런데 정신과가 아닌 다른 전문과 의사라도 매일 만나는 환자들 중 상당수는 정신적인 원인으로 인해 여러 가지 신체 증상들로 고통받고 있음을 알 수 있다. 몸뿐만 아니라 마음이 아픈 환자들이 갈수록 늘어나고 있는 것이다.

이런 환자들이 마음에 드는 의사를 찾아서 여기저기 병원을 돌아다녀도 의사는 많지만 정작 자신들의 아픔에 대해 진심으로 관심을 갖고 따뜻하게 대해 주는 의사를 만나기는 어렵다고 생각한다. 병든 몸은 치료를 받으면서도 아픈 마음은 치료받지 못하기 때문이다.

의료사고로 인해 법정 문제가 될 경우에도 의사가 최선을 다하지 못한 점에 대해서는 당연히 책임을 묻게 되지만, 사전에 충분한 설명이 부족하였다고 판단되면 그에 따른 보상 판결을 내리는 예도 갈수록 늘고 있다. 의사들의 실력도 중요하지만 친절을 바라는 환자들의 욕구를 채워 주지 못한 것에 대한 대가를 지불하게 되는 것이다.

한편 요즘 의사들의 변해 가는 모습을 살펴보면, 실력만으로는 훌륭한 의사가 되기 어렵다며 회의에 잠기는 의사들이 많다. 환자들의 요구와 선호에 맞추다 보면 아무리 실력이 있어도 옛날처럼 다소 위압적이거나 불친절한 의사는 설 자리를 잃을 수밖에 없다. 한 집 건너 한 집이 아니라 옆집이 병원이고 같은 건물에서도 같은 질환을 보는 의사가 줄을 서서 기다리고 있는 형편이니, 언제나 경각심을 가지고 환자들의 구미에 맞는 진료를 위해 노력해야만 한다.

이 시대를 지키는 마지막 선비

빈약한 시설이나 구멍가게 같은 병·의원은 환자들이 외면하기 때문에 '울며 겨자 먹기'로 투자를 늘려 갈 수밖에 없다. 당연히 시설은 최고급으로, 장비는 최신의 고가로 구비해야 한다. 그러면서도 투자에 걸맞은 수익을 올리는 것은 거의 불가능하다. 현실성 없는 '저수가 급여정책'으로 말미암아 정당한 방법으로 수익을 맞추는 것은 꿈같은 일이다. 결국은 다른 방식의 해결책을 찾기 위해 머리를 굴려야만 한다.

아직은 검증된 의료가 아닐지라도 수익을 위해 동료들보다 한발 앞서 시도하는 무모한 용기를 내는 수도 있다. 옛날과는 비교할 수 없을 만큼 시설 투자를 많이 하고도 환자들로부터 외면당하는 현실로 인해 박탈감과 회의에 젖어든 의사들이 늘고 있다. 환자들만큼이나 몸과 마음이 피곤해진 사람들이 의사들이라 할 수 있다.

사회 참여를 부르짖는 의사들이 많다. 순수한 마음으로 음지에서 봉사하는 의사들도 많지만, 덧씌워진 불명예의 누명을 벗기 위해서 사회 참여를 부르짖거나 재난 현장으로 남들보다 먼저 달려가서 봉사하는 의사들이 늘고 있다. 그러나 이 모든 일들이 지극히 당연한 것으로 받아들여지거나 일반 국민들에게는 관심 밖의 일처럼 보인다.

그 외에도 언제 의업을 벗어던질 것인지를 계산하며 다른 돌파구를 찾기 위해서 안간힘을 쓰고 있는 의사들을 흔히 만나 볼 수 있다. 이미 직종 변경에 성공한 의사들도 있고 기상천외한 변신을 꾀하는 의사들도 있다. 그중에 상당수는 성실하고 두뇌 회전이 빠른

좋은의사를 만난 환자는 행복하다

편이라 성공의 가능성은 높다고 할 수 있다. 반면 오로지 의업 하나만을 생명같이 여기는 의사들 중에서 상실감에 빠진 의사들이 많다.

아직도 한국의 우수한 두뇌들이 오로지 의사가 되기 위해 불빛을 찾아 날아드는 불나방처럼 모여들고 있지만, 경제적인 여유는 고사하고 의사로서의 신념조차도 저버려야 할 만큼 현실이 열악하다는 사실은 그들 자신도 잘 알지 못한다. 모든 것은 세월이 해결해 줄 것이라는 믿음으로 기다릴 줄 아는 의사들이 되어야 할 것 같다. 물론 기다린다고 해서 세월이 해결해 준다는 보장도 없지만, 기다리는 일에 익숙하지 못하면 의사로서의 길을 중도에 포기하거나 일찍부터 타락의 길로 들어서야 할지도 모르기 때문이다.

의사나 환자 모두가 첨단 의료기기를 선호하고 기계의 판단을 신뢰하는 경향이 높아지는 것은 과학의 발달이 가져온 당연한 결과라고 믿는다. 그러나 그것이 진료실에서조차 인간성의 상실로 이어지는 문제는 환자와 의사 모두에게 매우 불행한 일이라고 생각된다.

요즘 의사와 요즘 환자들에 대해 이야기하면서 긍정적이라기보다는 부정적인 면을 더 많이 언급한 것 같다. 모든 의사가 그런 것은 아니며 모든 환자가 그런 것도 아니지만, 오늘날 사회가 이러한 현상을 더욱 부추기고 있다는 점은 부인할 수 없는 사실이다. 그러나 다행한 것은 아직도 훨씬 더 많은 환자와 의사들이 '순수한 환자와 의사'의 관계로 만나기를 원하고 있다는 점이다.

2
노인 환자들

일차 진료를 맡은 내과의사로서 진찰실에서 만나는 환자들의 대부분이 성인들이다. 그런데 이분들의 연령 분포를 살펴보면 65세 이상의 노인 환자가 거의 40%를 넘나들고 그 이상 되는 날도 많다. 노령 인구의 증가와 더불어 앞으로 그 비율은 더욱 높아질 것으로 예상된다.

이러한 노인 환자들을 진료하다 보면 한참 활동기에 있는 청장년층 환자들에게서는 볼 수 없는 몇 가지 특징들을 발견할 수 있다.

첫째, 환자분들 스스로 하시는 말처럼 그분들 자신이 '종합병원'이라는 사실이다.

고혈압이나 동맥 경화증 같은 순환기 질환, 천식이나 만성 기관지염, 폐기종 등의 호흡기 질환, 당뇨나 고지혈증 등 내분비 대사성 질환, 위염이나 위궤양 등 소화기 질환을 비롯한 여러 질병들 가운데 두세 가지씩을 갖지 않은 분은 찾아보기 어렵다. 심지어 예닐

좋은의사를 만난 환자는 행복하다

곱 가지의 병을 한 몸에 지니고 계신 분도 많다.

진찰을 마치고 막 처방을 내려고 하면 관절염이나 신경통, 혹은 피부질환에 대한 약까지 처방해 달라고 요구하시는 분도 많다. 우선 무엇부터 치료해 드려야 할지, 어떻게 약을 써야 효과는 높고 부작용은 줄이는 처방이 될지 참으로 난감하고 답답할 때가 많다. 병이 여러 가지이다 보니 아무리 줄이려고 해도 약의 개수가 많을 수밖에 없다. 몇 가지나 되는 약을 제대로 드실 수나 있을지 염려가 앞선다.

둘째, 사회적으로 은퇴한 황혼이지만 가정에서도 뒤로 밀려나서 힘없는 약자들이라는 사실이다.

병이 깊어서 몸은 망가질 대로 망가졌지만 어려운 형편에 가족들 눈치 보느라 고통을 혼자 짊어지고 끙끙 앓다가 죽지 못해서 병원을 찾는 환자가 많다. 곧바로 의사를 찾기보다는 그 전에 이미 갖가지 민간요법을 시도해 보거나 약국을 전전하다가 어쩔 수 없이 최후의 수단으로 병원을 찾는 경우도 많다.

꼭 필요해서 보호자를 찾으면 가족도 없이 혼자 살고 있다고 하시면서 치료만 해달라고 고집을 부릴 때는 정말로 난감해진다. 병세가 중하여 보호자 없이는 치료를 해 드릴 수 없다고 단호하게 말씀을 드리면, 잠시 후에 자신과 비슷한 처지의 다른 노인분이 등장하시는 경우도 심심찮게 볼 수 있다.

셋째, 정확한 진단을 내리기 어려울 때가 많다.

혼자 불쑥 찾아오신 경우에는 귀는 어둡고 말도 어둔한데 거동마저 부자연스러우니 진단의 70%를 차지한다는 문진(問診)을 비롯하여 거의 모든 진찰이 제대로 이루어지지를 않는다. 사실 개인의원에서는 특별한 검사 없이 진찰만으로 90% 이상의 진단을 내리고 있는데, 노인 환자들을 진찰할 때는 정말로 답답한 일이 한둘이 아니다.

모처럼 병원에 오신 분들이라 모든 불편을 한꺼번에 해결하고 싶은 마음에 너무 많은 것을 호소하여 아주 혼란스러울 때도 있고, 반대로 당신들의 몸이 너무 많이 고장 난 것을 부끄럽게 여겨서 웬만한 증상은 말하지 않아 정작 중요한 소견을 놓치게 되는 수도 있다. 청력을 거의 상실한 분들과 대화를 할 때는 완전히 동문서답이 되기 일쑤고, 목이 아프도록 외치는 내 목소리가 대기실에까지 쩌렁쩌렁 울리는 때도 있다.

넷째, 병든 몸을 치료해 달라는 말보다는 편안하게 죽을 수 있도록 해달라고 요구하시는 분들이 많다.

처음 얼마 동안은 그런 말을 들으면 "환자를 죽게 하려고 의사가 있는 줄 아세요? 그런 약은 없으니 당장 나가세요." 하고 소리를 치면서 벌컥 화를 내기도 했지만, 지금은 그렇게 할 수가 없다. 그분들의 답답한 심정을 조금이나마 이해할 수 있게 되었기 때문이다.

몸은 구석구석 안 아픈 곳이 없는데 돌아보는 가족은 없고, 스스로 건사할 경제력도 없으며, 어쩌다 병원을 찾아도 별로 나아지는

좋은의사를 만난 환자는 행복하다

것이 없으니 '편안한 죽음'이 그분들에겐 정말로 마지막 희망일 수도 있다.

어느 누구도 지금 당장 젊고 건강하다고 해서 언제까지나 건강한 모습 그대로 살아갈 수는 없다. 대부분의 사람들이 오늘날 노인들이 겪고 있는 고통과 어려움을 언젠가는 겪어야만 할 것이다. 그럼에도 불구하고 늙고 병든 자신의 앞날에 대해서는 좀체 생각해 보지 않는 사람들이 많다.

그뿐 아니라 생활 여건이 많이 달라지면서 이웃은 물론 가족과 혈연에 대한 따뜻한 마음까지도 점차 사라져 가는 것을 볼 수 있다. 수천 년을 이어져 내려온 우리의 아름다운 정서가 너무 빨리 허물어지고 있는 것 같아 안타깝다. 과거에 비하여 경제적으로는 풍족해졌지만, 정신적으로는 갈수록 쇠퇴해 가는 현상이 아닌가 싶다.

다행히 아직은 가족들의 손에 이끌려 병원을 찾는 노인들을 자주 볼 수 있다. 병의 경과나 검사 결과를 알기 위해 바쁜 중에도 자녀들이 각자 시간을 내어 찾아오거나 수차례씩 전화를 걸어올 때면 다른 환자들을 진찰하는 중에 일일이 답변을 하는 것이 성가실 때도 있지만, 한편으론 참 복이 많은 분이라는 생각을 하게 된다.

강제 진료

지금까지 20년이 넘게 진료실을 지켜 오면서 환자 자신의 뜻과는 상관없이 가족이나 친구들에 끌려 마지못해 병원을 찾게 되는 환자들을 종종 보게 된다. 이런 경우 적당하게 칭할 말이 없기에 '강제 진료(强制診療)'라는 이름을 붙여 보았다.

일반적으로 이러한 '강제 진료'를 받게 되는 환자들의 대부분은 부모의 손에 끌려 억지로 병원을 찾는 소아들이지만, 내과 진료만 보는 나의 경우에는 그 대상자가 모두 성인들일 수밖에 없다. 그리고 유형에 따라 그들을 나누어 보면 첫째는 효도 진료, 둘째는 알코올성 간 손상 환자, 셋째는 자식 잃은 부모, 그리고 넷째는 친구들 손에 이끌려 오는 우정 진료라 할 수 있다.

먼저 '효도 진료'라고 하는 이유는 멀리 있는 부모가 출가한 딸집에 다니러 왔다가 딸의 성화에 못 이겨 병원을 찾는 경우가 대부분이기 때문이다. 요즘은 많이 달라졌지만 지금 결혼하는 세대의 이전 세대들에게는 아들이 '금송아지'라면 딸은 '옥돌'은커녕 쓸모없는 돌멩이처럼 온갖 구박을 받으면서 자란 이들이 많다. 그러나 어릴 때 받았던 구박은 모두 잊어버리고 친정 부모를 생각하는 딸들의 그 정성은 아들 된 나를 무척 부끄럽게 할 때가 많다. 아들 가진 부모들은 서운하겠지만 세상에는 아들딸 반반이니 그나마 다행이 아니겠는가?

'알코올중독에 의한 간염이나 간경변증 환자'들의 경우는 세상에 술만 있으면 부모나 처자식도 모두 소용없는 인물들이지만, 그래도 가족이라고 식구들은 애가 타서 도망가는 염소 고삐 끌듯이 병원에 데려온다. 환자는 도무지 말을 듣지 않아 몽둥이로 패 주든지 그냥 쫓아 버리고 싶은 심정이 굴뚝같지만, 가족들의 간청을 뿌리칠 수 없어서 환자와 씨름해야 될 때가 많다. 마약중독자와 같이 가족이나 사회에 전혀 도움이 되지 않을뿐더러 오히려 짐이 될 때가 더 많다. 인간적으로는 이 세상에서 가장 불쌍한 사람들 무리에 속한다.

'자식 잃은 부모'들은 청천하늘에 날벼락을 맞아서 죽음보다 더한 고통 속에 빠진 사람들이다. 삶의 의욕도 일체의 희망도 잃어버리고 오직 죽음이 속히 오기를 기다리는 자들로, 다른 가족이나 친척들의 부축을 받으며 초점 잃은 눈망울로 진찰실에 들어서는 것을 볼 수 있다. 이들에게서 귀한 자식을 앗아간 원흉은 자동차 사고가 대부분이다.

문명의 이기(利器)라고는 하지만, 멀쩡하던 사람을 순식간에 주검으로 만들어 버릴 수 있는 자동차에 대해 사람들은 너무나 관대하다. 매일 우리는 총이나 칼에 못지않은 흉기들이 질주하는 가운데

이 시대를 지키는 마지막 선비

서 살아가고 있는 셈이다. 아무리 건강하던 사람일지라도 한순간에 목숨을 앗아가거나 가장 비참한 모습으로 바꿀 수 있는 것이 화재 사고와 자동차사고라는 사실을 의사라면 누구나 공감하는 일이다. 운전자라면 한 번쯤은 자식 잃은 부모의 애타는 심정을 헤아려 보아야 하지 않을까?

또 가끔은 언뜻 보아서는 누가 환자인지도 잘 알 수 없는 나이 든 노인네 두세 분이 서로 부축하여 진찰실로 들어서는 것을 볼 수 있다. 돌보아 줄 가족도 친척도 없이 늙고 병들어 혼자 고생하는 것을 함께 나이 든 노인네가 힘에 겨운 부축을 하여 병원을 찾게 된 '우정 진료'의 경우이다. 각박한 도시의 아파트 인심 속에 아직도 따스한 온기가 남아 있음을 느끼게 한다.

이러한 우정 진료는 젊은 사람들의 경우에는 거의 볼 수가 없다. 보살펴 줄 가족이 있어서인지 아니면 함께해 줄 친구가 없어서인지는 잘 모른다. 그러나 젊어서 좋은 친구를 사귀는 것은 평생에 커다란 밑천이 될 것이다.

밝은 면과 어두운 면을 모두 가지고 있지만 그래도 인연의 아름다운 끈에 의하여 이루어지는 것이 '강제 진료'라 할 수 있다.

4
건강 염려증

평생 병원 근처에도 가 보지 않던 사람이 어느 날 갑자기 중병에 걸린 사실을 알게 되고 곧이어 세상을 뜨는 경우를 종종 목격할 수 있다. 아무리 세상살이가 바쁘다지만 그 지경이 되도록 자기 몸 한 번 살필 여유가 없었던 것에 대해 안타깝기도 하고, 참 바보 같은 사람이라는 생각이 들기도 한다.

그런데 이와 반대로 수십 년간 병원 문턱을 자기 집 드나들 듯하는 사람들이 있다. 물론 그들 중에는 만성질환으로 고통받는 환자들이 대부분이라 할 수 있다. 그러나 끊임없이 고통을 호소하는데도 불구하고 진찰이나 각종 검사로서는 그 원인을 찾아낼 수 없는 환자들도 드물지 않다. 몸속에 무슨 덩어리가 만져진다거나 이해하기 어려운 복잡한 증세를 호소하는 수가 많다.

이런 경우, 기질적 질환이 아닌 심인성(신경성) 질환이 의심되어 정신과의사의 진찰을 받아 보도록 권유하지만 거의 받아들여지지 않을 때가 많다. 결국 다른 병원의 또 다른 의사를 찾아가기 십상이

이 시대를 지키는 마지막 선비

다. 이들 중 대다수는 암에 대한 두려움을 떨쳐 버리지 못한 채 수십 년을 암에 대한 공포 속에서 살아가는 사람들이라 할 수 있다.

무관심 속에 살다가 더 이상 손을 쓸 수 없는 상태로 병원을 찾아온 사람의 불행에 대해서는 안타까운 마음을 금할 수 없다. 그러나 건강한 신체 혹은 아주 작은 불편함을 가졌을 뿐인데도 죽을병에 걸린 것처럼 고민하며 질병의 공포에서 벗어나지 못하는 사람을 대하면 '어쩌면 이 사람이 훨씬 더 불행한 사람이 아닌가?' 하는 생각도 든다. 이들이 느끼는 고통은 소위 '꾀병'과는 전혀 다른 성질의 것이기 때문이다.

그들은 어떤 질병에 대한 두려움으로 심한 정신적 고통을 받고 있을 뿐 아니라 그들의 신체 또한 실제로 통증을 느낄 가능성이 많다. 신체적 질환을 가진 사람보다 훨씬 더 긴 세월을 고통과 함께 살아가는 셈이다. 그처럼 오랫동안 그들이 받아 온 마음의 고통은 제3자로서는 거의 이해하지 못할 만큼 심각한 경우도 있다.

어떤 사람이 질병에 걸렸다는 것은 수많은 신체 장기 중에 하나 혹은 일부가 고장 났다는 의미이다. 물론 그중에는 치명적일 만큼 중요한 장기가 손상된 경우도 있지만, 신체 전부로 보아서는 극히 일부분에 해당하는 일이고 또 일시적인 경우도 많다. 그런데도 우리의 온몸과 마음은 함께 고통을 받게 된다. 그러나 그 고통을 받아들이는 정도는 개인에 따라서 많은 차이가 난다. 곁에서 지켜보는 사람이 안타까울 만큼 중한 상태임에도 불구하고 본인은 아주 평온한 가운데 고통을 잘 참아 내는 사람도 있고, 이와 반대로 대수롭지 않은 질환이지만 참기 어려운 고통을 호소하거나 절망적인 생각에 빠져드는 사람도 있다. 이 경우, 주위의 가족들이 겪는 고통도 무시할 수 없다.

　내가 전공의 시절에 겪었던 일이다. 폐렴에 걸린 할아버지 한 분이 입원을 하셨다. 오른쪽 가슴에 어린애 주먹만 한 덩어리가 있었고, 심한 흉통과 약간의 호흡 곤란을 호소하셨다. 폐암의 합병증으로 폐렴이 발생한 경우였다. 수일간의 치료 끝에 폐렴은 좋아지고 호흡 곤란도 많이 개선되었다.

　그러나 거의 잠을 이루지 못할 만큼 심하게 호소하는 가슴의 통증은 도무지 나아지지를 않았다. 일반 진통제로는 전혀 도움이 되지 않아 마약 성분인 모르핀 주사를 반복해서 놔 드려야만 했다. 처음에는 하루에 한 번만 맞아도 될 만큼 진통 효과가 좋았으나 날이 갈수록 증상이 악화되어, 나중에는 몇 시간을 넘기지 못해 다시 통증을 호소하고는 하셨다.

　그런데 어느 날 그분이 나를 부르시더니 "선생님, 내 병이 암이지요? 솔직하게 말씀해 주세요." 하시는 것이었다. 그때까지 그분에게 폐암이라는 사실은 숨기고 단지 폐렴에 걸려서 고생을 하시는 것으로만 말씀을 드렸던 터였다. 내가 주저하면서 선뜻 답을 드리지 못하는 사이에 그분은 다시 "내가 이렇게 아픈 것이 폐암 때문이라면 이 정도 통증은 참아 낼 수 있습니다. 암인데 어찌 아프지 않겠습니까?" 하셨다.

　그 말에 나는 그만 고개를 끄덕이고 말았다. 결국 "예, 폐렴은 완전히 나았지만 폐암 때문에 오는 통증입니다." 하였더니, 그분은 "오늘부터 저에게 진통제 주사를 놓아주지 마십시오. 이제부터는 참을 수 있습니다."라고 단호하게 말씀하셨다. 그동안 워낙 고통을 많이 호소하시던 분이라서 믿기가 어려웠지만, 그분의 단호한 태도에 "알겠습니다. 그러나 힘드시면 말씀해 주십시오. 억지로 참으실 필요는 없습니다."라고 말씀을 드렸다.

그랬더니 "아닙니다. 참아 낼 수 있습니다. 대신 오늘 하룻밤만 여기서 보내고 내가 잘 참아 낸다면 내일은 퇴원시켜 주십시오." 하셨다. 그렇게 해 드리겠다는 약속을 하고 나는 병실을 나왔다. 그런데 그날 밤 그분은 한 번도 통증을 호소하지 않으셨고, 오랜만에 편안하게 주무시는 모습을 볼 수 있었다.

약속대로 다음 날 그분은 퇴원을 하셨고 내가 근무하는 동안 다시는 병원을 찾지 않으셨다. 당시 그분이 암성 통증을 참아 낼 수 있었던 이유는 그분의 신앙심 때문이었는지, 아니면 개인적인 인내력이나 또 다른 이유가 있었는지는 알 수 없다. 다만 그분은 어느 교회의 장로라고 하셨고, 신앙으로 충분히 이겨 낼 수 있다는 말씀을 하시면서 병실을 떠나셨다.

의학적으로 통증의 강도를 측정할 수 있는 객관적인 방법은 없다. 편의상 통증의 강도를 0에서 10까지 분류하고는 있지만, 그것은 어디까지나 환자가 느끼는 주관적 증상에 의한 것이지 객관적인 기준은 아니다. 같은 부위에 동일한 질병으로 통증이 발생하는 경

좋은의사를 만난 환자는 행복하다

우라도 느끼는 강도는 환자에 따라서 다르다. 어떤 사람은 3이나 4의 강도를 보이기도 하고 어떤 사람은 7 혹은 그 이상의 강도를 표현하기도 한다. 질병의 경중에 따라 느끼는 고통의 정도가 다를 수 있지만, 그것을 받아들이는 사람의 마음에 따라서 많은 차이가 난다는 사실을 알 수 있다.

'성공의 실패'라는 말이 있다. 의학이 발전하면서 인간의 수명 연장으로 인해 질병으로 고통받는 기간이 늘어나게 되었고 새로운 질병에 걸릴 기회도 더 많아졌다. 의술은 발달하였지만 환자가 느끼는 증상에 대한 개선은 크게 나아진 것이 없다. 갈수록 완벽한 치료를 바라는 환자들의 기대치를 만족시켜 줄 수 없는 것도 문제라고 할 수 있다. 정통의료에 대한 만족을 느끼지 못해 대체요법으로 눈을 돌리는 환자들이 늘어나는 이유이기도 하다.

대부분의 의사가 병의 경과에 대해서는 민감한 편이지만, 환자들이 호소하는 고통에 대해서는 소홀히 대하는 수가 많다. 질병에 대하여는 올바른 치료적 접근을 하고 있는지 몰라도 그들의 고통에 대해서는 흘려듣기 쉽기 때문이리라. 그러나 의사로서 갖추어야 할 의학적 지식에 못지않게 환자에게 마음으로 다가서는 의사가 되는 것 또한 중요하다.

자신이 돌보고 있는 환자가 겪고 있는 고통을 함께 느끼는 의사가 될 때, 그들의 고통은 훨씬 더 줄어들게 될 것이라 믿는다. 질병으로 인한 신체적 고통뿐 아니라 정신적 고통 역시 상당 부분은 의사들이 해결해 주어야 할 문제라 생각된다.

이 시대를 지키는 마지막 선비

5

의사와 거짓말

죽어 가는 환자 앞에서 '걱정 마세요. 완치되어 오래 사실 수 있습니다.' 정말로 들려주고 싶은 말이고, 그럴 수 있었으면 좋겠다. 그러나 환자를 진료하다 보면 환자에게 진실을 말해 준다는 것이 잔인하게 느껴질 때가 있다. 그래서 의사들 간에도 논란이 되고 있고, 또 환자에 따라서 처신을 달리하는 의사들도 많다. 이럴 때에 종교적으로는 '진실을 환자에게 알리고 하나님께로 인도한다.'가 정답이다. 그러나 '하얀 거짓말'은 하나님도 용서해 주시리라고 믿는 것이 대부분 사람들의 보편적인 생각이다.

과거에는 의사들이 수술을 받아야 할 환자에게 'ㅇㅇ만 똑 떼어 내면 됩니다.', '한숨 자고 나면 금방 끝납니다.', '아무 문제없습니다.'라는 말로 안심을 시킨 다음 수술실로 데려가고는 했다. 그러나 요즈음 이런 식으로 말했다가는 곤경에 빠지기 십상이다.

겁에 질린 환자가 도망을 치는 일이 있더라도 사실대로 말해야 하고, 아주 사소한 부작용이나 희귀한 위험성조차 미리 알려 주어야

좋은의사를 만난 환자는 행복하다

한다. 미처 설명해 주지 않았던 합병증이나 부작용이 나중에 발생하게 되면 '사전주의의무 소홀'이라는 죄명으로 책임을 져야 한다. 잘나가다가도 한번 일이 잘못되면 커다란 대가를 지불하게 되는 것이다. 이런 경우에는 아무리 '하얀 거짓말'이라도 법의 보호를 받을 수 없다.

그러다 보니 여러 병원을 돌며 전전긍긍하는 환자들이 많다. 결국 지명도가 높은 병원을 선택하여 수술을 결심하지만, 그러고도 수술 직전에 보따리를 챙겨서 도망가는 환자들을 심심찮게 볼 수 있다. 병에 대한 두려움보다 치료에 대한 두려움으로 도저히 수술을 받을 수가 없기 때문이다.

때로는 의사 자신이 환자나 가족들로부터 시달리는 것이 두려워서 본의 아니게 수술후유증이나 부작용에 대해 다소 과장되게 말하는 수도 있다. 소위 방어 진료의 한 수단이라고 할 수 있다. 단지 환자의 정서상 도저히 받아들이기 어려운 경우에는 치료를 위해서 가족들의 동의하에 하얀 거짓말을 하는 수도 있다.

그러나 언제나 환자들이 겁을 먹도록 이야기하는 것은 아니다. 그렇게 했다가는 환자로부터 신뢰는 고사하고 '무능한 의사'라는 낙인이 찍히게 마련이기 때문이다. 때로는 부풀리지 않고 진실만을 이야기해도 두려울 수밖에 없는 것이 환자들의 심리이다. 그리고 요즘처럼 자기 PR의 시대에 자신 없는 소리만 늘어놓다가는 종일 빈 진찰실만 지키는 의사가 되기 십상이다. 따라서 어디까지 진실을 말해야 하고 어떻게 표현해야 환자로부터 신뢰감을 얻고 치료적인 접근을 할 수 있을지 판단하는 것도 쉽지가 않다.

대부분의 의사는 단순 질환의 범주를 벗어난 질병을 가진 환자가 오면, 본인이나 그 가족에게 충분히 설명을 해 준 다음 그들의 동의를 얻고 나서 치료를 시작하는 편이다. 의사 혼자 일방적으로 주도권을 잡고 치료하던 시대는 지난 것이다. 그리고 의사와 환자가 해당 질병에 대한 지식을 어느 정도 공유하면서 치료의 방향을 결정하는 것이 합리적이라고 할 수 있다. 그래야만 환자와 의사 사이에 깊은 신뢰 관계가 형성되어 치료 효과도 높일 수 있기 때문이다.

그런데 최근 이러한 내용을 '주의(主意)와 설명(說明)의 의무'라는 항목으로 의료법에 포함시키려는 분위기가 일고 있다. 이는 전국시대(戰國時代) 법가(法家)들이 주장하는 방식과 비슷하다고 볼 수 있는데, 친절까지 법률 조항으로 구속함으로써 환자와 의사 사이에 기본적으로 형성되는 정(情)과 인(仁)에 근거한 신뢰 관계를 붕괴시키는 위험을 초래할 수도 있다. 의사가 환자에게 성실하게 설명해 주는 것이 단순히 법을 지키는 하나의 행위로 받아들여진다면 어떻게 환자와 의사 사이에 신뢰 관계를 쌓아 갈 수 있겠는가?

지금은 의사가 환자를 선택하는 시대가 아니라 환자가 의사를 선택하는 시대이다. 그러나 일단 환자와 의사로서의 관계가 성립된 다음에는 상호 신뢰의 바탕 위에서 진료 행위가 이루어져야 한다. 불신과 강압에 의한 관계 속에서 이뤄지는 의료 행위는 서로를 불행하게 만드는 결과를 가져올 수 있기 때문이다.

지금도 의사들은 환자나 그 가족들에게 상세한 설명을 위해 보내

좋은의사를 만난 환자는 행복하다

야 하는 시간으로 인해 다른 환자들의 진료에 영향을 주는 수가 많다. 법적인 시비가 생길 경우에는 충분한 설명이 되지 못한 부분에 대해서 민형사상 책임을 면하기가 어렵기 때문이다. 이미 현실적으로 이루어지고 있는 일들을 새삼스럽게 법률 조항에 포함시킨다는 것은 '곡식을 밟아 뜨는 소에게 망을 씌우는' 것과 같은 일이다. 그리고 중한 환자를 돌보아야 할 급박한 순간에 의사가 진료 업무는 제쳐 두고 '주의와 설명'의 의무에 매달리게 된다면, 결국 그 피해는 다른 환자가 입을 수도 있다는 사실을 알아야 한다.

환자는 자기가 신뢰하는 의사에게 자신의 생명과 건강을 안심하고 맡기게 될 것이며, 의사는 자신을 믿고 따르는 환자에게 자기가 알고 있는 최선의 의료를 베풀기 위해 모든 정성을 쏟게 된다는 사실을 기억해야 할 것이다.

이 시대를 지키는 마지막 선비

6

의사와 정치

거세게 몰아치는 정치 바람과 함께 의사 사회에도 새로운 바람이 불고 있다. 정치와는 담을 쌓고 진료실만 지키던 사람들이 정치에 관심을 기울이게 된 것이다. 불과 수년 사이에 일어난 변화이다.

이처럼 의사들이 진료실 바깥세상에 관심을 갖게 된 것을 철이 늦게 들었다고 보아야 할 것인지, 아니면 국민의 한 사람으로서 제대로 역할을 하게 되었다고 봐야 할 것인지, 선뜻 판단하기가 쉽지 않다. 그러나 의사의 한 사람으로서 개인적인 생각을 말한다면, 의사들 자신을 위해서든 진료실을 찾는 환자들을 위해서든 그것은 매우 불행한 일이라고 본다. 의사의 존재 의미는 오직 환자를 돌보는 데 있기 때문이다.

2000년 의약분업 당시부터 개인적으로 느껴 온 바를 동료 의사나 주위 사람들에게 가끔씩 말하곤 했다. "의사는 농부와 같다. 농부가 농사일에 관심을 두지 못하고 다른 일에 마음을 빼앗긴다면 어떻게 제대로 농사를 지을 수가 있겠는가? 농부는 오직 밭을 갈고 씨

좋은의사를 만난 환자는 행복하다

를 뿌린 다음 곡식이 잘 자라도록 돌보는 일에 전념해야 한다." 그런데 이제 의사들이 마음 떠난 농부처럼 논 가운데 서서 곡식 살피는 일은 등한히 하고 먼 하늘만 바라보는 형국이 된 것이다. 한 해의 농사가 어떻게 될 것인지는 불을 보듯 뻔한 일이다.

그런데 놀라운 것은 이처럼 의사들을 세상 가운데로 끌어들인 장본인은 바로 정부와 정치권이라는 사실이다. 정부는 일부 의료학자나 편향된 정치인들의 시각에 따라 이런 식으로 의료 정책을 진행시키지 말았어야 했다. 강압적인 방식으로 의료 정책을 몰아붙이는 바람에 불과 수년 사이에 지금까지 의사들의 태도와 가치관이 변해 버린 것이다. 그동안 의사들이 깨달은 것은 정치의 위력이며, 그로 인해 선택한 수단이 바로 현실적인 정치 참여라 할 수 있다.

지금처럼 짓밟힌 자존심과 열악해진 진료 환경 속에서 의사로서의 삶에 대한 보람을 찾는다는 것은 거의 불가능한 일이 되어 버렸다. 생존을 위해 애써 배운 지식을 헌신짝 버리듯 던져 버리는 의사들이 당연히 늘어날 수밖에 없다. 치열한 경쟁 속에서 살아남아 가족들의 생계만 책임질 수 있다면 전문가로서의 양심도, 의사로서의 자존심도 버려야 하는 것이 현실이기 때문이다.

특별한 소명을 가진 자가 아니라면 대부분의 의사는 자신의 진료실을 지키면서 의사로서의 본분을 다하는 것이 도리이다. 굳이 현실 정치에 참여하기를 원한다면, 국민의 한 사람으로서 투표를 통해 의사표현을 하거나 자신이 지지하는 정당이나 정치인을 후원하는 것으로 만족해야 한다. 그러나 이 나라의 정치 현실은 의사들이 그런 식으로만 살아가도록 허락하지 않는다. 일부 정치인들로 인해 의료의 근본마저 흔들리는 현실 앞에서 더 이상 방관자처럼 살아갈 수는 없게 되었기 때문이다.

지금까지 정부나 행정 당국은 올바른 의료 정책을 펴기 위한 노력은 소홀히 한 채 오직 국민들의 환심을 사기 위한 수단으로 의료 정책을 이용하여 왔다. 그와 더불어 의사들을 그 도구로 생각한 나머지 지나친 희생을 강요하였을 뿐 아니라, 자신들이 추구한 정책 실패의 모든 원인을 의사들의 탓으로만 돌려 왔다. 이처럼 의사들을 일반 국민들로부터 이간질하는 행위가 과연 이 나라 정치인들이 취해야 할 태도인가?

지금도 언론을 통해 '가진 자들의 밥그릇 지키기'라는 말로 국민들의 눈과 귀를 가리고 의사들을 막다른 골목으로 몰아가고 있다. 더구나 자신들이 원하는 정책을 펼치기 위해 이 나라에서 가장 부패한 무리가 의사들이라는 인식을 국민들에게 심어 주어 벼랑 끝에 내몰려 발버둥치는 의사들의 비명 소리조차 양치기소년의 외침으로 듣게 만들었다. 오늘도 진료실을 지키는 의사의 한 사람으로서 참담한 심정을 떨쳐 버릴 수가 없다.

이 나라의 의료 정책은 오로지 정치인들의 손에 달려 있다는 인식이 사라질 때까지 정치에 대한 의사들의 관심은 높아질 수밖에 없는 오늘의 현실이 안타깝다. 체질적으로 잘 맞지도 않는 정치생리에도 불구하고 뒤늦게 현실 정치에 뛰어든 의사들의 어설픈 몸짓이 장차 이 나라의 의료 정책에 어떤 결과를 가져올 것인지는 알 수 없다. 다만 이 나라의 정치가 바로 세우지 못한 의료제도의 골격을 다시 세우는 일에 중요한 계기가 될 수 있기를 기대해 본다. 그리고 이러한 의사들의 노력에 대해 정부와 언론은 '집단이기주의'라는 누명만 씌울 것이 아니라, 이처럼 의사들을 진료실 바깥세상으로 끌어낸 자신들의 잘못을 깨닫고 그 원인을 살펴서 근본을 바로잡는 일에 최선을 다해 줄 것을 부탁한다.

참다운 국민의료가 원칙에 따라 시행되는 날, 모든 의사가 오로지 진료실을 지키는 본연의 자세로 돌아오게 되리라고 믿는다. 원칙이 지켜질 때 바른 사회, 국민을 위한 국가가 될 수 있다는 사실을 다음 세대의 정치인은 반드시 기억하여 주기를 기대한다.

풀어야 할 3대 과제

희망찬 새해를 맞이하여 대통령 당선자와 차기 정부를 향해 사회 각계각층으로부터 다양한 요구가 쏟아져 나오고 있다. 의약분업을 비롯한 정책 변화의 소용돌이에 휩싸여 10년의 세월을 보낸 의사들의 기대도 사뭇 어느 때와는 다른 것을 알 수 있다.

그러나 정권이 바뀐다고 일시에 모든 것이 달라질 수는 없다. 아무리 불합리한 정책이나 제도라 해도 이미 시행 중인 것을 갑자기 바꾼다는 것은 쉽지 않기 때문이다. 다만 합리적인 접근을 통해 무너진 의료 정책의 근간을 바로 세우는 계기가 될 수 있기를 기대해 본다.

첫째, 의료 재정 확보의 문제다.

2006년도 복지부 자료에 의하면 OECD국 중 최하위인 GDP(국민총생산) 대비 4.48%의 보험료율(독일 14.2%, 프랑스 13.55%, 일본 8.5%, 대만 9%)에도 불구하고 OECD국 중 5위의 보건의료성과를 거두고 있다. 이것은 우리나라의 의료가 얼마나 저비용 고효율 시스템인지를 알 수 있다.

다른 OECD 국가들에 비해 건당 진료비가 매우 낮다는 의미이며, 행위별 수가 역시 평균 3분의 1 수준에도 미치지 못하기 때문에 가능한 일이었다. 정부와 공단은 약제비의 비중이 높다는 식으로 주장하여 왔지만, 사실 약제비는 외국과 비교하여 별 차이가 없거나 오히려 낮은 수준임을 감안하면 진찰료를 비롯한 의료수가만 턱없이 낮다는 사실을 알 수 있다.

지금까지 정부는 빈약한 재정 형편은 고려하지 않고 무분별하게 선심성 의료혜택의 폭을 넓혀 왔다. 그로 인해 해마다 의료비(건강보험료)는 물가상승률 이상으로 인상하고 의료수가는 그 절반 이하로 묶어 두었음에도 불구하고 건강보험 재정적자는 메울 수 없었다. 여기에다 의료공급자의 자연증가율이 의료비 인상률과 비슷한 형편이니 의사들의 앞날은 어둡기만 하다.

그동안 정부는 급여 확대와 재정 절감이라는 두 마리 토끼를 잡기 위한 방편으로 의사들을 매도(?)하는 수법을 사용하고는 했다. 매년 의료비를 인상할 때마다 그 이유가 마치 의사들의 부도덕한 행위에서 비롯된 것처럼 호도해 왔던 것이다. 결과적으로 의료비 인상은 의사들의 배만 불려 주게 된다는 인식이 국민들 사이에서 팽배해진 것이다.

그런데 이제는 더 이상의 재정 절감을 꾀할 수단도 거의 바닥을 보이고 있고, 재정 절감만으로 의료 문제를 풀어 간다는 것 또한 한계에 도달하였다는 사실을 정부는 알고 있다. 추가재정을 확보하기 위해서는 의료비를 다른 OECD 국가와 비슷한 수준까지 올려야 한다는 사실도 알고 있을 것이다. 그러나 지금까지 정부가 견지해 온 잘못된 접근 방식 때문에 의료 재정 확보의 근본적 해결은 거의 불가능하다. 정권이 바뀌어도 의료 정책의 변화가 쉽지 않은 이유이다.

1, 2차 의료기관들의 붕괴 후에도 과연 국민 건강은 보장될 수 있을까? 아랫돌 뽑아 윗돌 괴는 지금의 방식으로는 국민 건강을 보장할 수 없다. 낮은 의료수가를 보전하기 위해서는 많은 수의 환자를 진료해야 하는 현재의 의료 시스템이 바뀌어야 할 때이다. 적정 수의 환자를 보아도 경영이 가능한 적정수가체계로 전환되어야 한다. 그것이 위기에 처해 있는 의료기관들의 도산을 막고 의료의 질을 높일 수 있는 비결이다.

둘째, 언론 보도의 문제다.

지난 10년간 다른 모든 정책들에 대해서는 비판적 태도를 견지해 온 언론들조차도 유독 의료 정책에 대해서만큼은 비판적 시각을 잃어버렸다. 그동안 언론은 의료에 대한 관심이 부족하였고 사실을 바르게 알리려는 노력을 소홀히 하였을 뿐 아니라 정부나 일부 시민단체의 일방적인 주장을 그대로 기사화해 왔던 것이다.

언론의 이 같은 태도는 분배의 논리에 밀려 목적이 좋으면 방법은 잘못되어도 상관없다는 안이한 태도에서 비롯된 것으로 생각된다. 그로 인해 지금까지 정부가 추진해 온 모든 의료 정책이 제대로 걸

좋은의사를 만난 환자는 행복하다

러지지도 않고 일사천리로 진행되어 왔으며, 모든 의사는 기득권이라는 이름 아래 이 사회에서 가장 부도덕하고 이기적인 존재들처럼 국민들에게 각인될 수밖에 없었던 것이다.

국내에 뿌리를 내린 지 100돌을 맞는 현대 의학이 국민의 건강을 지키는 파수꾼으로서 국민들에게 많은 신뢰와 사랑을 받아 왔다는 것은 누구나 알고 있는 사실이다. 그럼에도 불구하고 의료계는 최근 수년 사이에 엄청난 정책 변화의 소용돌이에 휘말려야 했다. 이제 그 이유는 무엇이며, 그 진행 과정은 정당하였는지, 그리고 아직도 공개되지 않은 의료의 실상은 어떠한지를 국민 모두가 알게 해야 한다.

언론은 그동안 소홀히 다루어 왔던 의료 정책에 대해 관심을 기울이는 자세를 보임으로써 국민 의료가 올바른 방향으로 나아갈 수 있도록 선도적 역할을 하여 주기를 기대해 본다.

셋째, 의사들 자신의 문제이다.

의사들 스스로 바람직한 진료 풍토를 조성하고 잘못된 의료 관행에서 벗어나고자 하는 자정 노력을 기울여야 할 때이다. 그동안 열악한 여건들로 인해 진료 풍토가 심각하게 허물어졌고, 많은 의사들이 기본 진료에서 더욱 멀어지게 되었다. 의사들은 각자 또 함께 더 이상 진흙탕 속으로 빠져들지 않도록 하기 위해 최대한 노력을 기울여야 한다. 자신이 배운 의학적 지식과 수련 과목 중심의 기본 진료만으로 생계가 보장되고 의사로서의 소신을 지키는 동시에 보람을 찾을 수 있도록 노력해야 한다.

의사가 되는 것이 부(富)를 누리는 수단이 될 수는 없다. 그러나 가난한 의사가 되어 환자들의 고통을 외면하는 것은 더더욱 용납될 수 없다. 언제까지나 순수 환자만 보는 것이 대부분의 의사들에게 주어진 천직이고, 의사들이 이 땅에서 누릴 수 있는 삶의 보람이라는 사실을 명심해야 한다.

내부적으로 의사들 자신의 변화를 찾는 노력이 대외적으로 알려질 때, 의사들을 바라보는 국민들의 시선도 달라질 것이다. 그것이 한순간에 이루어질 수 있는 일은 아니지만 언젠가는 가능한 일임에 틀림이 없다.

좋은 것일수록 비싼 대가를 지불해야 한다는 평범한 경제 원리가 의료에도 적용된다는 사실을 인정받는 날이 올 수 있기를 기대한다. 최소한의 투자로 최대의 효과를 누리고 있는 대한민국 의료제도가 이제 한계에 부닥쳤다는 사실을 국민들도 알아야 할 때라 생각한다.

(2008년 1월 이명박 대통령 취임을 앞두고)

좋은의사를 만난 환자는 행복하다

제3장

진료실의 난제들

건강에 대한 관심은 세계 어느 나라 사람들보다
높으면서도 약에 대해서는 국가도 개인도 너무
허술한 나라가 대한민국이 아닌가 싶다.
다른 사람의 말이라면 너무 쉽게 받아들이는 태도는
건강에 대해서만큼은 좀 더 엄격해질 필요가 있다.

1
약에 대한
오해와 진실

 진료실에서 환자들을 대하면서 가장 많이 겪는 어려움 중의 하나가 약에 대해 잘못된 인식을 가진 환자들을 설득하는 문제이다. 그렇다고 바쁜 시간을 쪼개어 이 문제에 대해 일일이 설명하고 이해를 시킨다는 게 쉽지가 않다. 가장 보편적인 몇 가지는 환자가 아니라도 누구나 알아야 할 중요한 문제라 생각되어 정리해 본다.

 첫째, 모든 약은 독(毒)이다?
 정도의 차이는 있으나 대부분의 약이 독성을 지니고 있음은 사실이다. 치료를 위해 약제마다 적정 용량을 사용하더라도 환자에 따라선 부작용이 발생할 수 있고 때로는 심각한 부작용으로 고통을 겪는 수도 있다. 환자 개개인의 체질이나 신체 조건과 관련되는 문제라 할 수 있다.
 의사라면 누구나 부작용이 없는 약을 처방하기를 원한다. 그러나 부작용의 위험성을 잘 알면서도 부득이하게 그 약을 처방해야 할 때가 있다. 때로는 어떤 약물의 독성을 이용하여 환자를 치료하는 수도 있다. 병균을 죽이거나 그 활동을 억제하기 위해 혹은 종양세포(암세포)들을 파괴하기 위해 약물의 독작용을 이용하는 경우이다. 당연히 정상세포도 일부 손상되지 않을 수 없지만, 치료를 위해서 어느 정도 희생은 감수해야 한다. 다만 득과 실을 따져서 득이 큰 편을 선택하도록 돕는 것이 의사의 역할인 셈이다.

매우 드문 일이지만 치료 약물의 부작용으로 인해 생명의 위협까지 받는 환자들도 있다. 그러나 누구에게 어떤 부작용이 발생할 것인지를 미리 예측하는 것은 쉽지 않기 때문에 사전에 부작용을 완벽하게 차단한다는 것은 불가능한 일이다. 단지 어떤 약의 부작용을 경험했던 환자에게는 동일한 계통의 약제는 피하는 것이 좋고, 특이 체질을 가진 환자에게는 더 많은 주의를 기울이는 등 환자 개개인의 신체 조건에 따라 약의 선택을 고려하는 것이 최선이라 할 수 있다.

그 외에도 많은 약들이 크고 작은 부작용을 지니고 있다. 그중에 가장 흔한 예로 모든 진통소염제가 아직도 위장장애라는 부작용 문제를 완전히 해결하지 못하고 있다. 어쩌면 약의 작용기전상 위장장애가 전혀 없는 진통소염제를 만들어 내는 것은 거의 불가능한 일인지도 모른다. 그래서 위장장애는 해열진통을 위해 약을 처방하는 의사들에게 가장 흔히 고심하는 문제가 되고 있다.

처음 고혈압 진단을 받은 환자들에게 약물을 처방할 때 흔히 듣는 말이 있다. "한번 혈압약을 먹게 되면 평생 먹어야 하기 때문에

　　　　　　　　이 시대를 지키는 마지막 선비

지금은 복용하고 싶지 않습니다." 궤변도 이런 궤변이 없다. 심각한, 아니면 치명적인 합병증이 발생한 뒤에 약을 먹겠다는 말이다. 혈압은 평생 따라다니는 병일 뿐 아니라 나이가 들수록 점점 높아질 가능성이 크다는 사실은 알지 못하고 약만 먹지 않으면 건강한 몸으로 생각하는 착각에 빠진 사람들 같다. 그런 환자들의 말만 듣다 보면 사후약방문(死後藥方文)을 내리는 일이 다반사가 될 것이다.

약이 무서워서 치료를 거부하는 환자들이 심심찮게 있지만 그보다 훨씬 무서운 것은 질병 그 자체이다. 그리고 모든 약은 독이라 할 수 있지만, 누가 어떻게 사용하느냐에 따라서 약이 될 수도, 독이 될 수도 있다는 사실을 알아야 한다.

둘째, 양약(洋藥)은 독하다?

작은 알약 몇 개나 간단한(?) 주사 한두 대로 병을 치료할 수 있다는 생각에서 양약은 독하다는 결론을 내린 것으로 이해된다. 쉽게 말해서, 약의 부피가 크면 순한 약이고 부피가 작으면 강한 약이기 때문에 신체에 끼치는 독성도 그만큼 클 것으로 판단하는 것 같다. 얼핏 생각하면 올바른 판단처럼 보이기도 한다.

치료약으로 개발되는 모든 약은 효과를 최대한 높이고 부작용은 극소화하기 위해 사전에 충분한 동물실험과 지원자를 대상으로 임상시험을 거쳐야만 한다. 이러한 시험 과정을 거쳐서 상용화되는 약물들의 치료 용량이 적게는 1밀리그램(1천 분의 1그램)에서 많아야 500밀리그램(0.5그램)에 불과하며, 1그램 이상을 필요로 하는 약은 아주 드문 편이다. 대부분의 환자가 치료를 위해 콧김만 불어도 날아갈 만큼 적은 양의 약을 매번 복용하고 있는 셈이다.

그런데 이처럼 적은 양의 약을 99.9%의 순수 성분만 환자에게 복용시킨다는 것은 거의 불가능한 일이다. 전달 과정에서 일어나는 손실과 관리상의 문제를 배제할 수 없기 때문이다. 이 문제를 해결하기 위해서 무해무독한 전분(澱粉)과 같은 부형제(賦形劑)를 첨가하여 일정한 크기의 형태로 만든 것이 우리가 복용하는 약이라 할 수 있다.

우리 신체는 자신을 보호하고 방어하는 기전을 가졌을 뿐 아니라 손상된 부위를 스스로 치유하는 능력도 지니고 있다. 그런데 그와 같은 자연치유능력이 손상되었을 때는 당연히 약물의 도움을 필요로 하지만, 치유 과정을 단축시키거나 치유 과정에서 겪는 고통을 줄이기 위해서 약을 투여하는 경우도 많다. 하지만 이때 필요 이상의 과량이나 불순물이 함유된 약을 투여한다면 환자는 새로운 위험에 빠질 수도 있다.

질병을 치료하기 위해 투약을 하면서 유해하거나 불필요한 성분을 함께 복용시킬 수는 없다. 그래서 국가마다 GMP(good manufacturing practice)라 하여 '우수의약품 제조 및 품질관리 기준' 제도를 운영하고 있다. 일정한 기준에 도달하지 못하는 약이 유통되는 것을 막기 위해서다. 제약회사들 중에 소위 일류메이커는 불순물이 적고 순도가 높은 원료로 가장 적정한 제형의 약을 만드는 회사라고 해도 거의 틀린 말은 아니다.

셋째, 생약(生藥)은 순하다?

원하는 효과를 얻기 위해서는 많은 양을 복용해야 한다는 관점에서 생약제제가 순할 것이라는 견해는 매우 설득력이 있어 보인다. 그러나 명심해야 할 점은 치료를 위해서 많은 양의 약물을 투여할 경우, 불필요한 성분도 함께 복용하게 된다는 사실이다. 더구나 충분히 정제되고 걸러지지 않은 상태로 섭취하기 때문에 인체에 유해한 성분도 부득이 포함될 수밖에 없다. 질병의 치료를 위해서 요구되는 특정 성분은 극히 소량에 불과할 뿐인데도 말이다.

건강한 사람, 건강한 신체 기능을 가진 사람이라면 웬만한 독성분이나 유해성분도 충분히 처리해 낼 수 있다. 그러나 그러한 성분을 처리하는 두 개의 신체 장기(간과 신장) 중 어느 하나의 기능이 저하된 환자라면 매우 심각한 문제가 발생할 수 있다. 그뿐만 아니라 어떤 성분이 특정 장기에 선택적으로 누적되어 치명적인 손상이 초래될 수도 있다.

당장 드러나는 손상은 아닐지라도 어느 성분에 반복적으로 노출되거나 지속적인 손상을 입게 된다면, 시간이 경과함에 따라 심각한 결과를 가져오게 될 것임은 자명한 사실이다.

넷째, 효과가 가장 높은 약은 주사제이다?

많은 환자들이 주사제를 선호하는 경향이 있다. 주사를 맞기 위해 병원을 찾는다는 환자들도 있다. 먹는 약의 효과는 다음이고, 외용약은 그다음이라고 믿는 환자들이 의외로 많다.

좋은의사를 만난 환자는 행복하다

모든 약물은 그 특성에 따라서 효과는 높이면서 부작용은 줄이기 위해 주사제나 경구약, 혹은 외용약의 형태로 만들어진다. 위장에서 흡수가 잘되는 약은 경구용으로 만들고 위산에 의해 쉽게 파괴되거나 흡수가 잘 안 되는 약은 주사제나 외용약으로 만든다. 수술환자나 부득이한 이유로 약을 복용할 수 없는 환자들을 위해서는 주사제가 필요하다. 물론 빠른 효과를 위해서 주사제를 선택하기도 한다. 때로는 약의 상호작용에 의한 효과를 높이기 위해 경구용과 주사제를 병용하기도 한다. 그런 경우라도 약의 제형의 차이에 불과할 뿐이지, 주사제의 효과가 더 좋아서 사용하는 것은 아니다.

　또 약의 작용 시간(혈중 반감기)이 짧은 약은 경구제로 사용하는 것이 더 효과적이라고 할 수 있다. 여러 차례 나누어서 적절한 시간대에 맞추어 복용할 수 있기 때문이다. 반감기가 짧은 약을 주사제로 쓸 경우 하루에 3~4회씩 주사를 맞아야 하기 때문에 하루에 한 번 내원하는 통원 환자들을 위한 치료에는 별로 도움이 되지 않는다. 또한 주사제의 경우, 약물이 혈관을 통해 바로 심장이나 체내로 들어가기 때문에 부정맥의 발생이나 약물로 인한 쇼크의 발생 위험 등은 다소 높을 수도 있다.

　요즘은 전신적인 부작용이나 위장장애를 줄이면서 병소(病巢)에 대한 선택적 치료 효과를 높이기 위하여 흡입용이나 패치(부착용)를 비롯해 다양한 형태의 외용약을 개발하고 있다.

　다섯째, 많이 알려진 약일수록 좋다?

수십 년 동안 꾸준하게 치료에 이용되어 온 약이라면 충분히 검증된 약이라고 믿어도 좋을 것이다. 사실 그런 약들도 많이 있다. 그런 약들은 대체로 안전하고 효과가 좋으면서 가격도 싼 편에 속한다.

그런데 요즘은 충분한 검증도 받지 않은 약들이 각종 광고매체를 통해 지나치게 선전되는 경향이 있다. 건강기능식품으로 등록된 제품들이 마치 전문의약품의 효과를 가진 것처럼 광고되는 예도 비일비재하다.

그리고 이런 제품들 중에는 전문약과 달리 정부의 가격규제정책에서 비껴 나 있기 때문에 생산 원가에 비해 엄청나게 고가로 팔리는 것들도 많다. 화려한 포장과 뛰어난 광고 효과 덕분에 전문약의 효과를 능가하는 약으로 둔갑하여 소비자들을 현혹하는 것이다. 결국 소비자는 비싼 광고비까지 포함된 거품 가격을 지불하고 구입하는 셈이다.

또 해당 제품이나 의학적 지식의 전달보다는 광고매체를 통해 자기 자신을 광고하기 위해 나오는 인물들도 있다. 학문적 검증도 거치지 않은 내용을 시청자들에게 전달하여 짧은 기간에 특정 제품들이 선풍적인 인기를 끌며 동이 나는 것을 볼 수 있다. 덕분에 광고 출연자는 그 방면의 대가인 것처럼 인식되는 등 광고 효과를 톡톡히 누리기도 한다.

언론매체에 소개된 약이니까 안전할 것이라고 믿고 복용한 뒤에 부작용을 겪는 사례가 많은 것은 물론이다. 하지만 그에 대해 책임지는 사람은 어디에도 없다.

여섯째, 비방(秘方)은 따로 있다?

과거에는 어떤 직업이나 기술이 가업의 형태로 자손에게만 이어지거나 도제제도(徒弟制度)에 의해 특정인에게만 전수되던 때가 있었다. 그들만이 가진 특정 기술이나 지식은 철저히 비밀에 부쳐지고는 했다. 지금도 많은 첨단 과학 기술들은 국가적인 기밀 사항이거나 해당 기업의 극비 사항으로 철저한 보안이 유지되고 있다. 물론 의학 분야에 있어서도 어떤 약물이나 의료기기에 대해서는 일정 기간 동안 특허권을 보장해 주고 있다.

그러나 의학적 지식과 치료 방법 등은 일찍부터 공개주의(公開主義) 원칙을 채택해 오고 있다. 의학에 있어서는 비방(秘方)을 허용하지 않고 있는 것이다. 심지어는 본인이 아무리 뛰어난 치료법을 개발하였다 하더라도 학술지에 공개되어 객관적인 검증과정을 거치지 않으면 인정받을 수 없다. 만일 그러한 지식을 독점적으로 소유할 경우에는 도덕적으로 비난을 받을 수밖에 없다.

이는 좀 더 나은 의술을 더 많은 환자들에게 베풀기 위한 의도인 동시에, 환자들에게 끼칠 수 있는 위험을 사전에 예방하기 위한 방편이기도 하다. 근본적으로 의술의 바탕에 깔려 있는 휴머니즘 정신으로 볼 수 있다. 이처럼 현대 의학은 학문적 검증과 통계적 바탕 위에서 유효성과 안전성이 확립된 것만 인정하고 있다. 이러한 점은 환자의 생명과 건강에 직결된 것이므로 모든 의학이 반드시 거쳐야 할 과정이라 할 수 있다.

그러나 아직도 많은 환자들이 비방의 존재를 믿는 경향이 있고,

충분히 검증받지도 못했을 뿐 아니라 학문적으로 체계화되지도 않은 것조차 '비방'이라는 이름을 걸고 환자들을 유혹하는 것을 심심 찮게 볼 수 있다. 혹자는 현대 의학이 해결할 수 없는 영역에 대해 전통 의술이나 소위 민중 의술에서 답을 찾았다고 하지만, 그것은 극히 일부의 예(어쩌면 우연일 수도 있는)를 일반화하는 오류를 범하고 있는 것이다. 그로 인해 현대 의학의 도움으로 효과적인 치료가 가능한 환자들까지 검증된 치료를 포기하고 비방을 찾게 하는 위험성을 지녔다는 사실을 깨달아야 한다.

얼마 전, 동맥경화증에 의한 심장병이나 뇌졸중의 발생을 예방하는 데 중요한 역할을 하는 고밀도 콜레스테롤(HDL-C)의 혈중 레벨을 60%까지 높일 수 있는 '톨세트라핍'이란 약물이 개발되어 출시를 눈앞에 둔 적이 있었다. 고혈압이나 당뇨병, 고지혈증 환자들을 위해 엄청난 도움이 될 것으로 예상하고 전 세계의 의사들이 고대하던 약이었다.

그런데 아쉽게도 마지막 3단계 임상시험을 마치는 시점에서 돌연이 약의 상품화 포기가 선언되고 말았다. 이 약을 개발하기 위해 무려 8억 달러(약 1조 원)가 들었는데도 말이다. 신약 하나를 개발하기 위해서는 보통 1억 달러, 많게는 5억 달러의 돈이 들어간다고 한다. 그에 비하면 '톨세트라핍'을 개발하기 위해서 들어간 돈은 과히 기록적인 액수라 할 수 있다.

그러나 이 약물이 심장 질환을 높일 수 있다는 시험 결과가 나온

좋은의사를 만난 환자는 행복하다

후에 제약회사는 제품 출시를 자진 철회하고 말았던 것이다. 제약회사로서는 안타깝기 그지없는 일이겠지만, 그와 같은 결정을 내린 이유는 장차 이 약의 부작용으로 인한 책임 문제를 가장 크게 고려했기 때문이라 본다. 이 사례에서 우리가 간과하지 말아야 할 것은 신약 하나를 개발하는 데 이처럼 철저한 검증 과정을 거치고 있다는 사실이다.

또 지금까지 몹시 아쉽게 생각되는 약이 하나 있다. 수년 전까지 기능성 위장장애에 사용하던 '씨사프라이드'(상품명 프레팔시드)라는 약이다. 웬만한 기능성 소화불량이나 변비 등에는 이 약 한가지로 해결되는 수가 많았다. 뇌혈관 관문을 통과하지 않기 때문에 다른 유사 제제들처럼 졸음을 유발하지도 않았고, 유즙분비도 일으키지 않았을 뿐 아니라 그 외의 부작용도 찾아보기 어려웠다. 그러면서 효과도 뛰어났기 때문에 위장약으로서는 세계에서 가장 많이 처방되어 왔던 약이다.

그런데 이 약이 심장마비를 일으키는 부정맥을 초래할 수 있다는 사실이 밝혀진 후에 미국 연방식품의약국(FDA)으로부터 생산 금지 조치를 당하고 말았다. 전 세계에서 그와 같은 부작용의 발생사례가 극히 적었는데도 말이다. 한동안 이 약의 효과를 대신할 마땅한 약이 없어서 의사들을 무척 곤혹스럽게 만들기도 했다.

건강에 대한 관심은 세계 어느 나라 사람들보다 높으면서도 약에 대해서는 국가도 개인도 너무 허술한 나라가 대한민국이 아닌가 싶다. 매스컴을 너무 쉽게 믿는 경향이 있는데, 검증되지 않은 내용

이 시대를 지키는 마지막 선비

인데도 걸러지지 않고 무책임하게 매스컴을 타는 일은 제발 없어야 한다. 또 다른 사람의 말이라면 너무 쉽게 받아들이는 태도는 건강에 대해서만큼은 좀 더 엄격해질 필요가 있다고 믿는다. 정부도 국민들의 건강을 위해 원칙에 충실한 의료 정책을 펴 나가도록 해야 한다.

지금도 노인들이 계신 집의 벽장 안에 약병들이 가득한 것을 볼 수 있다. 말만 번지르르한 사람들의 입담에 속아서 건강을 지키기 위해 사들인 것들이다. 이 중에는 건강을 위하는 약이 아니라 건강을 해치는 약들도 있다는 사실을 깨달았으면 한다.

2
스테로이드,
명약인가? 독약인가?

  사람의 양측 옆구리 안쪽에는 좌우 하나씩 두 개의 콩팥(신장)이 있고, 콩팥 바로 위에는 부신(副腎)이라는 작은 밤톨만 한 장기(臟器)가 붙어 있다. 여기서 분비되는 물질 중에 '스테로이드'라고 하는 부신피질호르몬이 있다. 이 호르몬이 부족할 경우에는 저혈압이나 저혈당, 심장 기능 저하, 전해질장애 등이 유발될 수 있고 각종 스트레스에 대한 대응능력이 떨어져서 생명의 위협을 받게 되는 만큼 생명 유지에 필수적인 물질이다.

  이 호르몬의 화학 구조가 밝혀지고 대량 생산이 가능해지면서 의학적으로 매우 요긴하게 이용되고 있다. 대표적인 예를 몇 가지 든다면, 중증의 혹은 긴급을 요하는 알레르기 질환에 대해 가장 효과적인 치료제라 할 수 있고, 다른 항암제와 함께 각종 암 치료의 병합 요법은 물론, 류마티스 관절염을 비롯한 자가면역질환(自家免疫疾患)이나 각종 혈액 질환, 만성신장염 등의 치료제로 사용되기도 한다. '아나필락시스'라고 하여 생명을 위협하는 즉시형 과민 반응에 응급처치약으로 처방될 뿐 아니라 쇼크 상태로 죽음 직전에 있는 환자를 되살리는 데 일조를 하는 선약(仙藥)이 되는 수도 있다. 인체에 없어서는 안 될 물질인 동시에 질병의 치료를 위해서도 정말 중요하고 좋은 약이라 할 수 있다.

그런데 이 약(호르몬)이 처음 나온 이후 지금까지 거의 만병통치약처럼 무분별하게 사용되어 온 것이 사실이다. 한때 '살찌는 약'으로 소문이 나서 수십 년간 보약처럼 쓰이기도 하였고, 원인과 관계없이 모든 종류의 피부 질환에 마구잡이로 남용되기도 했다. 그 외에 관절통이나 근육통은 물론이고 감기몸살 등으로 몸에 열이 날 경우에도 단기 요법으로 사용되었다.

각종 진액(소위 엑기스), 보약이나 관절통 혹은 신경통약 등에 섞여 팔리기도 하고, 노인들을 상대로 뜨내기 약장수들이 팔고 가는 정체불명의 환약들에는 거의 대부분 이 약이 섞여 있다고 해도 과언이 아니다. 한때 불법시술자들이 가정집을 빌려서 주사로 마구 찔러 대기도 했고, 수백 알(혹은 천 알)씩 담긴 약병을 경로당이나 시장터를 돌면서 파는 사람들도 있었다.

또 의약분업 예외 지역에 속한 대도시 주변이나 중소도시의 일부 약국들에서 이 약으로 불법조제를 하는 바람에 환자들이 구름처럼 몰려들기도 했다. 어쩌면 지금도 어디선가 이런 일이 버젓이 일어나고 있는지도 모른다. 치부(致富)를 위해 환자들의 안전은 완전히 무시해 버리는 악랄한 처사가 아닐 수 없다.

이 약을 복용한 사람들 중에는 갑자기 입맛이 돌면서 보름달처럼

좋은의사를 만난 환자는 행복하다

얼굴에 둥실둥실 살이 오르고(滿月顏, moon face) 배가 나오는 수가 많다. 그래서 지금도 이런 효과를 악용(惡用)하는 사람들을 흔히 볼 수 있다. 몸통은 굵은 데 비해 팔다리는 의외로 가늘고 손목 주위에 혈관이 터져서 쉽게 멍이 드는 노인들을 심심찮게 볼 수 있다. 대부분 이 약의 부작용으로 판단하면 틀림이 없다. 그러나 이 약을 복용한 모든 사람에서 이와 같은 신체 변화가 나타나는 것이 아니기 때문에 다른 심각한 부작용이 생길 때까지 본인도 모르고 계속 복용하는 사례가 많다.

평소 건강하던 사람이 갑자기 발생한 체중 감소나 갈증 혹은 피로감 때문에 병원을 찾았다가 당뇨로 진단을 받는 수가 많고, 진작 당뇨병을 앓고 있던 사람이라면 거의 모든 환자에게서 혈당치가 갑자기 치솟으면서 병세가 악화되는 것을 볼 수 있다. 가끔 호흡 곤란으로 인해 내과를 찾기도 하는데 심부전증이 발생하였거나 혈압이 높아진 경우가 많다.

또한 면역 능력이 약해져서 각종 세균에 감염되기가 쉽고, 대수롭지 않은 염증도 폐렴이나 패혈증으로 이행되어 사망하는 수도 있다. 장기 복용을 할 경우에는 거의 모든 사람에서 심한 골다공증이 초래되고, 가벼운 충격에도 쉽게 뼈가 부러져서 정형외과를 찾는 환자들도 있다. 성장기에 있는 아이들이 이 약을 장기간 복용하면 발육 장애를 가져오기 쉽다.

이 약을 한번 복용해 본 사람은 달콤한 약효에 반해서 다시 찾는 일이 많은데, 통증을 가라앉히는 데는 이보다 효과적인 약이 없기 때문이다. 어쩌다가 한 번씩 복용(혹은 주사)해도 몇 차례 반복하다 보면 중독 증세가 심하게 올 수 있다. 또 장기간 복용하다가 갑자기 끊고 나서 입맛을 잃고 온몸이 나른해지며 전신이 쑤시고 아파서 병원을 찾는 사람들도 있다. 이런 환자가 오면 의사는 이 약 때문에 생긴 부작용(금단증상)인 줄은 미처 생각지 못하고 무슨 악성종양(암)에 걸린 것이 아닌가 하여 엉뚱하게 고심하기도 한다.

정말 좋은 약임에는 분명하지만, 나는 이 약을 마음 놓고 처방할 자신이 없다. 심지어는 반드시 처방해 주어야 할 환자에게조차 주저하게 되고 부작용이 두려워서 아예 처방을 내지 못하는 수도 있다. 지금까지 환자를 진료해 오는 동안 이 약이 선용되는 것보다는 악용되는 예를 더 많이 보아 왔으며, 잠시 달콤한 효과 때문에 이 약을 복용하고 나서 죽는 날까지 고통받는 환자들을 너무나 많이 보아 왔기 때문이다.

그런데 정작 안타까운 것은 자신도 모르게 이 약이 마구 남용되고 있다는 사실이다. 잠시 눈가림을 위해서 혹은 우선 눈앞의 이익을 위하여 환자들에게 끝없는 고통과 절망을 안겨 주는 양심 잃은 사람들을 저주하고 싶다. 지금 이 순간에도 알게 모르게 이 약의 악마 같은 매력에 빠져드는 많은 사람들이 있음을 한탄한다.

반드시 전문가의 정확한 의학적 지식과 양심적인 판단이 요구될 뿐 아니라 까다로운 치료 원칙에 따라 처방되어야 할 약임은 두말할 나위도 없다. 국민 건강을 위해 철저하고 투명한 유통 관리가 이루어져야 할 대표적인 약이라 할 수 있다.

　　　　　　　　　　　　　좋은의사를 만난 환자는 행복하다

3
현대 의학과 전통 의학

　1800년대 중반 이후 서구에서는 자연과학이 발달하면서 전통 의학이 현대 의학으로 탈바꿈하는 전환기를 맞이하게 되었다. 철저한 실험정신의 바탕 위에서 엄격한 검증을 통해 전통 의학의 허(虛)와 실(實)을 밝히고 과학이라는 새로운 학문을 접목시킨 결과였다. 그것은 질병의 고통으로부터 사람들을 해방시키고자 하는 이들의 열망과 어떤 비판도 겸허히 수용하는 연구자들의 학문적 자세에 대한 보답이라 할 수 있다. 그 후 현대 의학은 자연과학의 눈부신 발전에 힘입어 첨단 의학의 길로 들어서게 된 것이다.

　지금도 현대 의학의 맹점을 이야기하는 사람들이 더러 있다. 그리고 현대 의학이 해결하지 못하는 분야가 여전히 많이 남아 있는 것도 사실이다. 그뿐 아니라 앞으로도 계속 현대 의학을 향해 끊임없는 숙제가 주어질 것이라고 믿는다. 하지만 그러한 문제에 대한 모든 해결책은 흘러간 전통 의학으로 회귀함으로써 얻을 수 있는 것들이 아니라, 새로운 과학의 발달에 힘입어야 할 것들이 대부분이다.

한편 현대 의학은 전문화와 세분화로 인해 환자 개개인에 대한 총체적 사고가 어려울 뿐 아니라 각종 의료 장비에 의한 검사 결과와 수치에 지나치게 의존하는 경향이 높고 감성적 접근이 떨어진다는 문제점을 안고 있다. 그러나 그것은 현대 의학 자체의 문제라기보다는 하루가 다르게 발전하는 의학과 의술의 모든 영역을 개개인의 의사가 습득하기에는 과분한 능력의 한계에서 비롯된 것임을 알아야 한다.

혹자는 아프리카나 호주 원주민들, 또는 아메리카 인디언들이 지닌 전통 의술의 우수성을 말하기도 한다. 그러나 비록 그들이 그들만의 비방(秘方)을 일부 가졌다 할지라도 현대 의학의 혜택을 받는 이들보다 그들이 더 훌륭한 의술의 혜택을 누리고 있다고 생각할 사람은 아무도 없을 것이다. 현대 의학은 과학이 낳은 사생아가 아니라, 과학이 피워 내는 가장 아름다운 꽃이라고 할 수 있다. 이 말은 현대 의학을 맹종하거나 단순히 현대 의학을 예찬하기 위해서가 아니라 질병으로부터 인류를 구원하는 일에 현대 의학이 가장 근접하여 있다는 사실을 말하고자 함이다.

서구의 전통 의학이 과학의 발달을 등에 업고 현대 의학으로 눈부시게 발전해 오는 동안 동양의 전통 의학은 비방(秘方)이라는 이름으로 겨우 그 명맥을 유지하고 있었을 뿐 거의 암흑기를 보내고 있었다고 해도 과언이 아니다. 그런데도 지금 국내에서는 전통 의학인 한의학이 현대 의학과 대등한 위치에서 국민의 건강을 지키는 주류(主流)로 등장하기를 열망하고 있다. 과연 그것이 가능한 일인지 묻고

좋은의사를 만난 환자는 행복하다

싶다.

거북선은 세계에 자랑할 수 있는 우리 조상의 뛰어난 발명품이지만, 첨단 장비를 갖춘 오늘날의 항공모함 앞에서는 한낱 무용지물에 불과하다는 것은 누구도 부인할 수 없는 사실이다. 이미 오래전에 전통 의학의 품을 떠나 첨단 의학을 맛본 사람들을 향해 새삼스레 전통 의학이 그 본래의 모습으로 다가서려 할 때, 그것을 수용할 나라가 세계 어디에 있겠는가?

현대 의학을 버리고 전통 의학의 품으로 다시 돌아가기를 원하는 국가나 국민은 이 세상 어디에도 없을 것이다. 물론 현재도 전통 의학의 일부 영역을 대체의학으로 활용하는 사례가 있지만, 그것은 현대 의학의 미흡한 부분에 대한 보완적 수단의 하나로 접근할 뿐이지 현대 의학을 전통 의학으로 대체하려는 시도가 아니라는 사실을 알아야 한다.

지구상에 남아 있는 몇 안 되는 전통 의학으로서 중의학(中醫學)과 더불어 웬만큼 체계화가 되어 있는 것이 한의학(韓醫學)이라 할 수 있다. 그러나 동양에서는 한의학도 중의학도 과학이라는 잣대 앞에 검증되고 걸러지는 과정을 거치지 못한 채 지금까지 흘러왔다. 진작 서구의 전통 의학이 밟아 온 발전의 길을 걷는 아픔을 겪어야만 했으나 그러지 못한 탓에 까마득히 앞서가고 있는 현대 의학과는 더 이상 경쟁할 기회를 잃어버렸다고 해도 과언이 아니다.

의학을 하는 사람은 인문학적인 소양을 갖춰야 함이 마땅하나, 의학 자체가 인문학이나 철학이 될 수는 없다. 이제 우리는 의학과 의술을 행함에 있어 과거로 회귀할 것인가 아니면 새로운 학문을 배우고 익혀 더욱 앞으로 나아갈 것인가를 분명히 해야 한다. 자연 과학이라는 냉철한 잣대 앞에 효용 가치를 평가받지 못한 전통 의학이 현대 의학적 진단과 치료를 위해 첨단 과학이 만들어 낸 각종 의료 장비와 진단술기를 이용하려는 태도는 올바른 자세라 할 수 없다. 그것은 진료의 기본 원칙을 벗어난 것이며, 그러한 방식으로 환자를 치료하여 기대하는 결과 또한 얻어 낼 수 없다.

우리의 전통 의학이 아직도 가치 있는 분야가 있다면 하루라도 빨리 과학적인 바탕 위에서 객관적인 검증을 거쳐 그 효용성과 안전성을 인정받게 되기를 원한다. 그런 후에 임상적 활용이 될 때, 비로소 국민 건강에 도움이 될 뿐 아니라 국익에도 기여할 수 있게 되리라 믿는다.

4
당뇨와 식이

　진료실에서 의사를 가장 곤혹스럽게 만드는 사람들이 당뇨 환자들이라 할 수 있다. 자신들이 가진 병의 위험성을 과소평가할 뿐 아니라 때로는 '당뇨로 인해 오는 증상을 즐기고 있는 것은 아닌가?' 하는 기이한 생각이 들기까지 한다.

　인간이 지닌 여러 가지 욕망 중에 가장 큰 세 가지를 든다면 식욕과 성욕, 명예욕이라 할 수 있고 그중에서도 본능에 가장 가깝고 생존과도 밀접한 연관이 있는 것이 식욕이라 생각된다. 성인당뇨병을 앓는 대부분의 환자들이 의사를 곤혹스럽게 만드는 이유도 그 때문이 아닐까 싶다.

　당뇨병도 다른 질환들처럼 질병의 초기부터 환자들에게 신체적 고통을 안겨 주었으면 좋겠다는 생각이 들 때가 많다. 당뇨병은 웬만큼 병이 진행될 때까지 환자가 별로 고통을 느끼지 못할 뿐 아니라, 그들로 하여금 본능에 더욱 충실하게 따르도록 만들기 때문이다. 당연히 맛있는 것을 더 많이 찾게 되고 더욱 게으름을 피우게 된다. 갖가지 합병증으로 고통에 시달릴 때는 이미 돌이킬 수 없을 만큼 건강에 심각한 손상이 초래된 경우가 많다.

특히 40~50대 이전에 당뇨에 걸린 환자를 대할 때면, 본인뿐 아니라 어린 자녀들의 미래까지 생각지 않을 수 없다. '가장의 불행은 곧 가정의 불행'이란 생각에 가슴이 아플 만큼 충격요법을 가하지만, 당장 크게 불편하지 않고 또 10년 혹은 20년 후에 닥칠 일이라는 이유로 심각하게 받아들이지 않는 이들이 많다. 바쁜 생활 탓도 있겠지만, 그보다는 먹는 즐거움과 편해지고 싶은 욕망을 뿌리칠 수 없기 때문이리라.

당뇨 환자들을 위해 잘 정리된 식단표를 비롯하여 좋은 교육 자료들이 많이 나와 있지만, 의사인 내가 보기에도 환자 개개인에게 적용시키는 데는 많은 어려움이 따른다. 다양한 생활양식과 복잡한 대인관계 속에서 살아가는 사람들이 그대로 실천한다는 것은 보통 정성으로는 불가능하기 때문이다. 식이요법과 규칙적인 운동 습관을 통한 생활 습관 개선과 약물요법에 대해 성가실 만큼 잔소리를 하지만 제대로 지켜나가는 사람은 많지 않다.

당뇨 환자들에게 있어서는 일상생활 중에 본인들 스스로 자기 관리를 해 가면서 사회생활을 영위할 수 있도록 도와주는 것이 무엇보다 중요하다. 당뇨는 환자 스스로 자신을 치료하는 의사가 되지 않고서는 건강한 몸을 유지할 수 없는 병이기 때문이다. 따라서 간단명료하면서도 실천 가능한 방안들을 환자들에게 제시해 줄 필요성을 절실히 느끼곤 한다.

나는 처음 당뇨로 진단받는 모든 환자에게 다음의 세 가지를 항시 강조하고, 제대로 실천하고 있는지 수시로 확인해 본다.

첫째, 맛있는 것은 먹지 마라(절대로 먹지 마라).
둘째, 맛없는 것도 많이 먹지는 마라(정량만 먹어라).
셋째, 많이 움직여라(게으르지 마라).

맛있는 것이라면 달콤하거나 고소한 것들이 전부이다. 설탕으로 조리한 음식, 기름에 튀긴 음식 등 당분이 많이 들어 있거나 지방(식물성·동물성 구분할 것 없다)이 많이 들어간 음식에 해당된다. 모두 고칼로리 식품들이고 위장에서 빠른 시간 내에 쉽게 흡수되어서 순식간에 혈당을 높이거나 지속적으로 높은 혈당을 유지하게 만든다. 삼겹살, 비계, 갈빗살, 꽃등심, 곱창 등 육질이 부드러운 고기 또한 피해야 할 고지방 고칼로리식품이다. 당뇨 환자들이 흔히 착각하고 있는 것 중 하나가 과일은 당을 올리지 않는 것으로 알고 있다는 사실이다. 달콤한 과일, 소위 당도가 높은 과일은 설탕과 마찬가지다.

당뇨 환자들에게 당부하는 말 중에 하나가 다른 사람이 건네주는 음식은 절대로 받아먹지 말라는 것이다. 맛없는 음식을 남에게 권하는 사람은 아무도 없다. 맛있는 음식은 곧 고칼로리식품이라 할 수 있고, 그런 음식을 입에 대면 당연히 혈당이 치솟을 수밖에 없다. 주는 사람의 정성은 고맙지만 강하게 사양하는 것이 자신의 건

이 시대를 지키는 마지막 선비

강을 지키는 비결이다. 그리고 냉장고에 음료수나 달콤한 음식 등은 절대로 넣어 두지 말아야 한다. 이들의 유혹을 이겨 낼 당뇨 환자는 거의 없기 때문이다.

혈당을 내리는 음식이란 없다. 아무리 맛이 없는 음식이라도 많이 먹으면 혈당은 올라가기 마련이다. 단지 혈당을 적게 올리거나 칼로리 섭취를 줄이는 데 도움을 줄 뿐이다. 혈당을 전혀 올리지 않는 식품의 예를 굳이 들자면, 구근식물이 아닌 채소(나물)와 소위 맹물밖에 없다. 그런데도 많은 당뇨 환자들이 혈당을 내리는 식품이란 말만 듣고 특정 식물(혹은 식품)을 과하게 섭취하는 경우를 흔히 볼 수 있다. 먹지 말라는 소리만 듣던 사람들이 마음껏 먹어도 된다는 말에 솔깃하여 모두 속아 넘어간 것이다. 각자의 신체 조건과 활동량에 따라서 정해 준 칼로리를 섭취하도록 노력하는 지혜가 필요하다.

입은 부지런하고 몸은 게으른 사람들이 당뇨에 많이 걸린다. 아니, 당뇨에 걸리면 입은 부지런해지고 몸은 게을러지기 마련이다. 밥만 먹고 나면 드러눕거나 비스듬히 기대서 TV를 보다가 꿈속으로 빠져드는 환자들이 많다. 이처럼 잘 먹고 잘 자는 사이에 몸은 누더기처럼 망가지는 것이다.

그래서 나는 당뇨 환자들을 교육시킬 때 밥숟가락을 놓기 바쁘게 밖으로 나가라고 한다. 하다못해 마당이나 옥상이라도 거닐도록 시킨다. 알맞게 먹고 매일 꾸준하게 움직이는 것만으로도 혈당이 정상으로 유지되는 환자들이 많다. 다만 먹고 싶은 것을 마음대로 먹

좋은의사를 만난 환자는 행복하다

지 못하고 게으르고 싶은 몸을 좀 더 움직여야 한다는 불편함이 따를 뿐이다.

진료 중에 혹은 전화로 '○○은 먹어도 되느냐?'고 물어오는 환자들이 있다. 그럴 때는 '먹어라', '먹지 마라'로 답을 하기보다는 본인의 판단으로는 어떻게 생각하는지를 되물어 본다. 본인들이 바른 답을 알고 있으면서도 음식의 유혹을 이기지 못해 질문을 해오는 경우가 많다. 어떤 음식 앞에서든 환자들 스스로 판단하여 지킬 수 있는 수준만 된다면, 당뇨병으로 인해 건강이 심각하게 손상되는 일은 막아 낼 수 있다.

자기 자신과의 싸움에서 승리하는 자만이 건강을 지켜 낼 수 있다. 오늘도 식사 조절이 좀처럼 되지 않아 혈당수치가 널뛰듯 하는 환자에게 잔소리를 심하게 하였더니, 처방도 받지 않고 진료실을 떠났다. 다시는 나를 찾지 않겠다는 마음으로 발길을 돌렸을 것이다. 비록 서운한 마음에 나를 원망하더라도 그것이 하나의 자극이 되어 스스로의 건강을 지켜 갈 수 있기를 간절히 빈다.

5
한국인의 음주 문화

한국을 다녀가는 외국인들에게 한국에 있을 동안 가장 인상적이었던 점이 무엇이냐고 물으면, 거의 대부분이 이구동성으로 하는 말이 있다. "한국인들은 술을 매우 좋아하는 것 같다. 저녁이면 어디를 가나 술에 취해 비틀거리는 사람들을 볼 수 있다."는 말이다. '금수강산'이니 '맑은 가을 하늘'이니 하는 말들은 우리끼리만 알고 초등학교 교과서에나 나오는 말처럼 되어 버렸다. 장기 체류를 통해 우리의 모습을 속속들이 알고 있는 외국인일수록 우리나라 사람들의 음주 문화에 대해 강한 인상이 남아 있는 것을 어렵지 않게 볼 수 있다.

우리나라 사람들은 기쁜 일, 슬픈 일 가릴 것 없이 무슨 행사나 모임이 있으면 반드시 술자리가 마련되고, 한번 시작된 술자리는 간단히 일차에서 끝나는 법이 없다. 2, 3차까지 가야만 직성이 풀리고 몸을 가누지 못할 정도로 마셔야 자리를 뜨는 것이 관례처럼 되어 있다. 그리고 한 가지 술만 마셔서는 성에 차지를 않아

좋은의사를 만난 환자는 행복하다

맥주로 시작한 술이 소주로 바뀌고, 양주까지 보태지다가 결국에는 다양한 폭탄주를 만들어 완전히 나가떨어지도록 만드는 경우도 많다.

그러다 보니 기분 좋게 시작한 술자리도 취기가 무르익어 갈수록 고성이 오가고 실수가 쏟아져 나오다가 결국에는 폭력 사태로 발전하는 일이 비일비재하다. 평소 서운했던 감정이 가슴 밑바닥에 깔려 있다가 술이 취하고 나면 어느 순간 불시에 폭발해 버리는 것 같다. 술을 마신 이튿날에는 근무에 지장을 줄 만큼 몸에 무리가 오지만, 술이 깰 때쯤 되면 다시 새로운 술자리를 찾는 사람들도 있다.

OECD 국가 중 국민 일 인당 술 소비량이 서너 손가락 안에 들고, 음주로 인한 교통사고율은 세계 제일이라고 한다. 정확한 통계만 나올 수 있다면 알코올성 간경화증으로 인한 사망률도 아마 세계 제일이 아닐까 싶다. 술로 인해 그 가족들이 입게 되는 피해도 당연히 세계 제일일 수밖에 없다.

오죽하면 한국인들이 많이 모여 산다는 영국 킹스턴 시에서는 '음주 운전 금지'라는 유례없는 한글 교통 팻말까지 세우게 되었을까? 한국인들을 특별히 배려한 킹스턴 시 교통경찰에게 국가적인 차원에서 감사패라도 전해야 할 것 같다. 세계 제일이면 무엇이든지 가릴 것 없이 좋아하는 사람들이 우리 한국인들이 아닌가 하여 씁쓸레한 기분을 지울 수가 없다.

40~50대에 술에 찌들고 간이 망가져서 병원을 찾는 사람들이

이 시대를 지키는 마지막 선비

많다. 아무리 알코올의 위험성을 설명해도 듣지 않는 사람들이 대부분이다. 안타까운 마음에 타이르는 정도를 넘어 경고도 하고 꾸짖기도 하지만 별로 달라지는 것은 없다. 때로는 자존심이 상할 만큼 능멸해 보거나 저주에 가까운 말을 할 때도 있지만 대개는 소귀에 경 읽기로 끝나 버린다.

그러다가 얼마 후에 복수가 차고 황달이 심해져서 다시 찾아오지만, 결국 50대 중반을 넘기지 못하고 세상을 떠나는 사람들이 많다. '어쩌면 목숨을 술과 바꿀 수 있을까?' 하는 생각이 들 만큼 그들에게는 정말로 술이 목숨보다 소중한 것 같다. 자신은 그렇다 치고 인격의 황폐화 내지는 알코올성 치매로 인해 그 가족들이 받는 고통을 생각하면 옆에서 보는 내가 분노를 느낄 때도 많다.

워낙 무절제하게 술을 즐기는 사람들이 많은 것을 보면서 나름대로 우리의 음주 문화를 새로 만들어 가는 것이 좋을 것 같아서 '바람직한 음주법'을 몇 가지 생각해 본다.

첫째, 자신의 주량을 알고 마시자.

평소에 자신의 적정 주량을 알아 두도록 하고, 자신의 건강 상태를 고려하여 마시도록 하자. 권하는 대로 마시다 보면 술이 깨고 나서 후회할 일만 남는다.

대개는 취기가 도는 순간 자신의 주량을 잊어버린다. 처음에는 사람이 술을 마시지만, 나중에는 술이 술을 마신다는 말이 맞는 것 같다. 그러나 결국에는 술이 사람을 마셔 버리게 된다.

둘째, 기분 좋게 취하자.

첫 술잔을 들 때의 기대와 흥분을 적당히 즐기면서 분위기에 빠져드는 것이 좋다. 도를 넘어 분위기를 깨뜨리는 사람이 있을 때는 적당한 기회에 자리를 떠서 자신의 하루를 좋은 기분으로 매듭짓도록 하자. 취한 사람의 뒷감당은 마무리하기도 힘들뿐더러 보람도 없다. 술이 깬 다음 날에도 '전날 즐거웠다'는 기분을 가질 수 있다면 더 이상 바랄 것이 없을 것이다.

셋째, 아까운 술을 낭비하지 말자.

적당히 나누어서 두고두고 마시면 몸에 무리도 오지 않고 필요한 때에 기분도 풀 수 있는 것을 한꺼번에 다 마시고 나서, 정작 술이 고플 때는 누군가의 신세를 져야 하는 수가 있다.

고급 양주에 비해 손색없는 술이 우리의 소주라고 생각되지만 술값이 워낙 저렴하다 보니 대중없이 마구 마시는 것이 습관처럼 되어 있다. 우리나라 사람들의 지나친 음주 문화는 값싼 소주로 인해 생겨난 것이라고 볼 수도 있다. 어려운 경제 형편에 적당히 아껴 가면서 즐기는 지혜를 갖자.

넷째, 사흘 걸러 한 번씩만 마시자.

하루에 소주 2홉들이 2병씩 20년 동안 마시면 적어도 반수 정도에서 간경화증이 온다고 알려져 있다. 20년이면 긴 세월 같지만, 스무 살에 술을 시작하여 마흔 살에는 황달이 오고 배에 복수가 찰

수 있다는 뜻이다. 그런 사람이 5년을 넘겨서 살 확률은 반도 되지 못한다는 말이다. 사랑스런 자녀가 면사포를 쓰는 날에 자신의 자리가 비어 있는 모습을 상상해 보라.

애주가이면서도 간 박사로 유명한 모 대학 교수 한 분은 술을 마실 때는 취하도록 마시지만, 그다음 3일 동안은 어떤 자리에서건 단 한 방울의 술도 입에 대지 않았다고 한다. 흡수된 알코올이 대사되는 데 걸리는 시간이 3일가량 되기 때문이다. 취하도록 마시되 다음 3일간은 소중한 간에게도 쉴 여유를 주자.

다섯째, 아주 무너지도록 마시지는 말자.

적당히 풀어지고 분위기를 즐길 줄 아는 사람이 되어야지, 스스로 통제 불능의 상태에 빠져서 자신의 치부를 완전히 드러내는 실수를 범해서는 곤란하다. 평소에 좋았던 자신의 이미지가 술 때문에 한순간에 무너져 버릴 수 있다. 한번 무너진 이미지를 다시 회복하는 일은 정말로 어렵다. 원만한 인간관계는 바람직하지만, 무례와 무절제를 술 때문이었다고 핑계 댈 수는 없다. 적당히 취하고 즐기는 선에서 후회 없이 술에서 깨어날 수 있도록 하자.

술 매너가 깨끗한 사람은 주위 사람들의 신뢰를 받게 되고 사회생활에서도 유리한 고지에 설 수 있다. 술 매너가 깨끗하다 해서 넥타이를 반듯하게 매고 맨정신으로 경직된 자세를 보이라는 말은 아니다. 평소에는 서로 마음을 터놓고 지내기 어려운 사람이라도 쉽게 마음을 열고 가까워질 수 있는 곳이 술자리이고, 업무상 쌓이

좋은의사를 만난 환자는 행복하다

는 스트레스를 쉽게 풀 수 있는 곳도 술자리이다. 사회생활에 많은
도움을 주는 것이 술이지만, 지켜야 할 한계를 벗어날 때 술은 독이
될 수도 있음을 명심하자.

다음은 아무리 마시고 싶어도 술을 금해야 할 사람들이다. 스스
로 자신을 위해 술을 금해야 하고, 이런 사람에게는 절대로 술을 권
하지 않는 친구를 진정한 친구라고 할 수 있다. 그렇지 않으면 친구
사이가 아니라 친구의 목숨을 노리는 원수라고 봐야 마땅하다.

첫째, 간 기능 검사에서 이상 소견이 발견된 사람.
원인이 무엇이든 이미 간에 고장이 생긴 사람이다. 이미 치명타
를 맞아서 비틀거리고 있는 간에다 굳이 확인사살까지 할 이유가
있는가? 급성 간 질환에서는 증상도 뚜렷하고 수치 변화도 커서 누
구나 조심하게 된다.
그러나 만성 간 질환의 경우에는 간 기능 검사에서 수치 변화가
별로 나타나지 않는 예가 많아서 수치만 보고 정상인 것으로 방심
하다가 간을 완전히 망가뜨리는 수가 있다. 만성 간 질환에서는 미
세한 수치의 변화도 아주 의미 있게 보아야 한다. 혈액검사에 나타
나는 수치는 참고 사항에 불과할 뿐, 의사의 진찰에 의한 종합적인
판단이 더 정확하다고 할 수 있다.

둘째, B형 혹은 C형 간염환자나 보균자.

간염균만으로도 간에 심각한 손상이 초래될 수 있는데 술까지 마셔서 더욱 치명적인 손상을 줄 수는 없다. 또 술은 발암 인자로 알려져 있다. 간암은 손상된 간세포로부터 발생하기 때문이다. 술 때문에 간암을 초래할 필요는 없다.

셋째, 평소보다 적은 양을 마셔도 쉽게 취하거나 늦게 술이 깨는 사람.

굳이 간 기능 검사나 초음파 검사를 해 보지 않아도 이미 간에서 경고 신호를 보내는 경우이다. 전문의의 진찰을 받을 필요가 있는 사람이며, 검사 결과가 좋게 나오더라도 당분간 술은 금할 필요가 있다. 이런 경고 신호를 무시하면 반드시 후회할 날이 머지않아 찾아올 것이다.

넷째, 평소에 술을 마시면 중대한 실수를 범하거나 주정이 심한 사람.

말할 필요도 없다. 가장으로서 또 사회인으로서 당연히 실격이다. 무슨 수를 쓰더라도 술을 끊어야 하지만 혼자만의 노력으로 술을 끊는다는 것은 거의 기대하기 어렵다. 알코올 전문클리닉을 찾아 의사의 도움을 받아야 할 사람이 많다.

다섯째, 당뇨병이나 기타 만성 질환으로 인하여 의사로부터 금주 지시를 받은 사람.

좋은의사를 만난 환자는 행복하다

의사들은 건강과 상관없는 일에 불필요하게 금주를 요구하지 않는다. 일반적인 상식으로 생각하여도 술이 해가 되는 사람들이다. 그런데도 스스로 자제하는 능력이 부족하여 화를 자초할 필요가 어디 있는가?

여섯째, 급성 염증성 질환을 앓고 있는 사람.

알코올은 면역 능력을 저하시킨다. 특히 급성 염증성 질환이 있음에도 불구하고 술을 마시면 순식간에 치명적인 상태로 악화될 위험이 있다. 우선 급한 불부터 끄고 나서 술을 마셔도 늦지 않다.

나 자신은 애주가도 아니고 그렇다고 술 전문가도 아니다. 하지만 진료실에서 환자들을 보면서 느끼는 점이 너무나 많아서 언젠가는 꼭 한번 많은 사람들에게 건강을 되찾고 행복한 삶을 살기 위한 경고의 메시지로 들려주고 싶었다.

6
이상한 먹거리들

진료실에서 환자들로부터 자주 듣는 질문이 하나 있다. "○○○이 몸에 좋다는데 먹어도 될까요?" 하는 말이다. '건강에는 ○○이 좋다'는 식으로 어떤 물질(식물)이 TV 같은 공중파 방송을 한번 타고 나면 마치 불노불사의 약이라도 등장한 것처럼 많은 사람들에게 관심의 대상이 되는 현상을 볼 수 있다. 그처럼만 된다면 아예 병에 걸리지도 않겠거니와 설혹 걸렸다 해도 못 고치는 병이 없을 것 같다. 병원이나 의사가 무슨 소용이 있겠는가? 모든 사람이 신처럼 영생불사의 존재가 되어 버릴 텐데.

그래서 매스컴이나 소문을 통해 어떤 식품들에 대해 관심을 갖게 된 환자들이 질문을 던져 오면 간단하게 잘라 버리고 만다. "그런 것 다 필요 없습니다. 그냥 우리 밥상에 오르는 대로 드시는 게 제일 좋습니다." 혹은 "지금까지 우리 조상들이 먹어 오던 방식대로 드세요." 하는 말이 나의 대답이다.

근래 들어 음식의 맛을 내거나 양념거리로 혹은 어떤 치료를 목적으로 소량만 사용되던 식물들을 농축시켜서 대량으로 섭취하는 일들이 유행처럼 번지고 있다. 그처럼 건강을 위해 특정 추출액을 만들어 먹다가 독성간염이 발생하여 병원을 찾는 환자들 또한 갈수록 늘고 있다. 이러한 경우, 즉시 복용을 중단하고 치료에 들어가지 않으면 치명적인 간 손상을 가져오기 쉽다. 건강에 대한 지나친 욕심이 화를 불러오는 것이다.

일상적으로 우리의 밥상 위에 오르던 것들은 가장 안전한 먹거리들이고, 소량만 오르던 것들은 소량만 먹어야 한다는 의미이다. 당연히 식탁에 전혀 오르지 않던 것들은 아무리 적은 양이라도 독이 될 수 있는 것으로 판단하면 거의 틀림이 없다. 질병의 치료를 위해 쓰이는 재료들은 극히 소량으로 치료 효과를 나타내는 것들이 대부분이며, 많은 양을 섭취할 경우 강한 독성으로 인해 건강을 해치거나 목숨을 잃게 되는 수도 있다.

가장 안전한 먹거리에 속하는 쌀과 고기라 하여도 지나치게 섭취하면 건강을 해치거나 병을 일으킬 수 있다는 것은 누구나 알고 있는 사실이다. 그럼에도 불구하고 소문만 듣고 온갖 농축액이나 혼합액을 만들어서 먹는 사람들을 보면, 제대로 검증도 되지 않은 것들을 어떻게 그처럼 쉽게 따르는지 그 무모함에 놀라지 않을 수 없다.

그런데 그런 식의 먹거리들에 대한 바람몰이가 지금까지 수도 없이 반복되어 오면서 사람들의 마음을 빼앗고는 했다. 각종 건강식으로 둔갑하여 대량으로 유통되던 물질이 식상해질 때쯤이면 어느새 또 다른 것이 등장하여 시장을 휩쓰는 일이 비일비재하게 발생

이 시대를 지키는 마지막 선비

했다. 물론 이런 상품이나 먹거리들이 전혀 효과가 없다거나 아주 근거가 없다는 말은 아니다. 하지만 쏟아부은 노력과 지불한 경비에 비해 효과가 미미할 뿐 아니라, 그로 인한 부작용으로 피해를 보는 사례가 적지 않다는 사실을 간과해서는 안 된다는 것이다.

특히 간이나 콩팥에 문제가 있는 사람들이 그런 식의 먹거리로 인해 입는 피해는 훨씬 심각한 경우가 많다. 건강한 사람이라면 거의 문제가 되지 않던 물질이라도 간이나 콩팥에 문제가 있는 사람이 섭취할 경우 미처 해독이 되지 않아 치명적인 손상을 입을 위험이 있기 때문이다. 당뇨병을 앓는 사람들 중에도 그런 잘못된 유혹에 빠져 병이 악화되는 예는 얼마든지 볼 수 있다.

우리 몸이 필요로 하는 것은 탄수화물, 단백질, 지방이라는 3대 영양소와 각종 비타민과 철분 같은 무기질을 비롯하여 독성이 거의 없는 섬유질과 수분 등이 전부이다. 수천, 수만 년 혹은 그 이전부터 우리 조상들이 식용으로 삼아 온 것들로서 먹어야 할 분량이나 먹는 방식 또한 대체로 잘 알려져 있다. 평소 우리의 밥상 위에 오르던 것과 별반 다르지 않다. 균형 잡힌 영양 섭취, 어릴 때부터 우리가 듣던 '골고루 드세요.' 하는 말은 누구도 부정할 수 없는 진리이다.

그런데 그 말의 의미는 어디 가고 왜 모두들 그처럼 특정 물질의 과량 섭취에 집착하는지 알다가도 모를 일이다. 건강을 위한다는 말에 속아서 영양 섭취의 기본 원칙조차 무시하는 것이 과연 건강을 위한 일인가 묻고 싶다. 언론은 식품과 관련하여 흥미 위주의 프로그

좋은의사를 만난 환자는 행복하다

램 제작이나 보도를 지양하여 국민 건강에 해를 끼치는 일이 없도록
해야 한다. 사실관계를 철저히 확인한 다음 진실에 근거한 보도가
이뤄지기를 기대해 본다.

식생활만 바르게 지켜도 건강을 지킬 수 있는 사람들이 불건전한
영양섭취를 하거나 특정 장기에 장애가 있는 사람들이 유독식품을
건강식품으로 오인하여 섭취하는 일들이 없기를 바란다.

7
오진 노트

1970년대 일본 동경의대의 유명 교수가 은퇴를 하면서 재직 기간 중에 자신이 환자를 진료하면서 오진을 내린 비율이 20%가 넘는다는 고백을 하여 세상을 놀라게 한 적이 있다. 그 후 아직까지 이와 같은 고백을 한 의사가 더 이상 나오지는 않았으나, 당시로써는 충격적인 사건이었을 것이다. 유명 의과대학의 교수가 이 정도의 오진을 하였다면 전체 의사들의 경우는 이보다 훨씬 심각하였을 것이란 생각이 드는 것은 당연한 일이었을 테니까.

하지만 의사 개개인이나 전공과목에 따라 오진율이 다를 수 있고, 개인의원이나 종합병원, 또 흔한 질환과 희귀질환에 따라 오진율에는 상당한 차이가 생길 수밖에 없다. 그러다 보니 의사의 오진율에 대해 정확한 통계를 낸다는 것은 어쩌면 불가능한 일이라 할 수 있다.

진료 행위의 어느 과정에서나 발생할 수 있는 것이 의료사고이다. 그중에서도 오진으로 인한 의료사고는 다른 어떤 경우보다 심

좋은의사를 만난 환자는 행복하다

각한 결과를 초래할 수 있다. 환자가 전혀 예상 밖의 위험에 빠질 수 있기 때문이다.

심심찮게 매스컴에 등장하는 의료사고에 대한 소식은 어느 의사에게도 남의 일 같지 않게 느껴진다. 환자가 겪는 피해는 말할 것도 없지만, 의료사고의 관련 당사자인 의사가 받는 정신적인 고통 또한 심각한 경우가 많다. 환자의 생명과 건강에 중대한 문제라도 생긴다면 의사는 평생 동안 죄책감과 아픈 기억에 시달려야 한다.

나에게도 결코 잊을 수 없는 몇 차례의 오진 사례가 있다. 특정 질환으로 확진이 내려진 가운데 계속 치료를 하던 중이었거나 가까운 가족에 대한 경우였다. 초진 환자인 경우에는 정확한 진단이 어려우면 곧바로 2, 3차 기관으로 이송을 하였기 때문에 오히려 오진의 기회를 많이 줄일 수 있었을 것으로 생각된다. 그러지 않았다면 훨씬 더 많은 오진을 하게 되지 않았을까 싶다.

천식과 폐결핵 후유증으로 심한 호흡 곤란을 호소하며 내원하던 60대 중반의 남자 환자가 있었다. 그런데 어느 날 갑자기 전혀 손을 쓸 수 없는 간암 말기에 이른 상태임을 알게 되었고, 그 후 두어 달 만에 세상을 떠나셨다. 환자가 고통을 호소하는 부위에만 관심을 기울이다가 그의 몸 다른 부위에서 일어나고 있는 심각한 변화를 읽지 못한 것이다. 호흡 곤란이 너무 심한 나머지 사는 것보다 죽기를 더욱 원하시던 분이었다. 본인이 새로운 증상을 느꼈을 때는 이미 죽음의 문턱에 다다른 다음이었다.

수년 전 당뇨와 지방간으로 내원하던 70대 중반의 할머니 한 분에게 빈혈이 동반되었으나, 당뇨 환자들에게서 볼 수 있는 생성부전에 의한 빈혈이거나 식이 제한으로 인한 영양 결핍 때문에 생긴 빈혈로 생각하였다. 그리고 가끔 설사와 복통을 호소하실 때면 증상에 따라 약을 처방해 드리고는 했다. 그런데 수개월이 지난 어느 날 갑자기 우하복부에 심한 복통을 호소하여 종합병원으로 이송을 하였더니, 오른쪽 대장에서 상당히 진행된 암이 발견되었다. 수술과 함께 화학요법을 받았지만 2년쯤 고통을 받으시다가 결국 세상을 떠나셨다.

조금만 더 관심을 기울였더라면 최소한 수개월은 일찍 대장암을 발견할 수 있었을 터인데, 전혀 생각이 미치지 못했던 나의 불찰에 대해 두고두고 후회하지 않을 수 없었다. 그 후부터는 조금이라도 유사한 증세를 보이는 환자가 있으면 빈혈의 원인을 캐기 위해 노력하고 대장내시경을 권유하지만, 그렇다고 해서 과거의 잘못으로부터 내 마음이 자유로워지는 것은 아니다.

중소도시에서 직장 생활을 하던 40대 초반의 남자가 어느 병원에서 위내시경을 받았으나 진단이 불확실하여 친척의 소개로 나를 찾아온 적이 있었다. 기존에 사용하던 전자내시경을 새것으로 막 바꾼 다음이었다. 위 안으로 내시경을 삽입하고 공기를 주입하였으나 상부 쪽의 위벽은 제대로 팽창이 되지를 않아 굵은 주름 외에는 특별한 소견을 볼 수 없었고, 하부 쪽에는 가벼운 염증만 조금 보일 뿐이었다. 상부에서 충분한 관찰이 어려웠던 이유는 내시경 탓이려니 하여 위염에 관한 약만 며칠 분 처방해 드렸다.

좋은의사를 만난 환자는 행복하다

그런데 얼마 후, 그 환자가 방사선과에서 상부소화관촬영을 하였더니 침윤형인 제4형의 위암이 있는 것으로 판명되었다. 위내시경을 할 때 내강의 팽창이 일어나지 않고 위벽의 주름이 굵었던 이유는 위의 점막 아래층을 따라서 퍼져 있는 암 조직 때문이었는데 새로 바꾼 내시경 탓으로 돌려 버렸던 것이다. 내과의사가 저지를 수 있는 가장 일반적인 과오를 내가 범하고 만 것이다. 그 후부터는 내시경을 할 때마다 두려운 생각이 들고는 한다.

피로와 식욕 부진, 부종을 호소하며 내원한 50대 초반의 여자 환자가 있었다. 며칠 동안 거의 식사를 하지 못한 상태라서 작은 수액제를 맞는 중에 갑자기 식은땀을 흘리면서 호흡 곤란을 호소하였다. 혈압을 재려고 했으나 맥박이 거의 잡히지 않을 만큼 쇼크 상태라 대학병원 응급실로 급히 이송하였다.

심장을 싸고 있는 심낭 안에 삼출액이 고여 심장을 압박하고 있는 상태에서 수액제를 맞는 바람에 겨우 지탱해 오던 심장 박동에 부담을 지운 것이 문제였다. 원인은 심한 갑상선기능저하증 때문이었다. 다행히 환자는 몸이 회복되어 무사히 퇴원을 하였고, 그 후 14~15년이 흘렀지만 지금도 그분은 몸이 불편하면 언제나 나를 찾으시고는 한다. 항상 웃는 낯으로 진찰실을 들어서시는 그분을 대할 때마다 여전히 나는 과거 나의 오진에 대해 미안한 마음을 떨쳐 버릴 수가 없다.

7년 전, 나의 장인어른께서 오른쪽 가슴에 압박감과 약간의 호흡 곤란 때문에 찾아오셨다. 혈압도 정상이고 흉부 엑스선촬영이나 심전도검사에서 특별한 소견을 발견할 수가 없었다. 별 이상이 없다고 안심을 시켜 드리고 약도 처방해 드리지 않았다.

그로부터 한 달쯤 지난 후, 장모님께서 장인어른과 함께 뒷산을 오르시는데 호흡 곤란이 심하고 평소보다 걸음이 매우 느리더라는 말씀을 해 주셨다. 다시 심전도를 찍어 보니 우측 심장에 허혈성 장애의 소견을 보이고 있었다. 대학병원에서 정밀검사를 받은 결과 심장에 혈액을 공급하는 관상동맥의 분지 중에 3개가 거의 막힌 상태라 관상동맥우회술이라는 대수술을 받으셔야만 했다. 조금만 더 늦었어도 심근경색증으로 인해 목숨이 위태로우셨을 것을 생각하면 지금도 아찔한 마음이 든다.

내가 존경하는 선배 의사 한 분은 자기 병원에 상하부소화관촬영, 전신컴퓨터단층촬영(CT), 자기공명영상(MRI) 등 각종 방사선촬영 장치를 갖추고 있음에도 불구하고 자신의 건강은 돌보지 않다가 복막까지 전이된 위암 말기로 고통을 받다가 세상을 떠나셨다. 최근에도 몇몇 선배, 동료 의사들 중에서 간암, 췌장암, 폐암 등으로 진단과 거의 동시에 세상을 떠났다는 소식을 듣고 있다.

참으로 안타까운 것은 대체로 의사들이 무슨 병에 걸리게 되면 거의 손쓸 기회가 없는 말기에 진단된다는 점이다. 어째서 환자들의 건강을 돌보는 의사가 자신의 몸은 그 지경이 되도록 전혀 낌새를 알아차리지 못했을까? 도무지 이해되지 않는다. 심지어 자기가 돌보는 환자에게는 모든 열정을 쏟으면서도 자기 자신에게는 소홀한 의사들도 많다. 의사들이 지닌 별난 속성이 아닌가 싶다. 이럴 때

좋은의사를 만난 환자는 행복하다

의사들끼리 흔히 하는 말로 '의사 집은 무의촌'이라 한다. 그밖에 달리 설명할 말이 없다.

나는 무슨 일이든 거의 완벽해야만 직성이 풀릴 만큼 결벽증을 가진 성격이라 의심나는 점이 있으면 반복해서 환자에게 물어보고 내진을 통해 철저히 확인을 하는 편이지만, 그래도 실수를 하는 수가 더러 있다. 때로는 실컷 씨름을 하다가 확실한 진단을 내리지 못하여 "잘 모르겠습니다. 다른 병원으로 가 보시지요." 하고는 다른 전문의나 종합병원으로 환자를 보내기도 한다. 내가 잘 모르는 것을 다른 의사에게 떠넘기는 셈이지만, 어쩌면 오진을 피할 수 있는 가장 쉬운 방법이기 때문이다. 모를 때는 솔직하게 모른다고 하는 것보다 더 편리한 말은 없다.

의사들은 자기 가족이나 가까운 지인이 중병에 걸렸을 경우, 다른 동료 의사에게 진료를 의뢰하는 경우가 많다. 환자에 대해 평소에 가졌던 선입견으로 인해 사고의 폭이 좁아져서 오진으로 유도할 만큼 판단이 흐려질 수 있기 때문이다. 그러나 소위 'VIP증후군'이라는 것이 있어서 그 의사마저 오류의 길로 빠져드는 예를 가끔 볼 수 있다. 자신에게 환자를 의뢰한 동료 의사를 생각하여 배려를 해 준다는 것이, 도리어 진단과 치료에 장애가 되는 수가 있기 때문이다.

이처럼 환자의 사회적 신분이나 경제적 능력, 친소 관계를 떠나 객관적인 관점에서 진료를 한다는 것은 매우 어려운 일임에 틀림없다. 그러나 그것은 의사로서 반드시 견지해야 할 기본적인 태도라 할 수 있다.

　오진율 0%! 의학이 아무리 발달하고 아무리 뛰어난 의료 장비가 개발되어도 영원히 도달할 수 없는 꿈의 수치이다. 그러나 오진이 초래할 수 있는 불행한 결과를 생각한다면, 그것은 모든 의사가 추구해 가야 할 최고의 목표라 할 수 있다.

좋은의사를 만난 환자는 행복하다

제4장

절망을 목격하다

의사라면 누구나 일생 동안 예기치 않은
위기의 순간을 몇 차례는 경험하지 않을 수가 없다.
도저히 피할 수 없는 그 순간은 가슴을 서늘케 한다.
그러나 의사이기 때문에 그러한 순간에 대한
마음의 자세는 항상 준비되어 있어야만 한다.

1
기억 속의 첫 환자

28세 남자, 결혼한 지 일 년, 가족으로는 부인과 50대 후반의 부친. 내가 기억하고 있는 첫 환자에 대한 인적 사항이다.

일 년 전에 급성 충수돌기염(일명 맹장염)으로 수술을 받고 나서 합병증으로 복막유착증이 오는 바람에 이미 세 차례나 개복수술을 받았던 환자였다. 그런데 심한 복통과 구토로 인해 다시 입원하여 네 번째 개복수술에 들어갔으나 장과 주위 조직이 뒤범벅이 되어 있어서 배를 완전히 닫지도 못하고 치료를 받고 있던 중이었다. 특이 체질이라서 칼을 대는 곳마다 얼마 후에는 조직이 엉겨 붙고는 했던 것이다.

지금은 폐지되었지만 내가 의과대학을 졸업할 당시만 해도 연좌제가 있었다. 그 때문에 의사면허를 받고도 군의관이 아닌 사병으로 군대에서 3년을 보내야만 했다. 제대 후에 기초의학인 해부학을 2년간 하다가 해부학과 다소 연관성이 높고 환자를 폭넓게 볼 수 있는 일반외과를 전공할 생각으로 부산으로 도망을 왔다.

좋은의사를 만난 환자는 행복하다

친구가 레지던트로 수련받던 병원에서 인턴을 하게 되었는데, 임상에 관한 지식이 완전히 바닥난 상태였기 때문에 인턴 생활은 하루하루가 두려운 날들의 연속이었다. 그런데 마이너과 두 개를 거쳐 겨우 한 달 만에 수술은 많고 의사는 부족한 일반외과를 돌게 되었다. 낮에는 과장님들의 수술 보조를 위해 수술실에서 살다시피 하였고, 정상 일과 후에는 저녁 식사를 끝내기가 바쁘게 레지던트 선생님을 따라서 병실을 돌며 수술받은 환자들의 상처 부위를 소독하는 일로 자정이 가까워서야 당직실로 돌아올 수 있었다.

앞에 언급한 그 환자는 내가 일반외과 인턴 근무를 시작할 당시에 이미 외과 중환자실의 창가 쪽 침대를 차지하고 누워 있었다. 중환자실에는 주로 의식이 없는 신경외과 환자들뿐이었는데, 그는 의식 상태가 정상인데도 불구하고 중환자실 신세를 져야만 했다. 장유착증으로 음식물 섭취가 불가능한데다 복막염까지 겹쳐서 수액요법을 받던 중에 패혈증이 왔기 때문이었다. 의학적으로 가장 염려하던 사태가 발생한 것이다. 사연은 알 수 없었으나 어려서부터 그는 홀아버지의 손에 자랐는데, 일 년 전 결혼하고 얼마 되지 않아서 급성 충수돌기염에 걸린 것이 화근이었다.

환자들의 몸에 설치된 각종 의료 장비들이 내는 이상한 기계음과 그들의 기관지 절개 부위 배관을 통해 가래침을 뽑아낼 때 나오는 자극적인 소리, 그리고 간호사들의 분주한 움직임 등 중환자실 특유의 어수선한 분위기 속에서 그는 어떤 반응도 나타내는 법이 없었다. 마치 감각이 마비된 사람 같았다. 심지어 뇌수술을 받고 혼수상태에서 깨어나지 못한 채 하얀 시트에 덮여 영안실로 내려가는 환자들의 주검조차도 무표정한 얼굴로 흘낏 바라보고는 고개를 돌리는 것이 고작이었다.

내가 중환자실에 들어설 때면 그의 커다란 눈망울은 언제나 유리창 너머 먼 하늘을 향해 고정되어 있는 것을 볼 수 있었다. 어쩌면 그는 오래전부터 체념이라는 것을 익혀 온 사람 같아 보였다. 그의 상처 부위를 소독하기 위해 중환자실을 찾을 때면 눈에 띄게 수척해 가는 모습이 안타까워 바쁜 와중에도 한 번씩 그와 이야기를 나누고는 했다. 그때마다 그는 겨우 한두 마디의 대꾸 외에는 말이 없었고, 주로 나 혼자 지껄이다 나오는 편이었다.

물론 당시 그에게 어떤 말을 했는지는 기억이 나지 않는다. 다만 지금도 머리에 떠오르는 것은 아무리 조심을 하여도 상처를 소독할 때마다 그의 이마에는 구슬처럼 땀방울이 맺히고, 그의 표정은 고통으로 일그러졌다는 것이다. 그러면서도 그는 한마디의 불평이나 신음 소리도 내지 않았다.

초보 인턴인 내가 그에게는 아무런 도움이 되지 못했지만, 의사 가운을 걸치고 처음으로 선물이란 것을 받기도 했다. 어느 날 그의 부인이 고맙다며 빨간 바탕에 작은 꽃무늬가 있는 넥타이를 선물로 사 온 것이었다.

그러나 날이 갈수록 열어 놓은 복강 내 상처는 염증과 엉겨 붙은 조직으로 더욱 형체를 알아볼 수 없게 되었고, 고단위 항생제에도 패혈증은 좀처럼 나아질 기미를 보이지 않았다. 설혹 패혈증에서

좋은의사를 만난 환자는 행복하다

회복이 된다 하더라도 정상적으로 장을 통과시킬 수 있는 방법이 없어서 모든 스텝들이 고민을 하던 중이었다.

그날도 수술실을 나와서 급히 저녁 식사를 마치고 병실 환자들의 수술 부위 소독(드레싱)이 거의 끝나 갈 무렵이었다. 중환자실로부터 급히 인턴을 찾는다는 연락이 왔다. 내가 달려갔을 때 이미 그는 의식이 없는 상태였고, 잠시 옆에서 지켜보는 사이에 호흡도 멎어 버리고 말았다. 모니터를 통해 간신히 심장이 뛰는 것만 알 수 있을 정도였다. 즉시 기도삽관을 하고 인공호흡을 시작하였다. 더 이상 가망이 없다는 생각이 들었지만 어떻게든 그를 살려야 한다는 절박한 심정에 허둥대고 있었다.

언제 끝날지 알 수 없는 지루한 싸움이 밤새 계속되고 있었다. 처음에는 반드시 그를 살려야겠다는 각오로 시작한 일이었지만 차츰 시간이 흐를수록 졸음이 몰려왔다. 그러나 내 손이 멈추는 순간 그의 생명도 끝나 버린다는 두려움 때문에 쏟아지는 졸음과 씨름을 하면서 거의 무의식적으로 두 손을 움직이고 있었다. 양손이 아프다 못해 손가락이 마비되어 나중에는 잘 움직여지지도 않았다. 졸음의 무게를 이기지 못해 눈꺼풀이 내려 감길 때는 죽음의 문턱에 와 있는 그에게 부끄러운 생각이 들었다. 그러면서 한편으론 그와 그의 가족을 위해 하늘이 그의 생명을 좀 더 연장시켜 주기를 빌고 또 빌었다.

그날 밤만 잘 버텨 낸다면 뭔가 희망이 열릴 것도 같았고 날이 새면 그의 의식이 다시 돌아올지도 모른다는 기대를 품기도 했다. 그

　　　이 시대를 지키는 마지막 선비

러는 중에 동녘 하늘이 뿌옇게 밝아 오고 있었다. 하룻밤을 무사히 보냈다는 약간의 안도감과 함께 빨리 날이 밝기만을 기다렸다.

그런데 바로 그때, 심장박동의 정지를 알리는 경고음이 울리면서 모니터에 굵은 줄이 수평으로 그려지고 있었다. 멈추어 버린 심장을 되살리기 위해 구급약물을 투여하고 심장에 전기충격을 가했지만 소용이 없었다. 그는 그렇게 한 조각 구름처럼 떠나가고 말았다.

가장 행복하고 아름다워야 할 시간들을 고통 속에 머물다 간 그의 영혼을 위해 어떤 위로도 해 줄 수가 없었다. 뒤늦게 비쳐드는 아침 햇살이 야속하기만 했고 그처럼 생명을 앗아간 하늘이 원망스러웠다. 허탈감으로 인해 온몸이 땅속으로 가라앉는 것 같았다. 그의 가슴에 고개를 묻고 오열하는 부인을 지켜보며 터져 나오는 울음을 삼키다가 밖으로 뛰쳐나가 통곡이라도 하고 싶었지만, 내게는 또다시 바쁜 하루가 기다리고 있을 뿐이었다.

그 일이 있고 나서 의사도 죽음 앞에서는 한갓 무능한 존재에 불과하다는 생각으로 한동안 울적한 날들을 보내야만 했다. 그 후 가족들과 마지막 작별을 나누는 환자들을 마주할 때마다 '초상집에 가는 것이 잔칫집에 가는 것보다 복이 있다.'는 성경 구절의 의미를 되새겨 보는 것이 버릇처럼 되고 말았다.

어느새 24년이란 세월이 흘렀다. 그렇게 가 버린 내 기억 속의 첫 환자는 지금도 한 번씩 아픈 모습으로 나의 마음속을 찾아들고는 한다. 그때마다 그에 대한 모든 기억들이 지워지지 않는 흉터처럼 내 가슴속에 남아 있다는 사실을 깨닫게 된다.

좋은의사를 만난 환자는 행복하다

2
울고 싶은 날

　아주 가끔은 한 번씩 울고 싶은 날이 있다. 아무도 없는 빈터에서 하늘을 향해 마음껏 울음을 토해 내고 싶은 날이다.

　깡마른 체구의 서른여덟 살 젊은 여자가 진찰실로 들어섰다. 2년 전 직장암으로 수술을 받고 항암 치료까지 마쳤는데 암세포가 폐로 전이되는 바람에 더 이상 치료가 불가능하여 요양병원에서 보내는 중이란다.

　속이 불편하여 위내시경을 받으러 왔다는 말에 혹시 자녀가 있느냐고 물었더니, 중학교 2학년과 초등학교 5학년인 아들을 두었단다. 갑자기 가슴속에 찡하게 전기가 흐른다. 괜한 질문을 던졌다는 자책감이 든다.

　뼛속까지 파고드는 아픔이, 가슴을 도려내는 고통이 있을 텐데 아무렇지도 않게 앉아 있는 그녀를 도무지 이해할 수 없었다. 그녀의 목소리에는 작은 슬픔이나 미련도 실려 있지 않았다. 밝은 표정과 가벼운 말소리가 나를 어리둥절하게 한다.

오늘처럼 이런 환자를 만나는 날이면 허탈해진 마음으로 도무지 갈피를 잡을 수가 없다. 몸과 마음이 나뉜 채 건성처럼 진찰을 하면서도 하늘이 원망스럽다.

정작 아픈 곳은 제쳐 두고 '체한 것처럼' 위가 조금 불편하다니…… 꼬챙이처럼 마른 그녀의 몸을 향해 몰려오는 고통은 모두 어디로 갔단 말인가? 어린 아들을 둔 젊은 아낙이 사형선고를 받고도 어떻게 이처럼 태연할 수 있는가? 그녀는 마치 오감이 마비되어 버린 사람 같았다.

참으로 강한 모습이다. 하지만 강한 자라 하여 고통과 슬픔을 알지 못하랴. 아니, 어쩜 누구보다 처절하게 아픔을 삼키고 있으리라. 다만 자신의 아픔을 말하기엔 너무나 절박하여 겉으로 드러낼 수조차 없는 것을…… 가슴이 미어지도록 울어도 시원찮을 사람이 모든 것을 속으로만 삼켜야 하는 저 가슴은 분명 시커먼 재가 되어 있으리라!

담담하게 쏟아 내는 그녀의 목소리가 나를 너무 아프게 한다. 죽도록 아픈 몸인데 스스로 아프다는 말도 꺼내지 못하는 사람 앞에서 나는 지금 아픈 체를 하고 있다.

누군가를 위해, 아니 나 자신을 위해 막힌 가슴이 탁 터지도록 큰 소리로 울어나 보았으면 좋겠다. 약간의 동정심으로 감정의 사치를 누리고 있는 나 자신에게 어떤 벌이라도 내리고 싶다.

3
절망을 목격하다

흐린 날씨에 간간히 빗방울을 뿌리는 이른 아침. 진찰실을 거쳐 간 환자가 십여 명쯤 되었을 때, 얼굴이 벌겋게 달아오른 젊은 남자가 진찰실을 들어선다. 누가 봐도 지난밤 마신 술이 아직 덜 깬 모습이라는 것을 금방 알 수 있었다. 후줄근하게 늘어진 붉은색 티셔츠의 어깨를 타고 구토물의 흔적이 지도처럼 말라붙어 있고, 불안한 눈길을 연방 좌우로 굴리며 알아듣기 어려운 말을 연신 중얼거리고 있었다.

의자에 앉는 순간 술 냄새를 확 풍기는 남자에게 "지난밤 술이 과했던 모양이네요?" 하였더니 "아니요. 나 술 마시지 않았어요." 손을 내저으며 부인한다. 술 취한 환자를 볼 때마다 어려움을 겪어 오던 터라 다른 때 같으면 냉정하게 돌려세우면서 "술이 깨거든 다시 오세요. 취한 상태로는 진찰을 해 드릴 수 없습니다." 했을 텐데 왠지 그 말을 던질 수가 없다. 속으로는 분명 거부하고 싶은 마음일지만 '그래, 이 사람에게 좀 더 따스하게 대해 주자.' 평소와는 다른 태도를 취하고 있는 나 자신을 보게 된다.

얼룩진 반팔 티셔츠 위에다 혈압기의 커프를 감고 혈압을 잰 다음, "어디가 아프세요?" 하고 물었으나 혼잣말만 중얼거릴 뿐 대답을 않는다. 과음으로 인해 위(胃)나 간(肝)에 탈이 났으리라 짐작하면서 환자를 진찰대에 눕히고 배를 만져 본다. 그러면서도 한편으론 '이런 환자를 내가 꼭 봐야 하나? 그냥 보내 버릴까?' 하는 갈등에 잠긴다. 그러나 왠지 그를 그냥 보내서는 안 될 것 같은 생각에 여기저기 배를 눌러 보지만 딱히 아파하는 곳은 없다. '어디가 아파서 온 것일까?'

결국 아픈 곳을 찾지 못하고 환자를 일으켜 앉혔더니 기침을 몇 번 쿨룩거리고는 머리가 아프단다. 열이 없고 목 안을 들여다봐도 별로 충혈이 되어 있지 않은 상태라서 '그럼 가벼운 감기에 걸렸는데 내가 너무 민감했던 것인가?' 하는 생각으로 간단한 감기약 서너 가지를 처방하면서 "한 이틀 먹어 보고 안 나으면 다시 와서 약을 바꾸든지 사진을 찍어 보도록 하세요." 했다. 그런데 갑자기 그가 또렷한 목소리로 "폐암에 걸렸는데 약은 먹어서 뭣해요. 곧 죽을 텐데……." 기가 막힌 말을 내뱉는다.

그제야 차트의 인적 사항을 보니 주민번호와 건강보험증 번호만 있을 뿐 주소도 전화번호도 기록되어 있지 않다. "주소와 전화번호가 어떻게 되세요?", "가족은 어디 계세요?" 물었으나 "가족은 없고 갈 곳도 없습니다." 했다. "그래도 어딘가 연락할 곳은 있을 거 아녜요?" 하고 다그치니 다시 우물거리는 목소리로 누나와 남동생이

좋은의사를 만난 환자는 행복하다

어딘가에 살고 있다는데, 도무지 말을 알아들을 수가 없다.

정말로 기가 막힌다. 절망의 끝에 서 있는 서른여덟 살 젊은 남자가 내 앞에 와 있다. 이대로 돌려세우면 분명 무슨 일을 저지를 것만 같은데 나는 그에게 아무것도 해 줄 게 없다. '그는 오늘도 집으로 들어가지 않을 테고 어디선가 취하도록 술을 마시다가 길거리에서 뒹굴고 있겠지.' 아니, 어쩌면 오늘로 그의 삶을 끝낼지도 모른다는 생각마저 든다.

어디서 받은 진단이냐고 물었더니 사하구의 어느 병원이라고만할 뿐, 좀 더 자세히 알고 싶어서 몇 마디 물어보면 알아듣기 어려운 말로 횡설수설해 버린다. "그 진단이 확실치 않을 수도 있으니 큰 병원으로 가서 다시 진단을 받아 보도록 하세요. 오진이라는 것도 있을 수 있고, 정말 폐암이라고 해도 완치가 가능한 경우도 있습니다."라고 했지만 그는 이미 내 말에 귀를 닫아 버린 것 같았고, 마치 볼일을 다 본 사람처럼 자리에서 일어나 진찰실을 나서고 있었다.

그는 처방전도 받지 않고 승강기를 향해 곧장 걸음을 옮겼고 진찰실에는 새로운 환자가 들어서고 있었다. 이제 그는 어디론가 다시 방향 잃은 걸음을 옮길 테고 혼자서 남은 시간들을 괴로워하며 보내겠지.

다음 환자들을 보면서도 계속 그의 모습이 눈앞에 어른거렸고, 그가 던진 말 한마디가 내 가슴을 후비고 있었다. '약은 먹어서 뭐해요. 곧 죽을 텐데…….' 자신의 어디가 어떻게 아프다고 한마디도

이 시대를 지키는 마지막 선비

호소하지 않았지만, 그는 내가 본 어떤 환자보다 견딜 수 없는 고통으로 몸부림치고 있었던 것이다.

내가 자신에게 아무런 답도 주지 못할 것이라는 사실을 진작부터 알고 있었을 텐데 왜 그는 나를 찾아왔을까? 단 몇 분 사이에 다시 한번 절망하고 돌아서는 그의 마음은 얼마나 무거웠을까? 종일 마음이 편치 않았다. 소식이라도 전해 줄 수 있도록 가족들의 연락처만이라도 알아 두었더라면······.

예상치 못했던 죽음을 눈앞에 두고 절망하는 한 사람의 아픔을 가볍게 받아들인 나 자신의 잘못에 대해 스스로가 용서되지 않는다. 그는 지금 어디서 어떤 모습으로 자신의 운명과 마주하고 있을까?

좋은의사를 만난 환자는 행복하다

4
죽는 것이 사는 것보다

12~13년째 해마다 7월 중순부터 10월 초순이 되면 심한 호흡 곤란으로 찾아오는 기관지 천식 환자 한 분이 계셨다. 그분이 건물 계단 입구에 들어섰다는 것을 2층에 있는 진찰실에서도 나는 쉽게 알아차릴 수 있었다. 거의 비명에 가까울 만큼 피리 소리처럼 날카로운 그분의 숨소리가 진찰실까지 들려오기 때문이었다.

20여 년 전, 중증 폐결핵과 결핵성 뇌막염을 앓고 나서 그 후유증으로 왼쪽 팔과 다리가 마비되어 몹시 여위고 한쪽으로 기울어진 몸을 지팡이에 겨우 의지하여 다니시는 분이었다. 내원하실 때마다 호흡 곤란으로 인해 얼굴은 파리하다 못해서 검은색을 띠고 온몸은 땀으로 뒤범벅이 되곤 했다.

처음 얼마 동안은 대기 중이던 다른 환자들을 제쳐 두고 우선 보아 드렸지만, 나중에는 계단에서 들려오는 그분의 숨소리만 듣고도 간호원에게 주사부터 놓아 드리라고 미리 처방을 내리고 호흡이 어느 정도 가라앉은 후에 진찰을 해 드리고는 했다. 종합병원 응급실

이 시대를 지키는 마지막 선비

로 가셔야 한다고 여러 차례 설득도 해 보았으나 경제적인 면도 있지만 응급실로 가서 치료받으시기까지 겪는 고통보다는 내게로 오셔서 곧바로 치료받는 것이 훨씬 수월하다고 하시면서 기어이 찾아오시는 분이었다.

의약분업 초기에는 주사도 원외처방을 하게 되어서 가까운 약국에서 주사약을 빌려다가 놓아 드려야 하는 바람에 더욱 곤란을 겪기도 했다. 그러다 보니 고통스런 나머지, 할 수만 있다면 하루 빨리 죽고 싶다는 말씀을 입버릇처럼 뇌시던 분이었다. 그러면서도 잠시 숨을 돌리실 만하여 댁으로 가실 때는 언제나 고맙다며 황송해 하셨고, 극심한 고통으로 표정이 일그러져 있어도 누구에게 불평 한마디 않으시던 분이었다.

그런데 천식으로 인한 올 한 해의 고통도 끝나고 20여 일쯤이 지난 10월 말, 여느 때와 달리 보호자와 함께 그분이 찾아오셨다. 최근 수일 사이에 갑자기 배가 불러오면서 거의 식사를 하실 수 없게 되었다고 하셨다. 내진을 해 보니 우상복부에 울퉁불퉁하게 기분 나쁜 덩어리가 만져졌다. 초음파검사를 하였더니 도무지 손을 쓸 수 없을 정도로 이미 간암이 진행된 상태였다.

보호자에게 병의 상태를 설명하고 본인에게도 대강 말씀을 드린 후, 특별한 치료를 기대하기는 어렵지만 대학병원에 가서 검사를 좀 더 받아 보시라고 권했다. 그랬더니 대뜸 "차라리 잘되었습니다. 그동안 너무 힘들었는데 빨리 죽을 수만 있다면 다행이지요." 라고 하셨다.

좋은의사를 만난 환자는 행복하다

얼마나 고통스러우셨으면 죽음을 이토록 기다리고 계셨을까? 그동안 편안하게 해 드릴 수 없었던 점에 대해 의사로서 죄송한 마음을 금할 수가 없었다. 또 간암이 그렇게 진행되도록 진작 몸의 상태를 한번 살펴 드리지 않았던 것에 대해 죄스럽기 짝이 없었다. '죽는 것이 사는 것보다 편안하다니…….' 평생을 고통으로 시달리며 살아오신 분에게 남은 얼마간이라도 편안하게 해 드릴 수는 없을까? 조그마한 도움조차 줄 수 없는 의사로서의 존재를 돌아보면서 서글픈 생각에 잠길 수밖에 없었다.

환자를 진료하다 보면 "선생님, 먹고 죽는 약은 없습니까? 편안하게 죽을 수 있는 약 좀 주십시오." 하는 소리를 심심찮게 듣는다. 그럴 때마다 "사람을 죽이기 위해 의사가 있는 줄 아세요?" 하고 일축해 버릴 때가 많다. 내 자신이 직접 환자의 신세가 되어 보았으면서도 그처럼 쉽게 대응하고 만다는 것은 아직도 환자들이 겪고 있는 고통을 충분히 이해하지 못한 때문이란 생각이 든다.

이 시대를 지키는 마지막 선비

5
다시 만난 꼬마 보호자

며칠 전, 환한 미소를 담은 여대생 숙녀가 진찰실을 다녀갔다. 그 녀와의 첫 대면은 의사와 환자로서가 아니라 의사와 보호자로서의 만남이었다.

지금으로부터 십여 년 전 어느 가을날. 마지막 오전 진료 환자를 보던 중이었다. 갑자기 문이 벌컥 열리면서 다급하게 누군가가 외 쳤다. "계단에 사람이 쓰러져 있어요!" '혹시 진찰받고 나가던 환자 가…….' 하는 두려움에 번개처럼 뛰쳐나갔다.

출입문에서 불과 2~3미터 떨어진 계단 위에 몸집이 커다란 할머 니 한 분이 쓰러져 있었다. 새파랗게 변한 얼굴을 돌려보니, 당뇨 와 천식으로 이따금 한 번씩 내원하여 진료를 받으시던 분이었다. 수개월 전에도 갑작스런 호흡 곤란으로 내원하신 것을 응급처치만 해 드리고 대학병원으로 가시게 하여 수일 동안 중환자실 신세를 지신 적이 있었다.

어떻게 가파른 이층계단을 올라오셨는지 호흡과 심장박동은 이

좋은의사를 만난 환자는 행복하다

미 멈춰 버린 상태였다. 환자를 계단에 눕혀 둔 채로 아드레날린을 심장 내로 주사하고 심장마사지(CPR)를 시작하면서 직원들에게는 119구급대와 인근의 종합병원에 구급차를 요청하도록 지시했다.

응급소생술을 시행하면서 보호자를 찾았으나, 나서는 이가 없었다. 그때 벽에 기대어 부들부들 떨면서 울고 있는 어린 여자애의 모습이 눈에 들어왔다. 갑자기 호흡 곤란이 악화된 할머니가 어린 손녀딸을 의지하여 병원에 오시다가 변을 당하신 것임을 알 수 있었다.

갖은 노력에도 불구하고 계단에 누운 환자의 꺼져 버린 생명은 다시 돌아오지 않았다. 곧이어 구급차 2대가 거의 동시에 도착했으나 이미 숨이 멎어 버린 할머니만 구급차에 태워 보낼 수밖에 없었다. 그리고 초등학교 5학년인 어린 보호자는 어른들이 올 때까지 곁에 잡아 두고 마음을 안정시키기 위해 애를 써야만 했다.

오랜만에 대하는 얼굴 위로 두려움에 떨면서 울던 지난날의 모습이 겹쳐지며 '혹시 그때의 일이 마음속에 어두운 그늘을 남기지는 않았을까?' 하는 염려가 되었으나 그녀의 환한 미소를 보는 순간, 나의 생각은 한낱 기우에 불과했다는 사실을 알았다. 이처럼 밝고 예쁘게 자라 준 그녀가 고맙기까지 했다.

의사라면 누구나 일생 동안 예기치 않은 위기의 순간을 몇 차례는 경험하지 않을 수가 없다. 도저히 피할 수 없는, 갑자기 운명처럼 찾아오는 그런 순간은 생각만 해도 가슴을 서늘케 한다. 그러나 의사이기 때문에 그러한 순간에 대한 마음의 자세는 항상 준비되어 있어야만 한다.

눈앞에서 쓰러지는 환자를 대하는 순간, 의사로서 어떻게 할 것인가? 의학적 지식과 경험에 비춰 '소생불가'라는 확실한 판단이 섰을 경우라도 치료 행위를 시작해야만 하는가? 환자 가족들의 오해나 법적인 시비에 휘말릴 가능성 앞에서 순간적인 갈등에 빠지지 않을 수 없다. 그럼에도 불구하고 대부분의 의사는 주저하지 않고 응급처치를 시도하게 될 것이라 믿는다. 설혹 고통을 자초하는 일이 될지라도 팔짱만 끼고 죽어 가는 환자를 지켜볼 수 없는 것이 의사들의 생리이기 때문이다.

환자나 가족들이 보내는 의혹의 눈길과 도를 넘는 진료실 내의 폭력, 의료분쟁으로 인한 힘들고 지루한 소송 절차, 그리고 불리할 수도 있는 법의 판단 등으로 인해 의사들의 역할에 많은 제한이 따르는 것이 현실이다. 하지만 그런 환자에 대하여 등을 돌리지 않고 마지막까지 최선을 다한 후에 그러한 현실과 맞서는 것이, 의사로서 평생토록 짊어져야 할 마음의 짐보다는 무겁지 않으리라.

6
가족이란?

　일 년 전, 구토가 너무 심해서 며칠 동안 음식을 거의 먹지 못하여 초췌한 모습으로 찾아온 50대 중반의 남자 환자가 있었다. 그 쯤되면 보호자의 부축을 받으며 진찰실을 들어서는 것이 상례인데 혼자 온 것이 의아하여 보호자를 찾았더니, 가족은 없으니까 그냥 적당히 알아서 치료만 해 달라고 했다. 어쩌다가 그렇게 되었느냐고 물었더니, 몇 달간 술만 계속 퍼마시다가 속이 쓰리고 구토가 심해서 왔다는 것이었다.

　그 정도 술꾼이라면 치료에 대해 대체로 비협조적인 사람들이 대부분인지라 골치 아픈 환자를 만났다는 생각부터 먼저 들었다. 그래서 무슨 술을 그렇게 많이 마셨느냐고 책망을 하였더니, 원래 술은 전혀 할 줄 몰랐는데 초봄에 위암으로 부인을 잃고 괴로운 심정을 잊기 위해 술이라도 마시지 않을 수 없었단다. 자녀들은 어디에 사느냐고 물으니, 아이를 얻지 못해 두 식구만 살다가 이제 부인은 떠나고 혼자 남게 되었다는 것이었다.

　　　　　　　　　　이 시대를 지키는 마지막 선비

자식도 없이 부부가 20여 년을 함께 살아오다가 부인마저 보내고 홀로된 남자의 말 속에는 쓸쓸함이 진하게 배어 있었다. 그래서 뭔가 위로가 될 말을 찾았으나 적당한 말이 떠오르지 않았다. 그토록 긴 세월을 함께 살면서 둘 사이에 '다소 말썽꾸러기 같은 자식이라도 하나 있었더라면 지금 그의 처지가 조금은 달라질 수도 있었을 텐데…….' 하는 안타까운 마음만 들었다. 그러나 오로지 술로 세월을 달래야 하는 그의 외로운 심정을 내가 어찌 다 알 것인가?

경제적으론 다소 여유가 있는 것 같아서 지금까지 무슨 일을 하면서 살아왔느냐는 내 물음에는 대답도 않고 "그동안 마실 줄 모르던 술이나 마시며 취해서 살아왔는데 이제는 술조차 마실 수 없게 되었군요." 하고 자조적으로 말하는 환자의 얼굴에 비치는 체념과 외로움을 읽으면서 내 자신도 갑자기 쓸쓸해지는 느낌이었다.

치료만 하고 그냥 돌려세우기에는 마음이 편치를 않아서 무슨 말을 해 줄까 생각하다가 "그래도 무슨 일거리든지 찾아서 해 보시지요?"라고 하였더니, "할 일이 없는데 무슨 일을 하겠어요?" 하는 넋두리 같은 말만 되돌려 받았다. 그 말에 나는 달리 대꾸할 말이 없어 "그렇다면 보수는 없겠지만 공원에서 휴지 줍는 것이라도 해 보시지요."라고 했다.

그렇게라도 하는 것이 그가 세월을 보내는 데 다소 도움이 될지도 모른다는 생각이 들었고, 그러다 보면 어떤 삶의 의미라도 찾게 되지 않을까 해서 권해 본 말이었다. 그러나 사실 그에게는 할 일이 없다는 것보다는 일할 의욕을 잃었다는 것이 더 큰 문제였고, 그런

좋은의사를 만난 환자는 행복하다

그가 과연 내 말을 받아들일 것이라고 믿기도 어려웠다.

그 후 그는 두 번 정도 더 내 진찰실을 찾았던 것으로 기억한다. 그리고 일 년이 지났지만 그는 다시는 찾아오지 않았고 지금은 어떻게 지내고 있는지도 알지 못한다. 그러나 이따금 한 번씩 체념과 쓸쓸함이 깃든 그 환자의 얼굴이 떠오를 때면 힘든 세월을 어떻게 보내고 있는지 궁금한 마음이 들곤 한다.

'때로는 서로에게 짐이 되기도 하고 가끔은 고통을 안겨 주기도 하는 것이 가족이지만 그래도 그 가족이라는 울타리가 우리에게 얼마나 소중한 존재들인가……'

7

어느 사랑 앞에서

20년 전, 전공의 시절에 나를 거쳐 간 60대 초반의 할아버지 환자한 분이 있었다. 버거씨병으로 인해 마흔 살도 되기 전에 오른발을 잘라야 했고, 얼마 후에는 왼발마저 불구가 되신 분이었다.

할아버지께서 입원하신 일인용 병실에는 얼굴이 고운 할머니가 언제나 할아버지의 손과 발이 되어 정성껏 시중을 들고 계셨다. 두분은 6·25전쟁 전에 황해도 어느 마을에서 이웃하여 살았는데, 전쟁 통에 각자 단신으로 월남을 하였다가 다시 만나게 되어 부부의 연을 맺으셨다고 했다.

그런데 할아버지가 할머니에게 어찌나 사납게 구시는지, 걸핏하면 밥그릇을 집어 던지고 물컵을 할머니의 얼굴에 쏟아부으면서 고함을 치시는 바람에 하루도 조용한 날이 없었다. 당연히 할아버지는 성질 고약한 환자로 온 병동에 소문이 자자했다. 그렇게 시달리면서도 대꾸 한번 않으시고 다소곳이 시중만 드시는 할머니가 너무 불쌍했다.

그러던 어느 날, 할머니가 잠시 자리를 비운 틈에 할아버지의 병실에 들렀다. "할아버지, 몸이 불편하신 것은 이해가 되지만 그렇다고 이렇게 정성을 다해 돌보시는 할머니를 괴롭히는 것은 너무 심하지 않으세요?" 했더니 깊은 한숨과 함께 할아버지는 "나는 이제 곧 세상을 떠날 텐데 할망구마저 내 뒤를 따를까 봐 정을 떼기 위해서는 그러지 않을 수 없지요."라고 하셨다. 그동안 할아버지의 연극에 모두가 속고 있었던 것이다. 그러나 할머니는 진작부터 할아버지의 진심을 꿰뚫고 계셨음을 알 수 있었다.

그리고 얼마 후, 할아버지에게는 운명의 순간이 왔고 나는 주치의로서 할아버지의 마지막을 지켜보게 되었다. 모두가 깊이 잠든 한밤중이었다. 어린아이 달래듯 감싸 안은 할머니의 품속에서 할아버지는 아주 평온한 모습으로 눈을 감으셨다. 뒷수습을 위해 남아 있던 나는 참으로 감동적인 노부부의 이별 현장을 목격하게 되었던 것이다.

숙소로 돌아왔으나 좀 전에 보았던 두 분의 애틋한 이별 장면이 떠올라 도저히 잠을 이룰 수가 없었다. 떨리는 가슴을 진정시키면서 그 순간의 느낌을 오래도록 간직하고 싶은 마음으로 펜을 들었다.

오늘 새벽 2시 30분, 나는 정말로 사랑하는 한 부부를 보았다.

일찍이 고향, 부모를 떠나 함께 월남하여 부부의 연을 맺으신 홍○삼 할아버지와 할머니.

언제나 그림자처럼 할아버지의 뒤를 따르며 받드시고 항상 불구의 당신을 떠나실까 봐 고민하시던 할아버지의 손발이 되어 드린 할머니는 이 새벽에 먼저 하늘나라로 가신 할아버지를 부여잡고 사랑을 고백하며 뒤따를 것을 거듭 맹세하셨다.

어느 사랑 앞에서

주검을 부여잡고 하는 넋두리는
산 사람의 귀에 읊조리는
사랑의 노래보다 애절하고,
영혼을 잡아끄는 노친네의 고백은
청춘의 정열보다 뜨거워라.
'당신을 사랑하였노라.'
'내일은 기필코 당신을 따르겠노라.'

내게 한 편의 시를 쓰는 재능이 있다면
오늘 가장 아름다운 시를 썼으리라.
잠드신 듯 평화로우신 할아버지의 표정은
사랑하는 이의 뜨거운 전송 탓이런가?
사랑에 겨워 우는 할머니는
잠시 이별의 슬픔을 견딜 수가 없는데,

좋은의사를 만난 환자는 행복하다

곁에서 지켜보는 자에게는

작은 슬픔도 나누어 주지를 않는구나!

진정 행복한 할머니, 할아버지였어라!

풍상의 모진 세월이 지나갔어도

얼굴의 고운 자태는 시들지를 않았고,

세파의 뭇 손길도

이 사랑을 나누지 못하였어라.

아! 배우고 싶은 사랑이어라.

탐이 나도록 갖고 싶은 사랑이어라.

두 분이여 고개 숙여 받드노니

당신들을 존경합니다.

할 수만 있다면

당신들과 같은 사랑을 이루며

살아가고 싶습니다.

(1984년 11월 15일 새벽 4시)

　두 분의 사랑에 취한 나는 그날 밤을 하얗게 밝혀야만 했다. 그
후로도 애절한 이별의 장면을 목격할 기회가 여러 차례 있었으나,
그날 밤처럼 그렇게 보는 이의 가슴을 충만케 하는 사랑의 느낌을
받은 적은 없었다.

　이 시대를 지키는 마지막 선비

2부

못난이 의사의
세상 보기

제1장

의사의 길

원칙에 충실한 의사, 오직 최선을 다하는 의사가
되기 위해 내 모든 노력을 기울일 것을 다짐해 본다.
언제까지라도 나를 찾는 환자들의 고통을
해결해 주는 일에 의사로서 내 삶의 소중함을
잊지 않겠다는 마음으로 진찰실을 지키리라.

1
훌륭한 농부가 되겠습니다

지금은 폐교가 되어 옛날에 내가 공부하던 교실들은 모두 버섯양식장으로 변해 버린 시골 초등학교에 다닐 때의 일이다.

졸업식을 며칠 앞둔 어느 날, 담임 선생님께서 졸업생 58명을 모아 놓고 돌아가면서 각자 자기의 장래희망을 말해 보라고 하셨다. 선생님이나 경찰관, 기술자가 되겠다는 아이들이 몇 명 있었고, 장군이나 대통령이 되겠다는 아이도 있었다. 그리고 내 차례가 되었을 때, 나는 장차 의사가 되고 싶다고 했다.

내 뒤에도 몇 명의 순서가 더 지나가고 나와는 경쟁 상대이며 전교 어린이회장을 하는 친구의 차례가 되었다. '그는 장차 어떤 꿈을 갖고 있을까?' 나도 모르게 긴장이 되어 그 친구의 말에 귀를 기울였다. 그런데 그의 말을 듣는 순간, 나는 몽둥이로 머리를 한 대 얻어맞은 것처럼 충격을 받고 말았다.

"훌륭한 농부가 되어서 농사를 열심히 짓겠습니다." 전혀 예상치도 못했던 말이 그의 입에서 흘러나왔기 때문이다. 나는 꿈속에서

못난이 의사의 세상 보기

도 농사일은 하지 않겠다고 다짐을 하던 때였다.

그 애 역시 나처럼 가난한 농부의 아들이었고, 수업이 끝나면 언제나 그의 부모님을 따라 들판으로 나가서 농사일에 매달려야 하는 처지였다. 그럼에도 불구하고 장차 훌륭한 농부가 되고 싶다니…… . 나로서는 도저히 상상도 할 수 없는 대답이었다. 물론 그 당시 우장춘 박사의 '씨 없는 수박'에 대한 이야기로 온 나라가 떠들썩하던 때였다. 하지만 어떻게 그런 생각을 할 수 있단 말인가?

말로 표현은 하지 않았으나 그 일로 인해 나는 마음속으로 그 친구에 대해 경외심을 품게 되었다. 학교 성적은 내가 다소 앞선 편이었지만 생각은 그가 나보다 훨씬 더 어른스럽다는 사실을 인정하지 않을 수 없었다. 어린 마음에도 장차 그는 평범한 농부가 아닌 아주 특별한 농부로 살아가게 될 것이란 확신이 들었다.

그 당시만 해도 내가 살던 시골에서는 중학교만 졸업해도 '배운 사람'으로, 고등학교까지 마친다면 그야말로 '고등교육을 받은 사람'으로 여길 만큼 선망의 대상이었다. 대학교를 나온다는 것은 감히 꿈도 꿀 수 없던 시절이었다.

졸업과 함께 서로 다른 중학교로 진학을 했기 때문에 그 친구와는 헤어지게 되었다. 그 후 나는 시골 면 소재지에 있는 중학교를 졸업하면서 서울에 있는 철도고등학교에 입학원서를 내기로 했다. 어려운 가정 형편에 시골을 벗어날 수 있는 유일한 방법이었기 때문이다.

그런데 원서를 내기 며칠 전, 지방 소도시(김천)에서 고등학교 국어 선생님으로 근무하시던 친척 형님께서 고향에 오셨다가 나에 대한 이야기를 들으시고 아버지를 설득하여 그분이 계시던 고등학교로 진학을 하게 되었다. 덕분에 초등학교 때 철없이 말했던 것처럼 의사로서의 길을 걸을 수 있게 된 것이다.

하지만 지금까지 나는 어릴 때의 꿈을 이뤘다는 생각을 해 본 적이 없다. 아주 비껴갈 수 있었던 일이 우연처럼 내게 일어났다는 생각이 먼저 들곤 했기 때문이다. 그 당시 나는 농사일만 아니라면 무슨 일을 해도 괜찮다는 생각을 하고 있었다. 한 번도 시골을 벗어나 본 적이 없는 우물 안 개구리였던 내게 바깥세상은 언제나 동화 속 나라 같은 곳이었다. 그리고 그때까지 병원은 물론이고 의사를 본 적도 없었다. 그런데도 장래희망을 의사라고 했던 이유는 슈바이처 박사에 대한 전기를 읽은 직후라 그 감동에서 벗어나지 못한 상태였기 때문이다. 그러나 돌이켜 보면, 지금 이렇게 의사로 살아가게 된 것이 어쩌면 내 운명이 아니었던가 싶다.

지금쯤 그 친구는 어떤 모습으로 세상을 살아가고 있을까? 어느새 50년이란 세월이 흘렀지만 그동안 한 번도 그 친구를 만날 기회가 없었다. 그러나 이제 우리가 다시 만나게 된다면 살아가는 방식이 서로 다르다고 해서 어릴 때에 그 친구에 대해 품었던 내 마음이 달라질 수는 없다. 여전히 그 친구는 나에게는 부족한 뭔가를 지닌 모습으로 살아가고 있을 것이라 믿기 때문이다.

바쁜 세상살이 중에 나는 마음의 여유를 잃고 보낸 날들이 많았지만, 그 친구는 지금까지 자연과 더불어 살아오면서 자연과 한 몸이

되어 있으리라. 긴 세월을 자연 속에 묻혀서 살아온 친구의 넉넉함
과 여유를 배워 보고 싶다.

좋은의사를 만난 환자는 행복하다

2
이등병 의사의 비애

 1978년 2월 25일, 의과대학졸업과 함께 나는 해부학교실 조교로 남기로 했다. 환자 진료와는 관련이 없는 기초의학부의 교수가 되는 과정이었다. 동기생들 대부분이 전문의가 되기 위해 대학병원이나 종합병원의 인턴 과정을 들어가고 몇몇 친구들은 군의관으로 입대를 했다.

 졸업식을 마치고 고향에 들러 가족들과 이틀을 보내고 학교로 돌아와 교문을 다시 들어섰을 때의 심정이란……. 무인도에 홀로 남겨진 기분이었다. 6년을 함께 보낸 친구들이 모두 떠난 학교에 혼자 남았다는 사실이 그처럼 허탈감을 가져올 줄은 몰랐다. 지금도 그렇지만 당시에도 의과대학을 졸업하면 누구나 임상의사가 되기를 원했기 때문에 기초의학은 모두가 외면하던 시절이었다.

 예과 과정을 마치고 본과로 진입하는 후배들을 위해 실습 준비물을 챙기고 교재 내용을 미리 익히느라 밤늦게까지 실험실에 남아서 몸은 분주했으나 마음은 갈피를 잡을 수가 없었다. 개학과 함께 실

못난이 의사의 세상 보기

습이 시작되었지만 마음이 혼란스럽기는 마찬가지였다. 그러던 중 3월 20일 대학 본부로부터 조교 발령이 나고 학생들과 가까워지면서 어느 정도 마음의 안정을 찾을 수 있었다.

그런데 조교 발령 후 닷새째 되던 날, 고향에 계신 아버지로부터 연락이 왔다. 4월 10일 논산훈련소로 입대하라는 징병통지서가 나왔다는 것이었다. '뭣이! 국립의과대학 조교로 근무하는 의사에게 사병 입대라니?' 도저히 믿기지 않는 일이었다. 의예과에 입학하고 곧바로 신원 조회를 거쳐 무관후보생으로 6년을 보냈고, 앞으로 5년 후면 군의관 대위로 임관될 예정이었기 때문이다.

하지만 이틀이 지나서야 알게 된 사실은 6·25 때 월북한 친척(5촌) 한 분으로 인해 연좌제에 걸려 국군 장교가 될 수 없다는 것이었다. 내가 태어나기 두 해 전의 일이라 나는 그 친척의 얼굴조차 본 적이 없었다. 기가 막히고 분통이 터질 노릇이었다. '어떻게 6년이나 지난 이제 와서 무관후보생 자격이 취소될 수 있단 말인가? 진작 알았더라면 의예과 때 지원을 해서라도 미리 군복무를 마쳤을 텐데……'

소청심사위원회에 제소해 보라는 주위분의 권유로 알아보았지만 절차가 복잡했고, 판결 또한 한 달은 걸려야 나온다고 했다. 입영 날짜가 며칠밖에 남지 않아 어떻게 해 볼 도리가 없었다. 결국 운명이라 생각하고 입대를 받아들이기로 마음을 정했다.

입영 전날까지 실습 준비를 마무리 짓고 당일 아침 주임 교수님께서 직접 운전하시는 승용차에 올라 집결지인 왜관역으로 나갔다.

좋은의사를 만난 환자는 행복하다

그동안 나를 아껴 주신 분들께 작별 인사를 드리고 열차에 올라 차창을 통해 부모님의 얼굴을 뵈니 '이제 정말로 내가 군대에 들어가는구나!' 하는 생각에 가슴이 저려 왔다.

열차 출입문에서 보초를 서라는 호송병의 지시로 문 곁에 서 있다가 영문도 모른 채 어느 호송병에게 따귀를 얻어맞고는 북받치는 서러움에 눈물을 삼켜야만 했다. 오후 햇살이 뉘엿뉘엿할 무렵 연무대역에 도착한 입영 열차에서 내려 제2훈련소를 향해 발길을 옮길 때의 심정이란, 마치 도살장으로 끌려가는 기분이었다.

며칠간 입소대(入所隊)에서 대기를 하다가 몸에 맞지도 않는 커다란 군복으로 갈아입고 들어간 곳이 당시 훈련이 힘들기로 악명(?) 높던 30연대였다. 의과대학 본과 4년 동안 운동이라곤 해 본 적이 없다가 네댓 살이나 어리고 팔팔한 사람들과 함께 훈련을 받는 것 자체가 무리였다. 아무리 이를 악물고 뛰어도 몸이 따라 주지를 않았다. 덕분에 남들이 쉬는 휴식 시간조차 '개인 지도'라는 명목 아래 온갖 종류의 보충 훈련을 받으면서 보내야 했다.

당시 군대에서는 비실거리는 사람을 가리켜 속칭 '고문관'이라 했는데, 내가 바로 그 '고문관'이었다. 양손 정권(正拳) 부위는 언제나 피고름 범벅이 되어 있었고 체력의 한계를 절감하며 보내는 날들의 연속이었다. 야외 훈련을 위해 호남고속도로 위를 가로지르는 다리를 건널 때마다 달리는 차 위로 뛰어내리고 싶은 충동에 사로잡히곤 했다. 다리 난간 위로 높다랗게 쳐진 철조망이 야속하기 짝이 없었다.

그 당시 훈련병들은 학군단(ROTC)이나 육군사관학교 출신보다 삼사관학교 출신 장교들을 대체로 두려워하는 편이었다. 그런데 나의 특이한 입대 사실을 알고 있는 서울의 모 대학 학군단 출신 이〇〇 중위는 내가 대열에서 쳐질 때마다 "아니꼬우면 장교로 오지, 누가 사병으로 오랬니?"라며 얼차려나 보충 훈련을 시키고는 했다. 그러나 부임한 지 얼마 되지 않은 삼사관학교 출신의 황 모 소위는 '억울하게 늦게 군대에 와서 고생이 많다'며 위로의 말을 건넬 때가 많았다. 그 몇 마디 말은 내게 정신적인 위로가 되었을 뿐 아니라 육체적인 고통을 극복하는 데도 큰 힘이 되었다.

그때의 학군단 출신 장교는 지금도 얼굴과 이름을 생생하게 기억하는데, 따스한 말로 위로해 주던 삼사관학교 출신 장교는 어렴풋이 얼굴만 떠오를 뿐 이름조차 기억에서 지워지고 말았다. 서운한 것은 오래 간직하고 고마운 일은 쉽게 잊어버리는 아주 고약한 본성이 내 안에 있음을 인정하지 않을 수 없다.

지옥 같은 4주간의 훈련이 끝나고 다른 사람들은 이등병 막대기를 하나씩 달고 후반기 교육을 받으러 간다는 기대로 부풀어 있을 때(후반기 병과 교육은 훈련소의 신병 교육에 비하면 천국이라고 했다), 나는 자충병(自充兵)으로 훈련소에 남게 되었다. 의사면허증 덕분(?)에 의무병과(醫務兵科) 교육을 거치지 않고 지구병원 위생병으로 차출되었던 것이다. 모두들 입버릇처럼 '훈련소 쪽을 향해서는 침도 뱉지 않고 오줌도 누지 않겠다.'고 다짐을 했었는데, 다시 그 자리에 남게 되었다는 사실에 착잡한 심정이 들기도 했다.

위생병이라고는 하지만 자대 생활 역시 만만치가 않았다. '짬밥' 수에 따라 서열이 결정되는 군대에서 졸병 주제에 나이 많고 학벌이 높다는 이유로 처음에는 고참(선임병)들에게 더 많은 시달림을 받아야 했다. 소위 '길들이기'였다. 나이나 학벌, 사회적 지위는 오히려 거추장스런 짐이 되는 세계였다. 철저하게 신참내기 졸병의 태도로 살아가는 것만이 조금이나마 고통을 줄일 수 있는 비결이었다. 바쁜 일과와 고된 전투 훈련 중에도 사흘이 멀다 하고 고참들의 얼차려 세례가 쏟아졌고, 그 속에서 육체적으로도 조금씩 적응되어 갔다.

그 후 10·26사태가 일어나고 광주항쟁이 발생하는 등 국가비상사태를 맞아 비상계엄으로 인해 다소 살벌한 분위기 속에서 군대 생활을 보내게 되었다. 지루하게만 흐르던 국방부 시계도 돌고 돌아 두 달 후면 전역을 맞게 될 1980년 10월 말 어느 저녁 무렵이었다. 영내 외곽 보초를 서던 중에 스피커에서 "국보위(國保委)에서 연좌제(連坐制)를 폐지하기로 결정하였습니다." 하는 뉴스가 흘러나왔다.

'아니! 어떻게 이럴 수가 있는가? 전역을 눈앞에 두었는데 지금에야 연좌제가 폐지되다니…….' 그 힘든 세월을 나 혼자만 당했다는 생각에 너무나 억울한 마음이 들었다. 아쉬움과 허탈감으로 나도 모르게 눈물이 볼을 타고 흘러내렸다. 참으로 기구한 운명이란 생각이 들었다.

72학번이라 교련단축혜택 3개월을 받아서 만 33개월의 군복무를 마치고 육군 상병(계급)으로 제대했다. 나보다 입대가 늦은 73, 74학번 후임병들조차 6개월의 교련 단축 혜택을 받고 이미 전역을 한 뒤였다.

그 후 20년이 넘는 세월 동안 나의 군대 생활에 대한 기억은 언제나 어두운 그림자로 내 마음을 지배해 왔던 것이 사실이다. 친구들과의 모임에서 군대 이야기만 나오면 침묵을 지키다가 슬며시 자리를 뜨고는 했다. 대한민국 의사들 중 유일하게 의사면허증을 지니고도 위생병으로 군대 3년을 보냈다는 사실이 나 자신을 너무 아프게 했다.

그런데 수년 전, 나의 군대 생활이 결코 수치스런 과거가 아니었음을 깨닫게 되었다. 오히려 그것이 나 자신의 부족했던 많은 면들을 단련시켜 현재의 내 삶을 지탱하는 힘이 되고 있다는 사실도 알게 되었다. 나약하기 짝이 없던 내가 지금까지 거쳐 온 많은 시련들 앞에서 크게 흔들리지 않고 정면으로 맞설 수 있었던 것은 그와 같은 연단의 세월이 있었기 때문이라 생각한다.

마라톤 같은 인생에서 한때 굴곡이 험한 길로 들어섰다고 미리 쓰러질 필요는 없다. 당시에는 가혹하게 여겨지던 시련들도 세월이 흐른 뒤에 돌아보면 자신을 단련시키는 소중한 기회가 되었음을 깨달을 수 있기 때문이다.

좋은의사를 만난 환자는 행복하다

의사의 길

지금은 종일 진찰실을 지키며 환자들과 씨름하는 내과의사가 되어 있지만, 의과대학을 졸업하고 처음 선택했던 진로는 기초의학인 해부학이었다. 환자를 보는 의사가 되지 않겠다고 진작부터 마음을 정하고 있었기 때문이다. 그런데 예상치도 못했던 연좌제에 걸려 위생병으로 군대 3년을 보내야만 했다. 그 후 해부학을 2년간 더 하다가 임상으로 발길을 돌렸다.

하지만 5년이란 공백으로 인해 임상의학에 대한 지식이 거의 백지가 된 상태에서 의사의 길로 들어섰다는 것이 얼마나 무모한 결정이었는지는 금방 알 수 있었다. 환자들을 대할 때마다 의학 지식 하나하나의 소중함이 뼈저리게 느껴지곤 했다. 전공의 과정을 병원에서 살다시피 하며 보냈다.

내과전문의가 되어 의원을 열고 9년째 되던 해 4월, 내 자신이 환자가 되었다. 대장암이 의심되어 장절제술을 받은 후에 급성장유착이 오는 바람에 거의 한 달 동안을 물 한 모금 마시지 못하고 수액제로 버티면서 보냈다. 그러다가 겨우 회복이 되는가 싶었는데, B형간염이 겹치면서 몸 상태는 엉망이 되고 말았다. 불안과 초조, 공포에 시달리던 마음이 나중엔 분노를 넘어 좌절감 속으로 빠져들었다. 삶이 그렇게 끝나는가 싶었다.

그러던 어느 날 '더 이상 삶이 허락되지 않는다면 운명으로 받아들여야겠다.'는 생각이 들면서 마음이 한결 편안해지는 것을 느꼈다. 그날 이후 날마다 눈을 뜨면 뼈가 앙상하게 드러나고 노랗게 변한 두 손을 들여다보면서 여전히 내가 살아 있다는 사실에 대해 고마운 마음이 들고는 했다.

겨울로 접어드는 어느 막바지 가을날 아침이었다. 여느 때보다 햇살이 따스하게 느껴지면서 어쩌면 몸이 회복될지도 모른다는 기대와 함께 머릿속에 문득 '다시 건강을 찾는다면 남은 삶은 어떻게 보내야 할까?' 하는 의문이 떠올랐다. 그 순간 내 마음속에 '의사로서 환자를 돌보는 것이 나의 신앙이며 하늘이 내린 천직'이란 생각이 들었다.

그날 이후 상상할 수도 없을 만큼 하루가 다르게 몸이 좋아지는 것을 느꼈다. 음식 냄새만 맡아도 구역질이 나서 외면하던 밥그릇을 게 눈 감추듯 해치우는데, 그릇이 반쯤 비워지면 벌써 불안한 마음에 다음 먹을 것을 챙겨 달라고 아내를 다그치고는 했다. 지금 생각해도 당시 내 모습은 걸신들린 사람 같았다. 미처 한 달도 되지 않아 정상 진료를 할 수 있을 정도로 회복되었다. 다시 살아난 기분이었고, 환자들의 고통을 진심으로 이해하는 의사가 되어야겠다고

좋은의사를 만난 환자는 행복하다

생각했다.

그 당시 내가 죽었다는 헛소문이 퍼지는 바람에 직접 찾아오셔서 진료실에 앉아 있는 내 모습을 확인하고 눈물을 글썽이며 기뻐하시던 많은 분들이 계시다. 한때 아픈 몸을 내게 맡기시던 분들인데 환자가 된 나를 도리어 염려하고 내가 빨리 회복되기를 간절히 빌어 주신 분들이다. 그분들에게 진 내 마음의 빚을 갚는 길은 최선을 다해 그분들의 아픔을 돌봐 드리는 일이라 생각한다.

슈바이처 박사나 이태석 신부처럼 사람들의 시선을 의식하지 않고 순수한 마음으로 봉사하며 살아온 많은 의사들이 있고, 앞으로도 그런 분들이 계속 나오리라 믿는다. 그분들의 고귀한 희생과 사랑에 비한다면 나야말로 보잘것없고 평범한 의사에 불과할 뿐이다. 하지만 원칙에 충실한 의사, 오직 최선을 다하는 의사가 되기 위해 내 모든 노력을 기울일 것을 다짐해 본다. 언제까지라도 나를 찾는 환자들의 고통을 해결해 주는 일에 의사로서 내 삶의 소중함을 잊지 않겠다는 마음으로 진찰실을 지키리라.

못난이 의사의 세상 보기

4
환자인가 의사인가

의예과에 입학은 했으나 적성에 맞지 않는다는 생각으로 갈등을 겪던 중에 친구의 소개로 어느 기독교 선교단체를 알게 되었다. 새로운 세계에 대한 호기심과 주변 사람들의 열정에 끌려 신앙에 관심을 갖게 되었다. 본과에 진입을 한 뒤에도 의사로서의 삶보다는 다른 길을 걷게 될지도 모른다는 생각을 하며 4년을 보냈다. 졸업과 함께 기초의학인 해부학을 선택했던 이유도 그 때문이었다.

그런데 조교 발령을 받은 지 20일 만에 연좌제에 걸려 사병으로 입대를 했다. 위생병으로 33개월간의 군복무를 마친 후 다시 대학으로 돌아갔다. 그러나 조교 생활 2년이 끝날 무렵, 임상을 하고 싶어 부산으로 도망을 왔다. 외과를 전공할 생각이었다.

그러나 인턴 과정을 돌면서 환자들을 대할 때마다 두려움에 빠지지 않을 수 없었다. 적당히 졸업만 하고 다른 길을 택할 생각으로 학과 공부를 소홀히 했던 터에 졸업 후 5년간의 공백으로 인해 임상에 대한 지식은 거의 백지상태가 되어 있었기 때문이다. 그러면서도 어느새 나는 의술에 대한 매력에 조금씩 빠져들고 있었다. 결국 폭넓게 환자를 보고 싶은 유혹에 끌려 내과를 전공하기로 마음을 바꿨다. 덕분에 험난한 수련 과정이 기다리고 있었다.

모 대학병원 내과전공의 자리에 확정이 된 줄 알았는데 원서를 내기 전날 스텝으로부터 연락이 왔다. 다른 사람이 내정되었으니 지원하지 말라는 것이었다. 나는 결국 울산에 있는 후기병원으로 발길을 돌려야 했다. 수련 1년차 때는 매일 40명에서 많으면 60명에 이르는 입원 환자들을 혼자서 돌봐야 했다. 옷을 갈아입기 위해 매주 한 번 잠시 집에 들른 것 외에는 병원을 벗어날 엄두도 낼 수 없었다.

2년차가 되어 모교인 경북대학병원으로 파견을 갔더니 같은 년차인 후배 전공의들과의 실력 차이가 하늘과 땅처럼 느껴졌다. 그들을 따라잡기 위해 당직실 옆에 붙은 공부방을 아예 숙소로 삼아 책과 씨름하며 밤을 새우다시피 보냈다. 내과전문의 자격시험을 치른 후에야 비로소 '이제 나도 의사가 되었구나!' 하는 생각이 들었다.

그런데 내과전문의로 개원을 하고 9년째로 접어든 어느 날 갑자기 시련이 닥쳤다. 나 자신이 환자가 되어야만 했던 것이다. 그날은 1995년 4월 15일 토요일 오후였다. 늦은 진료를 마치고 집으로 오는 중에 오른쪽 아랫배에서 기분 나쁘게 묵직한 통증이 느껴졌다. 하룻밤 자고 나면 좋아질 줄 알았다. 고통으로 자는 둥 마는 둥 하던 중에 날이 밝았으나 나아질 기미는 전혀 보이지 않았다. 충수돌기염(일명 맹장염)이 의심되어 종합병원 외과에 근무하는 친구에게 전화를 걸어 대충 경과를 말하고 다음 날 그의 진찰실을 찾기로 약속을 했다.

환자가 몰리는 월요일이라 잠시 쉴 틈도 없이 환자를 보다가 점심시간이 거의 끝날 무렵 도착한 후배에게 진료를 인계하고는 급히 진찰실을 나섰다. 택시를 타고 부둣길을 달리는데 창자가 끊어지는 듯한 통증이 몰려왔다. 병원에 도착하는 즉시 응급실에 인적사항만 알려 주고 곧바로 친구의 진찰실로 들어갔다.

친구의 견해 역시 약간 애매한 점은 있지만 충수돌기염 외에는 달리 생각하기도 어려워 일단 배를 열기로 했다. 결정을 내리고 나니 마음이 한결 홀가분해지는 것 같았다. 하얀 시트가 깔린 침대에 누워 수술실로 향할 때는 다소 흥분되기는 했으나 잠시 여행을 떠나는 것과 별반 다르지 않은 느낌이었다. 근심이 가득한 표정으로 지켜보는 아내를 향해 웃으면서 손을 흔드는 여유를 부리기도 했다.

빨리 회복하여 근무할 요량으로 대학 선배이신 마취 과장님께 국소마취나 척추마취를 부탁드렸던 것을 생각하면 지금도 웃음이 나온다. "내가 알아서 할 테니 내게 맡겨라!" 하시는 선배님 말씀에 "네, 그러겠습니다."하고는 금방 잠 속으로 빠져들었다.

미리 잡아 둔 병실에서 마음을 졸이며 무사히 수술이 끝나기를 빌고 있던 아내는 급히 수술실로 내려와 달라는 연락을 받고 불안한 마음을 가득 안고 달려갔다고 한다. 그리고 '어쩌면 대장암일지도 모르겠다.'는 친구의 말은 청천벽력이었단다.

좋은의사를 만난 환자는 행복하다

‘무슨 수를 쓰더라도 목숨만은 살려 달라.’는 아내의 부탁 앞에서 그 친구의 어깨는 또 얼마나 무거웠을까? 아내 역시 같은 의사이기에 더 이상의 동의나 절차도 없이 곧바로 본격적인 수술로 들어가게 되었단다. 오른쪽 대장 절반을 잘라 내고 대동맥 주위의 임파절까지 모조리 걷어냈다는 이야기는 나중에야 듣게 된 사실이다. 30~40분이면 충분할 것으로 예상하고 시작했던 수술이 4시간 반을 넘기게 되었단다.

마취에서 깨어날 때는 비몽사몽간이었지만 온몸이 얼음 속에 잠겨 있는 것처럼 뼛속까지 시려 왔다. 그때 내 입에서 내뱉은 첫마디가 “에이, 더러워서. 에이, 더러워서.” 하는 소리였고, 그날 밤 나는 그 말을 얼마나 더 반복했는지 모른다. 정말로 뭣이 더러워서가 아니라 전신을 죄어 오는 추위와 고통 앞에서 무기력하기 짝이 없는 나 자신의 초라한 모습에 대한 자조(自嘲)의 소리를 그런 식으로 쏟아 냈던 것이다.

정신이 조금 드는 순간부터 창자를 도려내는 것 같은 통증이 파도처럼 몰려왔다가 흩어지고는 했다. 문득 ‘이게 바로 단장(斷腸)의 고통이란 것이구나!’ 하는 생각이 들었다. 간호사가 “진통제 처방이 나와 있는데 맞으실래요?” 하기에 ‘그래, 어디 한번 붙어 보자.’ 오기가 생겨서 그냥 참겠다고 했다.

이틀이 지나자 복부의 통증은 웬만큼 가라앉았는데, 이번에는 숨을 쉬기가 어려울 만큼 가래가 계속 끓어올랐다. 기침을 할 때마다 ‘혹시 꿰매 놓은 수술 자리가 터지지는 않을까?’ 염려가 되기도 했다. 몸을 전혀 움직일 수 없는 상태로 누워 있으려니 등을 파고드는 침대 시트의 주름 자락이 동아줄처럼 느껴졌다. 겨우 몸을 움직일 만하니 그때부턴 몸에 꽂힌 3개의 배관들(코, 절개 부위, 요도)이 거추장스럽기 짝이 없었다.

그런 중에도 집도를 맡아 주고 상처를 보살펴 주는 친구가 너무나 고마웠고, 하루에도 몇 차례씩 주사를 찌르고 가는 간호사들이 모두 천사처럼 보였다. 아내가 근처 식당이나 매점에 다녀올 때면 매번 간호사실에 뭐든 사다 주라고 채근을 했다.

어느 조직에서도 암세포가 나오지 않았다는 마지막 결과를 듣고서야 비로소 아내는 내가 받았던 수술, 자신이 겪어야만 했던 정신적 고통, 그리고 나로 인해 서운했던 감정 등을 털어놓았다. 내가 온전히 회복되기만을 간절히 빌면서 눈 한번 제대로 붙이지 못하고 수고해 온 아내에게 나는 너무 무관심했던 것이다.

답답한 심정을 혼자 삭이며 괴로워한 아내에게는 정말로 면목이 없다. 그처럼 미련했던 것이 나의 우둔함 때문이라고 스스로 변명해 보지만, 아내에게는 용서받기 어려운 잘못을 저지른 셈이다. 가까이서 수고하는 가족의 희생은 당연한 것으로 여겨 온 평소의 내 태도를 아주 잘 드러낸 예라 할 수 있겠다.

비록 12일간의 병실 생활이었지만 의사가 되고 난 후 지금까지 가장 길고 여유로운 휴가를 보낸 셈이다. 덕분에 그동안 알지 못했던 환자들의 고통과 호소에 대해 어느 정도 이해할 수 있게 된 것을 큰 보람으로 생각한다.

좋은의사를 만난 환자는 행복하다

웬만큼 거동이 가능해지면서 아내는 집안일 때문에 낮 동안은 집으로 갔다가 저녁이 되면 병실로 돌아오고는 했다. 마음껏 쉴 수 있게 되었다는 생각은 이내 사라지고 환자복을 걸치고 종일 병실을 지킨다는 것이 너무나 무료하고 불편하게 느껴졌다. 오랫동안 진료실을 비운 것 같아 조바심이 나서 금방이라도 병실을 뛰쳐나가고 싶었다. 지금까지 살아오면서 그보다 더 지루하게 시간을 보낸 적은 없었던 것 같다.

학회 참석이 예정되어 있는 후배에게 더 이상 진료를 부탁하기도 미안했고, 이제 이만하면 진료를 할 수 있겠다는 생각이 들었다. 그래서 좀 더 있어야 한다는 친구(집도의사)의 만류를 뿌리치고 12일 만에 퇴원을 감행했다. 그리고 산뜻한 기분으로 집에서 이틀을 더 쉬고는 월요일부터 다시 진료를 시작했다.

그런데 이틀째 되던 날, 오후 진료를 하던 중에 창자가 뒤틀리는 통증과 함께 갑자기 구토가 일어났다. 놀란 직원들의 연락으로 아래층에 있던 수협 직원이 올라와서 차로 태워다 준 덕분에 무사히 집까지 올 수는 있었지만, 식구들은 가까스로 진정되었던 가슴을 또다시 부여잡아야만 했다.

그때부터 밥은 고사하고 물도 한 모금 마실 수 없는 상태가 되어 버렸고, 밤낮 화장실을 들락거리며 변기를 잡고 구역질을 하다가 담즙이 섞인 노란 액체를 토해 내야만 했다. 회복될 일만 남았다고 생각했는데 그처럼 끈질긴 고통이 다시 기다리고 있으리라곤 전혀 예상치 못한 일이었다.

그런 중에도 오후 다섯 시까지 진료를 계속하였고 점심시간엔 수액제 한 개를 달고 누워서 보냈다. 그리고 일과가 끝나서 집으로 돌아와서도 물 한 모금 마시지를 못하고 수액제 신세를 질 수밖에 없었다. 작은 수액제 4~5개를 바꿔 달기 위해서 아내는 거의 매일 뜬눈으로 밤을 새우다가 낮이면 함께 병원으로 나가서 진료 업무까지 도와야 했다.

시련이 모두 끝난 줄 알고 기뻐한 것도 잠시, 겨우 밥 네 그릇을 비우고는 비참한 모습으로 변해 가는 나를 지켜보는 아내의 절망감은 어떠했을까? 겉으로는 태연한 척하였으나 마음속은 새까맣게 타서 재가 되고도 남았으리라. 그러면서도 아침이면 언제나 희망을 이야기하던 아내의 모습을 지금도 잊을 수가 없다. 하루하루 시들어 가던 나에게 그처럼 힘이 되어 준 아내에게 다시 한번 고맙고, 평생을 갚아도 다 갚지 못할 빚을 지게 되었음을 뒤늦게 고백한다.

조직 검사에서 암세포가 나오지는 않았지만 원인 모를 복통과 구토가 반복될 때마다 온갖 복잡한 생각들이 마음을 괴롭혔다. 고통과 불안 속에서 한 달을 보내고 나니 수술 전에 비해 몸무게가 14kg이나 줄어들었고, 단 몇 발짝을 움직이는 것조차 힘이 들었다. 더 이상은 버텨 낼 수 없을 것 같았다.

'그래, 살기 위해서라면 열 번이라도 배를 열어야지!' 마침내 다시 입원을 해서 개복수술을 받기로 했다. 그런데 그때부터 이상하게도

좋은의사를 만난 환자는 행복하다

구토가 조금씩 멎는 것 같았다. 조심스럽게 물을 한 모금 마셨는데 더 이상 배는 아프지 않았고 구토도 일어나지 않았다. 미음을 몇 차례 먹고 이어서 밥으로 바꾸었으나 아무런 문제도 발생하지 않았다.

수술 후 매우 드물게 발생한 급성 장유착증(腸癒着症) 때문이었던 것으로 생각되지만, 왜 그런 일이 내게 일어났는지는 아직도 이해할 수가 없다. 다만 너무 일찍 무리를 했던 것이 원인이 아니었나 싶다. 주치의의 말을 듣지 않은 환자가 치른 대가라는 생각도 든다.

{3}

식사량이 조금씩 늘고 건강에 대한 자신감도 생겨서 가까운 골프 연습장에 나가서 가볍게 몸을 풀기 시작했다. 그런데 한 달쯤 지난 7월 초, 갑자기 식욕이 떨어지고 피로가 오면서 소변색이 짙어졌다. '혹시나?' 하는 마음에 혈액 검사를 하였더니 새로운 불청객은 B형 간염이었다. 인턴 시절, 간염 검사의 결과에 따라 예방접종을 받았어야만 했다. 하지만 주사 맞는 것이 두려워서 가족들의 성화에도 불구하고 고집을 부린 것이 뒤늦게 혹독한 대가를 치르게 된 것이다. 땅을 치고 후회했지만 달라질 것은 없었다.

갈수록 심해지는 피로와 황달 증세로 인해 한 주일에 두 번씩 간기능 검사를 할 때마다 결과는 더 나빠지기만 할 뿐이었다. 나중에는 소변색이 거의 붉은색이 되었고 피부는 진노란 호박 같았다. 너무나 가려워서 자는 둥 마는 둥 밤새 몸을 긁어 대다가 날이 밝아서 보면 온몸 곳곳에 오선지처럼 출혈반점들이 그려져 있고는 했다.

처음에는 황달을 동반한 급성간염으로서 예후가 좋을 거라고 기대했는데, 계속 악화되는 경과를 보면서 치사율이 매우 높은 급성 전격성간염을 생각해야만 했다. '두 차례는 잘 넘겼는데 세 번째 고개는 결국 넘기지 못하는구나!' 하는 절망감이 마음을 휘감았다. '부끄럽지 않게 살겠다는 일념으로 살아왔건만 이것이 그 보답이란 말인가?' 가슴속에서 분노가 치밀어 올랐지만, 분노를 쏟아낼 상대는 바보 같은 나 자신뿐이었다.

초조한 가운데 두어 달을 보내다가 '이것도 운명이라면 삶을 정리해야겠다.'는 생각이 들었다. 매일 아침 눈을 뜨면 아내 몰래 간성혼수의 초기 증상인 손 떨림이 있는지, 의식이 흐려지지는 않는지 스스로를 살피는 것이 일과의 시작이었다. 조금이라도 이상한 낌새가 보이면 즉시 아내와 초등학교 6학년인 아들, 그리고 가까운 가족들에게 남기고 싶은 말들을 글로 옮기기 위해 마음속으로 되새기며 하루하루를 보냈다. 그렇게 시간이 흐르는 중에 마음이 차츰 편안해지는 것을 느꼈다.

가족들과(아직 시골에 계신 부모님들께는 알리지도 않은 상태였다) 수술해준 친구는 다시 입원을 하라고 성화였지만, 내과의사로서 병의 성격이 어떤 것인지를 알기에 '입원을 한들 무슨 수가 있을까?' 하는 마음이라 받아들일 수가 없었다.

오전에는 고개를 푹 숙인 채 환자들의 얼굴은 쳐다보지도 않고 호소하는 증상만 듣고 처방을 내리는 이상한 형태의 진료가 계속되었

좋은의사를 만난 환자는 행복하다

다. 뼈가 앙상하게 드러나고 노랗게 변한 내 모습이 너무 부끄러웠다. 오후에는 진료실 옆방에서 수액제를 달고 누워서 아내가 환자들을 진료하는 것을 문틈으로 들으며 시간을 보냈다. 그렇게 9월을 보내고 10월을 맞았다.

그런데 10월 중순 어느 날, '오늘은 뭔가 좀 다르다.' 기분 좋은 그런 느낌이 왔다. 출근하는 즉시 채혈을 했다. 그런데 계속 치솟기만 하던 간 기능 검사 수치가 이틀 전과 비슷한 상태에서 멈춰 있었다. 갑자기 회복에 대한 기대와 자신감이 생겼다. 말로 표현할 수 없는 그 기쁨이란……. 당장 춤이라도 추고 싶었다. 그 후 불과 2주일 만에 보여 준 회복 속도는 4개월 동안을 괴롭혀 오던 병이라고는 생각할 수 없을 만큼 빠르게 좋아지고 있었다. 아직 몸은 병색에서 벗어나지 못했지만 마음은 날아갈 것 같았다. 진료 시간도 오후 5시까지 연장했다.

그런데 그로부터 며칠이 지나자, 갑자기 전화가 병원으로 마구 걸려오기 시작했다. 모두가 내 안부를 묻는 전화였다. "원장님 지금 진료중이세요." 직원들이 아무리 설명을 해도 쉽게 믿으려 하지 않는 것 같았다. 직접 병원을 찾아오신 많은 분들이 내 손을 잡고 "원장님, 백 살까지 사시겠습니다." 하면서 눈물을 글썽이시곤 했다. 한때는 내게 진료를 받던 분들인데 신세가 거꾸로 된 셈이었다. 이미 나의 장례까지 치렀다는 소문을 들었다는 분도 있었다.

어처구니없는 일이긴 했으나 6개월 동안 겪어야 했던 고통보다 그 순간 그분들로부터 받는 위로가 훨씬 더 크다는 사실을 알게 되었다. 고통스런 경험이었지만, 그로 인해 나는 많은 분들로부터 넘치는 사랑을 받게 된 것이다. 평범한 의사에 불과하던 나를 그처럼 아껴 주시는 분들이 있다는 사실이 믿기지 않았다. 그 후로도 몇 달 동안 계속되는 헛소문 때문에 본의 아니게 많은 분들에게 심려를 끼쳐야만 했다.

내가 과연 그분들에게서 그처럼 과분한 사랑을 받을 자격이 있는가? 고통을 호소하며 도움을 바라던 분들에게 나는 과연 따스한 마음으로 대해 왔던가? 마음에 들지 않는 환자라고 그들의 고통마저 외면하려고 했던 일은 또 얼마나 많았던가? 의사로서 살아온 지난날들을 돌아보면서 부끄러운 생각이 들었고, 그분들에게 너무나 많은 빚을 지고 있다는 사실을 깨닫게 되었다.

어느새 5년이란 세월이 흘렀다. 그러나 나는 아직도 환자들의 고통을 내 마음으로 느끼지 못할 때가 많다. 내 자신이 환자였을 때는 조금이나마 이해할 수 있었던 그들의 아픔이 점차 흐려져 가는 내 고통의 기억과 함께 마음속에서 멀어질 때가 많다. 심지어 그들의 호소가 귀찮게 들릴 때도 있다. '환자들의 고통에 대해 머리로만 생각하지 않고 마음으로 느끼는 의사가 되겠다.'고 다짐했던 마음이 부끄러워지기도 한다.

한편 절망 가운데서도 희망을 버리지 않고 모든 고통을 함께 겪어 온 가족에게 건강한 모습으로 보답할 수 있게 된 것을 다행으로 생각한다. 절박한 심정으로 '어떤 모습이라도 좋으니 아들이 대학에

좋은의사를 만난 환자는 행복하다

들어갈 때까지만이라도 살아 있게 해 달라.'고 빌었다던 아내의 소원을 들어줄 수 있게 된 것이 정말로 기쁘다. 그처럼 피를 말리는 날들의 고통이 있었기에 어쩌면 지금은 더 큰 기쁨을 누리고 있는지도 모른다. 지난날의 고통은 시간이 흐르고 나면 모두 아름다운 추억으로 남는가 보다.

(2000년 5월)

못난이 의사의 세상 보기

5
무임승차와 인생

　고향을 떠나 김천에서 고등학교를 다닐 때의 일이다. 친구와 자취 생활을 하던 시절이라 쌀과 반찬을 가지러 두 달에 한 번꼴로 고향에 다녀오고는 했다. 버스를 타면 멀미가 너무 심했기 때문에 언제나 기차를 타야만 했다. 내가 졸업한 중학교가 있는 면 소재지 역에서 내려 들길을 지나고 시내를 건너면 고향 마을로 들어설 수 있었다. 돌아갈 때는 쌀 한 말 두 되와 약간의 생활비, 그리고 마른반찬 두어 가지를 챙겨 들고 어머니와 함께 집을 나서고는 했다. 열차에 올라 시야에서 점점 멀어지는 어머니의 모습을 바라볼 때면 언제나 가슴속이 싸하게 아려 오고는 했다.

　고향을 떠난 지 두 달 만에 처음으로 집에 들렀을 때였다. 오랜만에 식구들과 하룻밤을 보내고 이튿날 다시 기차를 타기 위해 역으로 향하던 중이었다. 어머님은 머리에 쌀자루를 이고 저만치 앞서가시고 나는 반찬 보따리를 들고 뒤에서 떨어지지 않는 발걸음을 옮기고 있었다. 괜히 공부를 하겠다고 집을 떠난 것이 후회스럽기 짝이 없었다. 식구들과 함께 살 수만 있다면 농사를 지어도 좋겠다는 생각이 들었다. 들길 중간쯤 왔을 때였다. 갑자기 울음을 터뜨리며 "공부 같은 것은 하지 않아도 좋아. 나는 집으로 갈 거야!" 하면서 발길을 되돌리는 바람에 몹시 난감해하시던 어머니의 모습이 떠오른다. 그렇게 한번 아픔을 겪은 후 다시는 집을 떠난 것에 대해 그처럼 마음 아파한 적은 없다.

당시 경북선 열차는 문경 지역에서 많이 나던 석탄을 실어 나르기 위해 객차 뒤에도 화물칸을 달고 다니던 때였다. 명절이 겹치는 날이면 좌석은 물론이고 통로에도 설 자리가 없었기 때문에 연탄재가 시커멓게 묻어 있는 화물칸에 타는 수가 많았다. 손잡이도 없는 화물칸에서 몸의 균형을 잡기 위해 아무리 버티어도 내릴 때쯤이면 어느새 손바닥은 물론이고 교복 여기저기에 검댕이 묻어 있고는 했다.

어느 해 추석을 맞아 고향에 다녀오는 길이었다. 콩나물시루처럼 빽빽한 열차를 간신히 타고 쌀자루는 문 옆에 세워 둔 채 반찬 보따리만 겨우 챙겨 들고 사람들에게 밀려서 안쪽에 서 있다가 내릴 때에 보니 쌀자루가 보이지를 않았다. 어느 역에서 누군가 먼저 내리면서 들고 가 버린 것이었다. 어머니께서 꼭꼭 싸서 쌀 속에 넣어 주신 참기름 한 병도 함께 사라지고 말았다. 모두들 배가 고프던 시절이라 이해는 할 수 있었지만, 아깝다는 생각은 두고두고 지워 버릴 수가 없었다.

객지 생활을 하던 아이들은 중간고사나 기말시험이 끝나면 거의 동시에 각자의 집으로 향했기 때문에 왁자지껄한 객실 안은 언제나 수학여행을 떠나는 열차와 같은 분위기였고, 지방 명문고등학교를 다닌다는 자부심으로 우쭐한 기분이 들기도 했다. 그런데 요령 좋은 아이들은 김천에서 가장 가까운 아천역까지 가는 표를 끊어서 기차에 오른 다음 자기가 내려야 할 역이 되면 기차가 서행을 하는 틈에 재빨리 뛰어내려 개찰구를 통하지 않고 들길을 따라 사라지고는 했다.

출발 후 열 번째 역에서 내려야 하는 나는 그중에서도 가장 먼 거리였기 때문에 친구들이 내리는 모습을 지켜볼 때마다 손해를 보고 있다는 생각이 들고는 했다. 그들은 짧은 거리에 십 원을 내고 열차를 이용하는데, 나는 꼬박꼬박 구십 원짜리 표를 끊어서 먼 길을 다녀야 한다는 것이 너무 억울했던 것이다.

일 학년 말쯤이었던 것으로 기억한다. 학년말 시험이 끝난 토요일 오후였다. 나도 용기를 내어 십 원을 주고 아천역까지 가는 표를 끊었다. 열차에 오르는 순간부터 가슴이 쿵쾅거렸지만 이미 저지른 일이라 겉으로는 태연한 척하면서 스스로를 격려했다. 하지만 내가 내려야 할 용궁역이 가까워 올수록 불안하고 두려운 마음이 드는 것은 어쩔 도리가 없었다.

드디어 기적 소리를 울리면서 기차가 속도를 늦추기 시작했다. 기차에서 뛰어내리기 위해 바깥문 손잡이를 잡고 섰으나 아무리 서행이라지만 달리는 열차에서 논두렁을 향해 뛰어내릴 엄두가 나지 않았다. 다급해진 순간, 언뜻 사람들이 몰려서 나가는 틈에 역무원의 손에 슬쩍 표를 건네주고 간다면 그가 알아채지 못할 수도 있겠다는 생각이 들었다.

　결국 열차가 멈춘 후 플랫폼에서 내려 태연한 모습으로 집찰구를 통과하면서 역무원에게 표를 내밀고는 걸음을 재촉했다. 그런데 미처 두세 발짝도 옮기지 않았는데 "학생!" 하는 소리가 천둥소리처럼 나의 고막을 때렸다. 어느새 역무원은 내게서 받은 표를 확인한 모양이었다. 그 순간의 당혹감이란……. 그냥 줄행랑을 치고 싶었지만 발바닥이 땅에 얼어붙은 것처럼 말을 듣지 않았다. 눈앞이 캄캄하였고 쥐구멍이라도 있으면 들어가고 싶었다. 역무원을 향해 돌아서기는 했으나 고개를 푹 숙이고 아무 말도 할 수가 없었다. 그리고 그가 무어라고 했지만 한마디도 귀에 들어오지 않았다.

　얼마나 시간이 흘렀는지 몰랐다. 그때 또 다른 목소리가 들렸다. '아주 착실하고 공부도 열심히 하는 학생인데 객지에서 돈이 떨어져서 그런 것이니 한 번만 봐 주세요.' 하면서 누군가가 애원을 하는 소리였다. 화끈거리는 얼굴을 살짝 치켜들고 보았더니 이웃 마을에 사는 중학교 1년 선배였다. 뒤따라 나오다가 자초지종을 듣고는 역무원에게 나 대신 빌고 있었던 것이다. 그 선배는 가까운 군청 소재지에 있는 고등학교를 다니던 터라 매일 기차 통학을 하고 있었기 때문에 역무원과는 잘 아는 사이였다. 덕분에 역무원은 다시는 그러지 말라는 말과 함께 선배가 차비를 더 내겠다는 것도 마다하고 선선히 나를 보내 주었다.

　선배의 도움과 역무원의 너그러운 처사로 무사히 위기를 벗어날 수 있었다. 그러지 않았더라면 그 당시 나는 마음에 커다란 상처를 받았을 테고, 어쩌면 그 일로 인해 평생 무거운 마음의 짐을 지고 살아가게 되었을지도 모른다.

무임승차를 위한 나의 첫 시도는 그렇게 막을 내리게 되었고, 그 후 지금까지 나는 어떤 일에 대해서도 무임승차 같은 것은 감히 생각조차 할 수 없는 사람이 되고 말았다. 남들보다 용기가 부족하여 무임승차하며 살아간다는 것이 쉽지가 않았고, 또 그런 방식으로 세상을 살아가는 것이 마음 편한 일은 아니라는 사실을 깨닫게 되었기 때문이다.

만일 그때 무사히 무임승차에 성공할 수 있었더라면 지금 내가 세상을 살아가는 방식이 조금은 달라지지 않았을까?

(2009년 1월 『한국수필』 신인상 당선작)

6
운전과 인격

　운전을 하다 보면 재미있는 사실들을 알 수 있다. 대부분의 운전자가 운전 중에 자기 인격의 숨겨진 부분을 쉽게 드러내기 때문이다. 물론 나 자신도 운전을 하면서 내 인격의 밑바닥을 자주 드러내 보이고는 한다.

　초보 시절에는 나만 그런 줄 알았는데, 얼마 지나지 않아서 거의 모든 운전자들이 나와 비슷하다는 사실을 알게 되었다. 조급하고, 난폭하고, 항상 기회를 엿보고, 자신의 양심까지도 무시하는 경우를 심심찮게 볼 수 있다. 아무리 점잖아 보이던 사람도 운전석에만 앉으면 어울리지 않게 난폭해지고 평소에는 생각지도 못했던 욕설을 거침없이 쏟아 내는 모습도 볼 수 있다. 고급 수입차든 소형 국민차든 운전 습관에는 별로 차이가 없다. 단지 고급차나 새 차의 경우에는 자신의 차가 손상될까 봐 좀 더 조심할 뿐이다.

　어찌된 일인지 운전대만 잡으면 마음이 바빠진다. 길만 열리면 빨리 달려야 하고, 신호대만 보이면 가속페달에 발이 올라간다.

황색 신호는 황급히 진입하라는 신호로 받아들이고, 정지선에서는 남보다 먼저 출발해야 한다. 끼어들기를 허용하기 싫어서 앞차의 꽁무니를 바싹 쫓는 것은 예사이고, 앞차가 조금만 꾸물거려도 뒤에서 경적을 울려 댄다. 거기다가 앞차가 다른 차를 두 대만 끼워 줘도 혈압이 올라간다.

또 차선 변경을 위해 방향지시등을 켜는 차가 보이면 매몰차게 속도를 높이며 지나간다. 초보 운전 딱지가 붙은 차는 반드시 앞지르기를 해야 하고, 운전은 초보인데 딱지도 없이 앞에서 거치적거리면 신경질부터 난다. 운전 실력이 늘수록 급하게 서둘 때가 더 많고 기교 운전이 하고 싶어 안달을 부리는 일도 적지 않다.

이런 습관은 대부분 이미 내가 경험하였거나 아직도 일부 남아 있는 나의 운전 버릇이다. 십년공부 나무아미타불이라지만 이십 년이 지나도 운전하는 태도는 크게 나아진 것이 없다. 평소에는 느긋하게 보내다가도 운전대만 잡으면 박자가 빨라지는 것이다.

그런데 놀라운 점은 이러한 운전 습관은 나뿐만 아니라 대부분의 운전자들에게 공통된 점이라는 사실이다. 운전자에게서 인격을 찾는 것은 산에서 물고기를 구하는 것과 같다. 더구나 어쩌다가 곱게 양심을 지키는 운전자는 불이익을 당하기가 십상이다. 접촉사고라도 생기면 먼저 큰소리로 기선을 제압하는 것은 운전자의 기본 상식으로 되어 있다.

하여튼 좌절감과 성취감, 우월감을 모두 맛볼 수 있는 것이 운전이라고 할 수 있다. 평소에는 듣기 어렵던 욕설도 운전석에서는 들

좋은의사를 만난 환자는 행복하다

어야 하고, 운전만 하면 어른이나 아이 할 것 없이 모두가 동격의 삼류 인생이 되어 버린다.

난폭 운전, 과속 운전, 얌체 운전, 음주 운전, 무면허 운전……. 고약한 운전의 종류는 왜 이리 많은가? 가끔 모범 운전을 보기는 해도 매우 드문 일이고 '양보 운전'이란 글씨는 곳곳에 씌어 있지만 '양보 운전자'는 어디서도 찾아보기가 쉽지 않다. 집안에서는 인격이 넘치던 사람도 운전대만 잡으면 사나워지는 현상은 무엇으로도 설명하기 어렵다. 사고가 나면 목숨을 잃는 것도 순식간인데 세상에는 간 큰 사람들만 살고 있는가 보다. 요즘은 보복 운전까지 등장하여 세상을 놀라게 하는 것을 보면, 앞으로 또 무슨 운전이 나타날지 두려움이 앞선다.

운전하는 태도로 인격 판단의 기준을 삼는다면 대부분 사람들의 인격을 함량 미달이라 해야 할 것 같다. 우아하고 품위 있게 운전하는 사람은 정말 보기 힘들다. 인격적으로 운전을 하는 사람이야말로 진정한 인격자라고 할 수 있다. 이렇게 여유롭게 키보드를 두들기다가도 운전대만 잡고 나서면 언제나 바빠지는 나 또한 인격 결핍자임에 틀림이 없다.

못난이 의사의 세상 보기

7
용기 없는 사람

나에겐 헤아릴 수 없을 만큼 많은 결점들이 있지만, 그중에서도 특별히 부족한 점을 말한다면 용기가 없다는 점을 들 수 있다. 내성적인 성격에 결벽증까지 있어서 언뜻 보면 아주 신중한 사람 같아 보이지만, 사실은 용기가 부족해서 드러나는 나의 겉모습이다.

이 나이가 되도록 청룡열차 같은 롤러코스터 한번 타 본 적이 없고 다시 십 대로 돌아간다 해도 번지점프 같은 것은 엄두도 내지 못할 것 같다. 군대에서 유격 훈련 중에 산 중턱에서 저수지로 떨어지는 외줄타기가 두려워서 오전 몇 시간을 온갖 종류의 기합만 받으면서 버틴 적도 있다. 그러다 보니 언제나 그림자처럼 남의 뒷자리만 지키면서 살아온 셈이다.

그래도 아주 드물게 용기 있는 행동을 할 때가 있었는데 그중에 대표적인 예가 누구도 예상치 못했던 연애결혼을 한 것이고, 또 다른 일 역시 아내와 관련된 사건이라 할 수 있다.

장인 되실 분은 거제도 어느 초등학교의 교감 선생님으로 근무하

좋은의사를 만난 환자는 행복하다

실 때라서 뵙기가 어려웠고, 장모 되실 분께 먼저 첫 인사를 드리러 가던 날이었다. 그 전날 전주에서 열리는 학회에 참석을 하였다가 대전에서 야간열차를 타고 새벽에 부산역에 내렸다. 오전 중에 댁에 들러서 인사를 드렸더니 아주 반갑게 맞아 주셨다. 일단 첫 단추는 잘 꿰었다는 느낌을 받고 대구로 돌아오기 위해 다시 기차역으로 나갔다.

마침 그날은 부산역 근처 예식장에서 아내의 여고 동창 친구의 결혼식이 열리는 날이었다. 그래서 아내는 친구의 결혼식에 참석하러 가고 나는 그동안 예식장 옆 빌딩 2층에 있는 다방에서 혼자 기다리기로 했다.

다방으로 들어서니 넓은 홀은 빈자리가 없을 만큼 손님으로 가득했다. 겨우 한쪽 구석 자리를 잡고 앉았는데, 갑자기 주방 쪽에서 "펑!" 하는 소리와 함께 불길이 솟아올랐다. 놀란 손님들이 한꺼번에 입구로 몰리는 바람에 다방 안은 순식간에 아수라장이 되고 말았다. 나도 급히 뛰쳐나가려다 뒤를 돌아보니 주방에서부터 치솟는 불길이 천장으로 옮겨붙으면서 검은 연기가 다방을 메우는데 한 남자가 불길에 막혀 주방에서 나오지를 못하고 옷에 불이 붙은 채로 펄쩍펄쩍 뛰고 있었다. 마담으로 보이는 여자 혼자 주방 입구에서 발을 동동 구르면서 비명을 지르고 있는데 손님들은 이미 그림자도 보이지 않고, 나 혼자 어떻게 손을 써야 할지 참으로 막막한 순간이었다.

다급하던 중에 한쪽 모퉁이에 빨간 소화기가 놓여 있는 것이 눈에 들어왔다. 급히 소화기를 들고 주방 앞으로 뛰어가서 핀을 뽑아 작동을 시키니 하얀 거품이 세차게 뿜어져 나오는데, 반은 앞으로 가고 나머지 반은 배출관의 터진 옆구리를 통해 사방으로 마구 흩어졌다. 요즘은 볼 수 없는 포말소화기였던 것이다. 그래도 다행히 주방장의 몸에 붙은 불을 먼저 끄고 천장과 주변 집기에 붙은 불도 무사히 끌 수 있었다. 당시 다방에서 흔히 사용하던 알코올버너가 과열되어 폭발하면서 일어난 화재였다.

불이 다 잡힌 후에야 사람들이 하나둘씩 나타났다. 우선 사람을 시켜서 주방장을 병원으로 보내고 한숨을 돌리면서 내 꼴을 보니 모양이 말이 아니었다. 머리와 얼굴뿐 아니라 입고 있던 양복이 온통 하얀 거품을 뒤집어쓰고 있는데, 손으로 털어도 미끈거리기만 할 뿐 난감하기 짝이 없었다. 그때 마담이 고맙다는 인사와 함께 주방장이 입던 옷이라며 운동복 한 벌을 가져왔다. 대신 갈아입고 잠시만 기다리면 옷을 세탁소에 보내어 금방 세탁해 오겠다고 했다.

마담은 뒷방에서 기다리라고 했지만 만나야 할 사람이 곧 오기로 되어 있다는 말을 하고 간단히 세수를 한 뒤 운동복 차림으로 구석 자리를 지키고 있었다. 조금 후 다방으로 들어선 지금의 아내가 내 모습을 보고는 너무 황당하고 기막힌 표정을 짓는지라 자초지종을 설명하였더니, 칭찬은커녕 제발 혼자 잘난 체하지 말라는 핀잔만 실컷 듣고 말았다.

그런데 세탁해 온 양복을 입고 기차에 올라 대구로 오는 중에 처음에는 깨끗해 보이던 양복에 하얀 무늬가 서서히 나타나는 게 아

좋은의사를 만난 환자는 행복하다

닌가! 제대로 세탁이 되지 않은 양복이 마르면서 남아 있던 포말소
화액이 제 색깔을 드러내고 있었던 것이다. 대구역에서 택시를 타
고 하숙집에 도착하여 다시 세탁을 보냈지만 그래도 여전히 얼룩이
사라지지를 않아 두어 차례 더 세탁을 하고서야 흔적이 거의 사라
졌던 것으로 기억한다.

　용기없는 행동의 대표적인 예로 들 수 있는 것은 결혼을 하고
5~6년쯤 흘렀을 때의 일이다. 어느 날 대연고개를 지나다가 사십
대 전후로 보이는 남자가 젊은 여자의 머리채를 잡고 온몸을 구타
하면서 골목으로 끌고 가는 것을 보게 되었다. 인정사정없는 마구
잡이 폭행에 여자는 비명을 지르면서 자신은 결코 그의 부인이 아
니라며 살려 달라고 외쳤으나, 자기 여편네 패는데 간섭하지 말라
는 남자의 시퍼런 기세에 누구 하나 나서서 말리는 이가 없었다.
　그런데 나 역시 그 구경꾼 중의 한 사람이었던 것이다. 저러다가
어쩌면 여자가 맞아 죽을지도 모른다는 생각이 들었으나 감히 나서
서 말리지를 못하였고, 말 한마디 붙이지 않고 지나친 것에 대해 나
의 용기 없음을 두고두고 후회하는 못난이가 되고 말았다. 당시 파
출소에 신고라도 하였더라면 양심의 가책은 덜하였을 터인데 그
작은 수고도 하지 않았던 것에 대해 한동안 나 자신을 용서하기가
어려웠다.
　그 후 가끔 반성하는 마음으로 남들은 가만히 있는 일에 한두 마
디 거들고는 혼자 잘난 체하지 말라는 소리를 듣기도 한다. 괜한
일에 조그마한 용기를 내었다가 후회하는 일조차 생긴다. 그런데

　　　　　　　　　　　　　　　못난이 의사의 세상 보기

가족이 생기고 나이가 들면서 그나마 부족하던 용기마저 이제는 아주 사라지고 말았다. 한때는 아프리카나 중남미를 비롯해 땅끝까지라도 가겠다는 각오를 다진 적도 있었으나 지금은 '내가 언제 그랬던가?' 싶다. 나이와 용기는 반비례하는 것이 아닌가 하는 생각도 든다.

갈수록 비겁함과 무관심이 세상을 더욱 삭막하게 만들고 있다는 느낌을 받을 때가 많다. 오히려 이기적이고 비겁한 사람들이 세상을 더 잘살고 있다는 생각이 들기도 한다. 그래도 가끔은 용기 있는 사람들이 주위에 등장하는 것을 보면서 감동을 받게 된다. 자신의 목숨까지 버릴 만큼 용기 있는 사람들 앞에서는 머리가 저절로 조아려진다. 아직 이 땅에 소돔과 고모라처럼 멸망의 날이 오지 않은 것은 그러한 의인들이 존재하기 때문이 아닐까?

좋은의사를 만난 환자는 행복하다

제2장

마음의 창

우리 인생에도 언제나 봄바람만 부는 것이 아니며,

끝없이 삭풍만 몰아치는 것도 아니다.

때로는 온실처럼 따스한 환경 속에서,

때로는 시련과 역경 속에서 한 그루의 나무처럼

살아가는 것이 우리의 삶이라 할 수 있다.

1
마음의 창

 내가 다닌 고등학교에서는 매년 2월 말이면 전교생이 근처의 산으로 토끼몰이를 나가는 행사가 열리고는 했다. 한 해 동안 교실에만 갇혀서 보내다가 귓불을 때리는 찬바람을 맞으며 잔설이 쌓인 산골짜기를 달리노라면 추위는 금방 사라지고 몸은 훨훨 날아갈 것만 같았다.

 1학년 말, 처음 토끼몰이를 나가던 해였다. 토끼 한 마리를 발견하고 모두들 신이 나서 함성을 지르며 산등성이로 토끼를 몰았다. 나는 시골 산자락을 뛰어다니며 자란 덕분에 일행을 한발 앞질러 토끼를 쫓을 수 있었다. 그러다가 숨이 턱에 닿을 때쯤 토끼와 정면으로 맞서는 기회가 왔다. 달아나던 토끼가 갑자기 내 앞에서 멈춰 섰기 때문이다. 몽둥이를 한번 휘두르기만 해도 충분히 잡을 수 있는 거리였다. 가쁜 숨을 몰아쉬며 몸을 웅크리고 있는 토끼를 보면서 나는 쾌재를 불렀다.

 그런데 토끼를 향해 막 몽둥이를 내려치려던 순간, 나는 주춤하고 말았다. 빤히 올려다보는 토끼의 눈빛에 나도 모르게 마음이 흔들렸기 때문이다. 그 틈에 토끼는 날쌔게 숲 속으로 몸을 돌렸고, 더 이상 쫓을 마음을 잃은 나는 멍하니 바라보고만 있었다. 달려오던 아이들의 야유 소리가 귓전을 때렸지만 내 마음속에는 알 수 없는 기쁨이 솟아나는 것을 느낄 수 있었다.

　우리는 말과 글로서는 전달하기 어려운 의미가 눈을 통해서 쉽게 전달되는 것을 종종 경험할 때가 있다. 물론 말과 글은 자신의 의도를 상대방에게 가장 효과적으로 전달하는 수단임에 틀림없다. 또 생각을 정리하여 듣기 좋은 말이나 아름다운 문장으로 의사를 표현함으로써 즉흥적으로 뜻을 표출하여 상대방의 감정을 자극하는 것보다 불필요한 마찰을 줄일 수도 있다.

　그러나 말과 글은 대뇌의 사고 과정을 거치면서 나오는 사이에 본래 의도에서 다소 변질되거나 왜곡되어 표현되는 수가 많다. 따라서 중요한 순간에 말이나 글로서만 어떤 사람의 진실을 파악할 경우, 상당한 위험이 따를 수도 있다. 이럴 때에 그 사람의 내면의 진실을 파악할 수 있는 가장 좋은 방법은 상대방의 눈동자를 응시하는 것이다. 거짓말 탐지기의 성능이 어느 정도인지는 몰라도 그런 복잡한 기계를 들이대지 않고도 눈을 들여다보면 어느 정도의 진실은 알아낼 수 있기 때문이다.

　사람을 비롯한 포유동물의 뇌의 구조는 크게 세 부분으로 나눠진다. 심장 박동이나 호흡 등 생리 기능을 전담하는 '생명 조절 중추'

라 할 수 있는 '뇌간(腦幹)'이 머리 뒤쪽 아래에 있다. 일명 '파충류의 뇌'라고도 불린다. 그 위에 뇌간을 둘러싸고 있는 부분으로서 모든 포유동물에게 공통으로 존재하는 '변연계'(邊緣係)가 있다. 대뇌 변연계는 희로애락의 감정(感情)과 감성(感性)을 주로 담당한다. 변연계의 또 다른 역할은 뇌간과 변연계를 덮고 있는 신피질(新皮質) 사이에서 내부 환경을 조율하는 것이다.

그리고 그다음 뇌의 바깥 주름진 부분을 '신피질'이라 한다. 신피질은 언어나 학습, 기억 등을 담당할 뿐 아니라 사고능력을 가지기 때문에 '논리(論理)와 이성(理性)의 중추'라고도 한다. 신피질의 기능을 수행하는 정도는 학습에 의해 많은 차이가 생길 수 있다.

사람들 사이에서 의사 전달을 가장 자유롭게 할 수 있는 것은 대뇌 신피질의 역할이지만, 말이나 행동, 표정 등을 통해 감정과 정서의 전달이 이루어지는 것은 변연계의 역할이다. 가족이나 동료 간에 강한 유대감을 이루거나 정서적인 공감대를 형성하게 만드는 것도 변연계의 역할이다. 이와 같은 변연계의 역할을 '변연계 공조(혹은 공명)'라고 하며 그것은 포유동물들 사이에서만 일어날 수 있는 현상이다. 운동장에서 스포츠 경기를 관람하는 사람들이 함께 열광하거나 극장에서 관객들이 동시에 눈물을 흘리는 것도 '변연계 공조'의 결과라 할 수 있다(토머스 루이스『사랑을 위한 과학』).

그런데 이러한 감정과 정서를 가장 정확하게 전달하는 통로가 '눈'이라고 한다. 갓 태어난 신생아는 눈을 통하여 그 부모와 정서적인 교감을 나눈다. 사람과 사람 사이에서뿐 아니라 사람과 다른 포유

좋은의사를 만난 환자는 행복하다

류 사이에서도 눈을 통한 교감이 이루어질 수 있다. 가장 대표적인 예로 사람과 애완동물 사이에 이루어지는 정서적인 교감을 들 수 있다.

사람을 대할 때에 눈을 주시하는 것은 상대방에 대한 깊은 관심의 표시인 동시에 서로 간에 거리를 좁혀 주는 역할을 기대할 수 있다. 그리고 상대방의 마음을 움직이는 데도 눈동자를 맞추는 것이 훨씬 더 효과적이라 할 수 있다. 또 얼굴 표정이나 말로는 심중을 잘 드러내지 않는 사람일지라도 눈동자에는 내면의 기쁨이나 슬픔이 쉽게 드러나는 경우도 종종 볼 수 있다. 한편 눈은 몸에 상처를 만들지 않고도 외부에서 신체 내부의 혈관과 신경을 들여다보는 유일한 통로로서 의학적 진단에 이용되기도 한다.

대부분의 사람들은 누군가와 첫 대면을 하게 될 때 제일 먼저 상대방의 눈을 바라보게 된다. 따라서 눈을 예쁘게 꾸미는 것은 처음 만나는 상대로부터 호감을 살 수 있는 비결이 될 수 있다. 그러나 우리는 별로 아름답지도 않고 양쪽 눈의 균형조차 맞지 않는 사람이면서도 첫눈에 친근감이 들거나 푸근함을 느끼게 해 주는 사람들을 가끔 만나기도 한다. 좌우 눈의 균형감이나 모양의 아름다움에서 오는 것과는 전혀 다른 느낌이다. 그런 사람들의 선하고 따스한 느낌을 주는 눈은 사람을 편안하게 만들고 신뢰감을 갖게 한다.

반대로 매우 아름다운 눈을 가졌으면서도 경계심을 품게 하거나 신경질적인 느낌 혹은 어쩐지 피하고 싶은 느낌을 주는 사람을 만나는 수도 있다. 그런 사람과 마음을 열고 가까워진다는 것은 여간 어려운 일이 아니다. 이처럼 사람의 첫인상은 눈에서 결정된다고 해도 과언이 아니다.

요즘은 성형수술의 도움으로 예쁘고 아름다운 눈을 가진 사람들을 많이 보게 된다. 그러나 아무리 성형수술이 발달한다고 해도 대뇌변연계 깊숙이 감춰져 있는 감정과 정서를 전달하는 눈의 표정까지 바꿀 수는 없다. 그리고 세월과 함께 어떤 사람의 얼굴 표정이나 외모는 많이 달라질 수 있지만, 눈동자에 실린 표정은 쉽게 변하지 않는다.

눈동자에 담긴 표정까지 달라지려면 그 사람 자체가 그렇게 변화되어야 하기 때문이다. 그것은 오로지 그 사람의 내적 변화에 의해서만 이루어질 수 있는 일이다. 이렇듯 말이나 다른 외모를 통해서 얻는 첫인상은 그 사람의 실제 모습과는 많이 다를 수 있지만, 눈을 통해 받은 첫인상은 실제 모습과 별반 다르지 않음을 알 수 있다.

'몸이 천 냥이면 눈은 구백 냥'이란 말이 있다. 또 오래전에 '눈으로만 말해요.'라는 노랫말의 가요가 유행한 적도 있다. 눈은 그만큼 우리 몸에서 차지하는 비중이 크다는 의미이기도 하지만, 사람의 마음을 전달하는 데는 눈보다 더 진실한 것은 없다고 믿기 때문이다. 눈은 사물을 바라보는 단순한 감각기관 그 이상의 의미를 지녔다는 사실을 알 수 있다. 그래서 우리는 눈을 '마음의 창'이라고 부르나 보다.

좋은의사를 만난 환자는 행복하다

2
비물리적 대결에 대하여

 동물의 세계에서는 수시로 물리적 대결이 일어나고 있다. 허기진 배를 채우기 위해 사냥을 하는 것과 종족 보존을 위한 짝짓기를 시도하는 생존의 대결이 그것이다. 그리고 이와 같은 생존 대결에서는 어김없이 약육강식의 법칙이 적용된다. 그러나 이처럼 치열한 동물 세계의 생존 대결이라 할지라도 생존을 위해 필요로 하는 그 이상의 피를 흘리게 하는 일은 없다. 어떤 사나운 맹수라 하여도 배가 부른 다음에는 더 이상의 생명을 해치지는 않기 때문이다.

 하지만 인간들 사이에서 일어나는 대결은 동물의 세계에서 보는 것과 사뭇 다른 양상을 띠는 수가 많다. 힘과 힘을 겨루는 물리적 대결 외에도 부와 명예, 지위 등 다양한 목적(심지어는 하찮것없는 자존심까지 포함)을 위해 여러 형태의 비물리적 대결이 이루어지고 있기 때문이다. 그런데 이와 같은 비물리적 대결이 때로는 생존을 위한 물리적 대결보다 더욱 치열하거나 훨씬 더 잔혹한 결과를 초래하기도 한다.

못난이 의사의 세상 보기

일찍부터 인간은 사회생활을 통해 서로 간에 공정한 대결이 이루어질 수 있도록 제도적 장치를 마련하여 왔다. 그럼에도 불구하고 그들이 치르는 여러 형태의 비물리적 대결에서 공정성의 룰이 잘 지켜져 왔다고 할 수는 없다. 모든 대결은 이기는 것을 궁극적인 목표로 하기 때문에 제도가 미처 확립되지 않은 대결에서는 강자에게 일방적인 승리가 주어지거나 이미 제도가 확립되어 있는 경우라 하더라도 그 통제를 벗어나서 불공정 대결이 벌어지는 예는 흔히 볼 수 있는 일이다.

사회가 복잡해지고 경쟁이 치열해질수록 비물리적 대결의 양상은 더욱 다양해지고 그 수단 또한 교묘해지는 것을 알 수 있다. 이와 같은 비물리적 대결은 크게 세 가지 구도로 나누어 생각해 볼 수 있다.

첫째, 논리와 비논리의 대결이다.

대체로 냉정한 이성(理性)의 대결이라 할 수 있다. 듣는 이에게 설득력이 있고 청중은 객관적 판단에 의해 그 승패를 쉽게 가름할 수 있다. 그러나 이해 당사자나 해당 논제와 관련성이 있는 자들을 제외한 일반 대중에게는 관심 밖의 일이 되기 쉽다. 따라서 소수의 사람들만 관심을 갖고 지켜보는 경향이 있다.

또한 중요한 학문적 가치를 지닌 경우가 아니라면 그 결과 역시 큰 의미를 갖지 못하는 수가 많다. 가끔은 궤변이 논리를 앞지르는 수도 있다.

좋은의사를 만난 환자는 행복하다

둘째, 참과 거짓의 대결이다.

사실에 근거한 대결이면서도 쉽게 감정의 대결로 치닫는 경향이 높다. 도덕과 비도덕의 대결이라 할 수 있다. 논리와 비논리의 대결에 비해 일반 대중의 관심도 높은 편이다. 때로는 논리적 대결을 거쳐서 결론이 난 경우라 할지라도 참과 거짓이 밝혀짐으로써 그 승패가 뒤집어지는 수도 있다.

따라서 참과 거짓의 대결에 의해 내려진 결과는 당사자 개인뿐 아니라 사회적으로도 중요한 의미를 지니는 수가 많다. 그러나 때로는 참과 거짓이 뒤바뀌는 수가 있고, 그로 말미암아 심각한 사회적 혼란이 초래되기도 한다.

셋째, 선과 악의 대결이다.

선과 악이라는 형이상학적 가치를 두고 다투는 대결이기 때문에 이상(理想)의 대결이라 할 수 있다. 진정한 의미의 선과 악의 대결이라면 참으로 의미 있는 일이고, 또 대부분의 사람들은 선이 승리하기를 바란다.

일반 대중의 관심이 높을 뿐만 아니라 그들의 직접적인 참여까지도 유도할 수 있는 대결 방식이기 때문에 이 대결의 승패가 미치는 파급 효과는 엄청나게 클 수도 있다. 그러나 명분을 내세운 감정의 대결이 많고 논리와 이성이 결여된 경우를 흔히 볼 수 있다. 때로는 앞의 두 가지 대결에서 이미 승패가 판가름 난 경우라 할지라도 선과 악의 대결에 의해 그 결과가 뒤집어지기도 한다.

일반적으로 종교적 혹은 도덕적 기준에 의해 선과 악을 구분하여 왔으나 요즘은 선과 악의 대결이 지니는 위력을 이용하기 위해 사회적인 현상까지 선과 악의 개념으로 접근하려는 경향이 많다. 예를 들면 자본과 노동, 소유와 분배, 개인과 대중, 평준화와 계층화 혹은 다양화와 획일화 등을 일반적인 사회현상이나 그에 따른 문제점으로 보지 않고 선과 악의 대립으로 몰고 가려는 시도 등이다.

일반 대중의 지지를 얻기 위하여 서로 먼저 선을 점유하고 상대방을 악으로 인식시키려는 노력을 기울이는 것은 흔히 볼 수 있는 일이다. 대중을 선동하기 위하여 선과 악의 대결을 이용할 뿐 아니라 권력이 대중과 결탁하는 수단으로 이용되기도 한다. 이런 식의 대결 구도가 개인이나 집단뿐 아니라 국가 간에도 발생하고 있음을 우리는 종종 볼 수 있다.

선과 악이라는 극단적인 대결 구도로 인해 참과 논리가 거짓과 비논리 앞에서 힘을 잃을 수 있다는 사실은 참으로 서글픈 일이다. 그리고 부당한 억압이나 강제적 박탈 등의 물리적 행사를 정당화하는 도구로 선과 악의 대결을 이용하는 것은 우리의 마음을 더욱 슬프게 한다. 더 나아가 비물리적 대결이 물리적 대결로 비화하여 비극을 초래하는 사태가 이 땅에서 반복된다면……. 생각만 해도 끔찍한 일이 아닐 수 없다.

좋은의사를 만난 환자는 행복하다

이분법적 사고

사회가 복잡해지고 경쟁이 치열해질수록 사람들은 복잡한 사고로부터 벗어나기를 원한다. 하지만 그런 단순화가 단절이나 분리를 의미하는 이분법적 사고를 뜻하는 것은 아니라고 생각한다.

그러나 아쉽게도 요즘 이 사회를 이끌어 가는 사람들이나 단체들의 사고나 활동 방향은 지나치게 양극화되어 있어서 서로의 합일점을 찾기가 어렵다. 나 아니면 남이거나 동지(同志) 아니면 적(敵)이 되기 일쑤고, 찬성이 아니면 비판 혹은 반대로 결론짓는 경향이 높다. 무조건 선을 긋는 경우가 많고 중도나 중용이 설 자리가 없다. 완만함이 없고 경계가 너무 분명하여 절벽의 끝없는 낭떠러지만 보는 느낌이 든다.

사고는 극단적으로 흐르는 사람들이 자기들 스스로는 중도를 표방하는 과오를 범하기도 한다. 중도개혁이나 중도보수를 내세우지만 극좌나 극우로 치닫는 경향이 높다. 인정할 것은 인정하고 비판할 것은 비판하는 건설적인 자세가 부족하고, 비판을 수용할 줄 아는 포용력이 결여된 것을 흔히 볼 수 있다. 온화함과 부드러움을 찾아보기란 어렵다.

이런 식의 사고가 단순한 단편적 사고에 의한 것이라면 그나마 다행이지만, 이해관계의 집착에서 나온 것이라면 추악해질 수도 있다. 이런 사람들의 생각이 오만과 편견으로 무장되어 있다면 더 큰 위험을 초래할 수 있다. 자신들의 입지가 침범당할 것이라는 위기의식으로 인해 타협을 배척하고 철벽같은 방어책을 구사하며 다른 집단이나 인물들에 대해서는 타도의 대상으로 삼는다면, 이 사회는 발전의 장으로 나아가기보다는 전장화(戰場化)되어 갈 수밖에 없다.

편의상 분류는 할 수 있지만, 분열과 단절을 막기 위해서는 모름지기 사회의 지도자라면 다음과 같은 점은 인식하고 있어야 한다.

첫째, 이 사회의 모든 구성원은 전체로서 하나다.

어떤 개인이나 단체가 발전적인 방향으로 변화되어 가는 것은 바람직한 일이지만, 강제적인 힘에 의해 타도되거나 소멸되어 버린다면 이 사회는 하나를 잃는 결과를 가져오게 된다.

둘째, 완벽한 분류법은 없다.

사람들은 무슨 일에나 피아(彼我)를 구분하는 경향이 있고 자기 주위에 벽을 만들기를 좋아한다. 스스로를 보호하기 위한 본능적이고 무의식적인 자기방어의 기전으로 생각된다. 그러나 이 사회는 어느 개인과 달리 다양한 요소에 의해 여러 형태로 분류될 수 있다. 따라

좋은의사를 만난 환자는 행복하다

서 자기중심적이고 인위적인 이분법적 분류를 이 사회에 적용한다는 것은 무리이며 불완전할 수밖에 없다.

셋째, 경계선 위에 더 많은 사람들이 있다.

상대를 인정하지 않으려는 태도와 경계를 분명히 하려는 의도로 인해 연속성이 부인되는 분류법은 그 자체가 모순이다. 그러한 분류는 계층별 단절을 초래하는 결과를 가져오기 쉽다. 대부분의 사람들은 경계선 위에 더 많이 있다는 사실을 알아야 한다.

넷째, 분리와 차등을 적용하기 위한 분류는 지양해야 한다.

상호 보완과 화합의 차원에서 서로를 인정하는 태도가 필요하다. 아쉽게도 어떤 단체의 앞자리에는 극단적인 사고를 하는 사람들이 차지하고 있는 것을 흔히 볼 수 있다. 그들 중에 카리스마나 지도력으로 위장된 인물이 지도자라는 과분한 자리에 앉을 수도 있다. 그 단체로서는 가장 이기적인 사람이 가장 지도자인 양 비칠 수 있기 때문이다. 그로 인해 자신들의 이익을 위하여 분리와 차등을 적용하는 결과를 가져오게 된다.

소위 능력이 있고 많이 아는 사람일수록 자아도취가 강하고 상대를 인정하지 않는 태도를 지니는 수가 많다. 스타는 될지언정 바람직한 지도자가 될 수 없는 사람들이다. 상대를 인정하지 않는 지도자는 진정한 지도자라 할 수 없다. 참다운 지도자는 상대를 인정하고 전체를 아우를 줄 아는 지혜와 관용의 마음을 지녀야 하기 때문이다.

4
만족한 삶의 비결

한 그루의 나무가 자랄 때는 어린 나물처럼 연한 떡잎부터 시작하여 줄기가 굵어지고 가지가 많아져서 무성한 잎으로 덮이는 것을 볼 수 있다. 따스한 봄바람 속에서 싹을 틔우고 꽃을 피울 때도 있지만, 때로는 천둥 번개 속에서 세찬 비바람을 맞으며 가지가 찢어지는 아픔을 겪기도 하고, 삭풍이 몰아치는 눈보라 속에서 앙상한 모습으로 겨울을 보내야 하는 때도 있다. 그렇게 해를 거듭하여 자라다 보면 웬만한 비바람에도 견뎌 낼 수 있는 거목이 되어 새들이 둥지를 트는 날이 오는 것이다.

이처럼 다양한 여건 속에서 저마다 자라 가는 나무들을 보면 알 수 있듯이 우리 인생에도 언제나 봄바람만 부는 것이 아니며, 끝없이 삭풍만 몰아치는 것도 아니다. 때로는 온실처럼 따스한 환경 속에서, 때로는 시련과 역경 속에서 한 그루의 나무처럼 살아가는 것이 우리의 삶이라 할 수 있다. 다만 한곳에 뿌리를 내리고 자라는 나무와 달리 자신의 뜻을 좇아 자리를 옮겨 가며 살아갈 수 있다는

좋은의사를 만난 환자는 행복하다

점에서 약간의 차이가 있을 뿐이다.

그런데 때로는 그 조그마한 차이가 우리의 삶을 전혀 다른 모습으로 바꾸어 놓기도 하고 우리 인생을 더욱 의미 있게 만들기도 한다. 한꺼번에 통째로 바꿀 수는 없지만, 각자의 노력에 따라 조금씩 일어난 변화가 전혀 다른 삶의 길을 걷게 할 수 있기 때문이다.

그러나 때가 되면 각자의 열매를 남기고 자연의 품속으로 돌아가는 모습은 우리 인생이나 다른 어떤 생명체(동물 혹은 식물)에 있어서나 크게 다를 바 없다. 대자연의 법칙에 따라 순환하는 것은 모든 생명 있는 존재들의 운명이기 때문이다. 그럼에도 불구하고 많은 사람들이 생명의 끝을 소멸로 보거나 영원한 삶에 대한 집착으로 인해 불행한 삶을 보내기도 한다.

혹은 근시안적인 시각으로 눈앞의 이익만 탐하다가 불행의 늪으로 빠져드는 수도 있다. 많이 탐하여도 크게 얻지 못하고 많이 부족한 것 같아도, 마지막 순간에는 모두가 같은 운명이라는 사실을 잊고서 살아가기 때문이다. 대자연의 순환 법칙에 따르는 영원한 흐름 속에 자신이 존재하고 있다는 사실을 망각한 탓이 아닌가 싶다.

가끔 우리는 도저히 이해할 수 없을 만큼 불행만을 안고 사는 사람이나 이와는 반대로 온갖 행운을 누리며 살아가는 사람들을 볼 수 있다. 어쩌면 하늘이 불공평하다고 여겨질 만큼 아주 특별한 예에 속하는 사람들 같아 보인다. 하지만 어떤 경우라 하더라도 곁에서 보는 것만으로 그들의 삶이 행(幸)인지 불행(不幸)인지는 선뜻 분별하기 어려울 때가 많다. 겉으로 보기에는 모든 행복을 누리면서

못난이 의사의 세상 보기

사는 것 같아도 그 마음은 언제나 고통 속에 보내는 사람도 있고, 이와 달리 온갖 불행에 싸여 있는 것 같으나 그 마음은 언제나 기쁨과 평안 속에서 살아가는 사람도 있기 때문이다.

많은 사람들은 자기의 분수를 아는 것이 만족한 삶을 누릴 수 있는 비결이라 믿는다. 대체로 공감이 가는 견해임에는 틀림없다. 하지만 자신의 분수를 알고 지킴으로써 만족한 삶을 누린다는 것이 쉽지가 않다. 치열한 경쟁 속에서 살다 보면 비교하는 마음이 항상 고개를 들고 일어나기 때문이다. 그것을 억누르기 위해서는 자신을 다스릴 줄 아는 지혜가 필요한데, 그 지혜를 얻는 것 또한 쉬운 일이 아니다. 어쩌면 평생을 두고 수양을 쌓아도 도달하기 어려운 경지라 할 수 있다.

그럼에도 불구하고 수많은 역경 속에서도 언제나 기쁘게 살아가는 사람들을 우리 주위에서 흔히 볼 수 있다. 일반적인 시각으로 본다면 도저히 이해할 수 없는 사람들이다. 어떻게 그들은 그와 같은 역경 속에서 기쁨을 누릴 수 있을까? 그들의 삶을 주의 깊게 살펴본다면 쉽게 그에 대한 해답을 찾을 수 있다. 자신들이 겪고 있는 고난을 고난으로 인식하지 못한다는 점이 그것이다. 삶에 대한 그들의 긍정적인 태도가 그들로 하여금 어떤 어려움에 대하여도 기꺼이 감당할 수 있도록 만들기 때문이다.

만족한 삶을 누리기 위해서는 자신을 다스릴 줄 아는 지혜를 얻는 것보다는 긍정의 눈으로 세상을 바라보는 법을 익히는 것이 훨씬 쉬운 일이라는 사실을 알 수 있다. 자기의 분수를 알고 지키는 것은

좋은의사를 만난 환자는 행복하다

스스로에 대한 구속을 전제로 하지만(자기억제 · 自己抑制), 긍정의 눈으로 세상을 바라보는 것은 자신을 속박하고 있는 구속의 끈을 풀어 세상을 향해 스스로를 확장시켜 나아가도록(자기해방 · 自己解放) 만들기 때문이다. 무거운 짐을 지고 힘겹게 산을 오르는 것과 깃털처럼 가벼운 몸으로 창공을 훨훨 날아가는 정도의 차이가 되지 않을까?

못난이 의사의 세상 보기

5
무엇이 다른가?

대부분의 사람들은 성공적인 삶을 위해서는 뛰어난 지능이나 특별한 재능을 가져야만 하는 것으로 생각한다. 하지만 이 세상에 수많은 직업과 직종이 있지만 특별히 뛰어난 지능이나 재능을 필요로 하는 일은 그리 많지가 않다. 정도의 차이는 있겠지만 보통의 지능과 재능이면 해결될 수 있는 것들이 대부분이다.

우리는 그저 평범하게 보이는 인물인데도 어떤 분야에서 뛰어난 업적을 쌓는 이들을 심심찮게 볼 수 있다. 그들에겐 어떻게 그와 같은 일들이 가능하였을까? 조금만 주의 깊게 살펴본다면 그들의 삶에는 어떤 공통적인 특징이 있음을 알게 된다. '긍정'과 '열정' 그리고 '신뢰'라는 세 가지 요소가 그들의 삶을 든든히 받쳐 주고 있다는 사실이다.

첫째, 긍정– 긍정적인 마음
인생에서 고난과 시련, 실패와 좌절이 없는 삶은 생각할 수가 없다. 처음부터 불우한 환경에서 출발하는 이들도 있지만, 살아가는 중에 역경에 처하는 경우가 훨씬 더 많다. 필연적으로 시련을 거칠 수밖에 없는 것이 인생이다.

무거운 바위를 지고 깊은 바닷속으로 가라앉는 것처럼 우리의 마음이 아득한 절망감에 빠져들 때가 있다. 그 순간 그것을 박차고 솟아오를 수 있는 자가발전의 원동력이 바로 '긍정의 마음'이다. 삶이 힘들고 일이 마음먹은 대로 풀리지 않을 때 누구나 슬럼프에 빠질 수 있다. 그런 위기의 순간을 벗어나기 위해 필요한 것이 긍정의 마음이다. 누군가의 따스한 도움의 손길로 위기를 모면하는 수도 있지만, 그렇다 할지라도 스스로 긍정의 마음을 불러일으키지 못한다면 절망의 늪에서 온전히 벗어나는 것은 기대하기 어렵다.

둘째, 열정- 일에 대한 열성

어떤 일에 대해 처음부터 열정을 품는다는 것은 쉬운 일이 아니다. 그런데 그보다 더 어려운 것은 처음 열정을 끝까지 지켜나가는 마음이다. 평소 자신이 원했던 일이라도 막상 뛰어들어 하다 보면 기대했던 것보다 재미도 없고 싫증을 느끼는 수가 많다.

단순한 책임감 때문에 어떤 일에 매달리거나 적당히 때워서 모면하려는 태도를 가진 사람은 결코 성공의 대열에 들지 못한다. 무슨 일이든 적극적이고 열정적인 태도로 임할 때에 창의성이 살아나고 최대의 성과를 낼 수 있기 때문이다. 그러다 보면 자기의 적성과 취향에 맞는 일을 할 수 있는 날도 오게 될 것이다. 게으른 자에게는 그런 날이 오지 않는다.

셋째, 신뢰– 사람들로부터 신임

신뢰란 사람과의 관계에서 신의를 말하는 것이고, 성실이란 말과도 일맥상통하는 말이다. 어떤 일이든 단번에 신뢰를 쌓는 일은 거의 없다. 설혹 한순간에 신뢰를 얻었다 할지라도 성실성이 뒤따르지 못하면 그 신뢰는 금방 무너질 뿐 아니라 더 큰 실망으로 바뀔수도 있다. 앞과 뒤가 다른 사람, 즉 표리부동한 사람은 도리어 배신감만 안겨 줄 뿐이다. 요즘 같은 경쟁사회에서는 신의를 지키는 사람을 만나기란 쉽지 않다.

신뢰는 내 인생에서 얻을 수 있는 '기회의 문'이라 할 수 있고, 수십억짜리 복권에 당첨되는 것 이상의 의미가 될 수도 있다. 스스로 만들어 내는 기회보다 더 큰 기회가 타인으로부터 주어질 수 있기 때문이다.

내게는 지금도 매우 아쉽게 생각하는 일이 하나 있다. 6년 전 내 차의 타이어를 수리해 주던 젊은 수리공을 내 식구로 만들지 못한 점이다.

그날은 광복절이라 오전 진료만 하는 날이었다. 출근을 위해 아파트 주차장으로 내려갔다가 조수석 뒤쪽 타이어에 바람이 빠져 있는 것을 발견했다. 조심스레 차를 몰고 출근을 하여 진료를 마친 후 진양삼거리 부근에 있는 자동차 타이어 전문매장을 찾았다. 당시

좋은의사를 만난 환자는 행복하다

사용 중인 타이어를 구입했던 곳이었다.

매장 입구에서 먼저 온 고객의 타이어를 손보고 있던 젊은 기사에게 찾아온 이유를 말했더니, 순서대로 봐 드릴 테니 사무실에서 기다려 달라고 했다. 타이어를 구입한 기존 고객이라 수리비(5,000원)는 받지 않는다는 말도 덧붙였다.

내 차례가 거의 된 것 같아 밖으로 나오니 한낮의 열기로 얼굴이 화끈 달아올랐다. 들어올 때 만났던 기사를 찾았으나 뜨겁게 달궈진 아스팔트에 등을 붙이고 다른 손님의 차를 보는 중이라 말을 붙이기가 곤란했다. 다시 사무실로 들어가기도 뭣해 내 차를 세워 둔 곳으로 가서 펑크 난 타이어를 살피는 중에 그 기사가 다가왔다. 지친 모습일 거라 생각했던 내 예상과 달리 그는 땀에 흠뻑 젖은 얼굴 위로 환한 미소를 지으며 기다리게 해서 미안하다며 거듭 사과를 했다. 수리비도 받지 못할 내게 그렇게까지 친절할 필요는 없었는데…….

그는 이리저리 바퀴를 돌려 가며 살펴보더니 작은 나사못 하나가 박혀 있는 것을 찾아냈다. 그가 수리를 시작하는 것을 보고 나는 가까운 슈퍼마켓으로 달려갔다. 그리곤 수리비보다 더 많은 아이스크림 칠천 원어치를 사 들고 나왔다.

잠시 후 수리를 끝낸 그의 손에 아이스크림을 들려주면서 동료직원들과 나눠 먹으라는 말을 건네고는 기분 좋게 차를 몰고 집으로 향했다. 언젠가는 저 친구를 내 병원의 직원으로 데려와야겠다는 생각과 함께.

하지만 얼마 후 병원을 확장하게 되어 다시 그곳을 찾았을 때는 그를 만날 수 없었다. 그 자리에 큰길이 나고 건물이 들어서는 바람에 그가 일하던 타이어 매장이 어디론가 이사를 가 버렸기 때문이다.

지금도 그때의 광경이 눈앞에 그려진다. 땀에 젖어 벌겋게 달아오른 얼굴 위로 흐르던 밝은 미소와 듣기만 해도 기분이 좋아지던 말씨, 귀찮은 존재랄 수도 있던 나를 최고의 고객으로 맞아 준 그를 생각하면 아쉬운 마음이 들지 않을 수 없다.

여전히 그는 어딘가에서 누군가에게 신임을 받으며 환한 얼굴로 신나게 일을 하고 있으리라. 그에게 더 큰 기회가 주어질 것임을 믿어 의심치 않는다.

좋은의사를 만난 환자는 행복하다

6
촌지

    개원을 한 지 20년이 가까운 요즘도 일 년에 두세 차례 현금으로 촌지를 받을 때가 있다. 명절이 가까우면 단골 환자 할머니들 중에서 진찰이 끝나고 자리에서 일어나시면서 다른 환자들 모르게 살짝 손에 건네주시거나 책상 서랍에 넣어 두고 가신다. 기어이 돌려드리려고 해도 손을 내저으시며 시치미를 떼고는 진찰실 밖으로 나가 버리신다.

    나중에 펼쳐 보면 꼬깃꼬깃하게 오랫동안 접혀 있었거나 반대로 아주 빳빳한 새 돈 만 원짜리가 다섯 장이나 들어 있다. 기쁘다는 마음보다는 미안하고 죄를 지은 기분이 드는 것은 어쩔 수가 없다. 자녀들로부터 돈을 타서 쓰시는 그분들에게는 매우 큰 액수이기 때문이다. 그 외에도 양말 두세 켤레나 진찰실에서 사용하는 간단한 물품 등을 주시는 분들도 더러 계신다. 그럴 때는 가벼운 마음으로 고맙게 받을 수 있다.

    오래전 전공의 시절에는 심심찮게 촌지가 들어오고는 했다. 그때

못난이 의사의 세상 보기

마다 잠시 사양하다가 못 이기는 척 받아서 필요한 책을 사는 데 보태고는 했다. 나는 병원에서 숙식을 해결하고 지냈지만, 아내도 대학 공부를 계속하던 시절이라 세 식구가 살아가기에는 사십만 원이 겨우 넘는 월급으로 궁색할 수밖에 없었다.

그런데 촌지를 받으면 고맙기도 하지만, 그 환자는 물론 보호자에게도 뭔가 성의를 보여 드려야 한다는 부담감 때문에 마음이 무거워지기도 했다. 그런 점에서는 병이 완쾌되어 퇴원하는 환자로부터 받는 촌지가 부담도 없고 기분이 훨씬 좋았던 것 같다.

개원을 하고 나서 10여 년간 가장 많이 받아 본 것은 촌지라기보다는 주로 음식물이었다. 삶은 감자나 고구마, 옥수수, 빵, 순대 등이 많이 들어왔고 오색으로 된 잔치 떡이나 과일 봉지가 들어오는 날도 있었다. 가끔 커다란 과일 상자가 들어와서 부담을 느낄 때도 있었지만, 고맙다는 말 한마디로 넘어갈 수 있는 인정이 담긴 것들이 대부분이었다. 당시에는 시간적인 여유도 있고 한창 식성이 좋을 때라서 직원들과 함께 맛있게 나눠 먹고는 했다.

그런데 언제부터인지 그처럼 자주 들어오던 음식물 촌지의 횟수가 줄어들기 시작하더니, 이제는 아예 드문 일이 되어 버렸다. 주위에 아파트가 여럿 들어서면서 분위기가 달라진 탓도 있겠지만, 환자들에게 내가 좀 더 깊은 관심을 기울이지 못하게 되면서부터 그렇게 되지 않는가도 싶다. 그 전까지는 환자들의 질병에 관한 것은 물론이고 신상 문제뿐 아니라 가족들의 건강에 대한 것까지 다양한 이야기들이 오고갔지만, 지금은 철저하게 '환자와 의사'의

관계로 대할 수밖에 없다. 뒤에 대기하는 환자들로 인해 더 이상 많은 이야기를 나눌 여유가 없어진 것이다. 조금은 삭막해진 진찰실 풍경이라 할 수 있다.

요즘도 가끔 '내가 만약 의사가 아니라면, 혹은 다시 내가 태어난다면 어떤 직업을 가지는 것이 좋을까?'라는 생각을 한 번씩 해 본다. 한때 건축가를 부러워한 적도 있었지만, 역시 의사로 살아가게 될 것 같다. 그러나 혹시 다른 선택을 해야 한다면 교사가 되어 어린 학생들과 함께 보내는 것도 좋을 것 같다. 꽃처럼 아름다운 새싹들이 자라는 모습을 가까이서 지켜볼 수 있다는 것은 커다란 행운이라 생각된다. 어린 청소년들과 함께하면서 그들의 미래를 그려 보는 것은 정말 멋진 일이 될 것 같다.

며칠 전에 '스승의 날'이 지나갔다. 아직도 우리 주변에는 참스승들이 많이 있고, 그분들로 인해 아름답게 자라나는 청소년들을 볼 수 있다. 하지만 최근 수년 사이에 촌지 문제가 불거지면서 모든 선생님들이 큰 상처를 입게 되었고 스승과 제자 간에 메우기 힘든 틈이 생기고 말았다. 아쉬운 것은 일부 잘못된 관행 때문에 많은 선한 분들까지 함께 상처를 입게 되었다는 사실이다. 교사들에 대한 비판적인 여론은 이분들에게 많은 고통을 안겨 주었지만, 이분들이 입은 마음의 상처를 씻어 주기 위한 노력은 어디에서도 찾아보기 어렵다.

우리는 무슨 잘못이 생길 때마다 당사자나 그와 관련된 전체를 부정하거나 비난하는 수가 많다. 대중매체를 통한 일방적인 매도나 여론 재판으로 몰고 가는 것도 흔히 볼 수 있다. 혹은 강압적인 해결을 위해 다소 지나칠 만큼 엄격한 법의 잣대를 들이대는 수도 있다. 우선 급한 마음에 무조건 몰아붙이면 모두 다 해결될 것이라는 착각에 빠져 있는 것 같다. 한꺼번에 모든 것을 바꾸려는 시도는 더 큰 부작용을 초래할 수 있지만, 그에 대해서는 미처 생각을 하지 못한다. 자유와 민주 그리고 정의를 이야기하는 사람들이 다른 사람의 인격을 존중하는 마음은 많이 부족하기 때문이 아닌가 싶다.

좋은의사를 만난 환자는 행복하다

7
사랑에 대하여

신과 인간 사이의 지고지순한 사랑에서부터 하룻밤 불장난 같은 남녀 간의 사랑이나 일방적으로 끝나 버리는 짝사랑에 이르기까지, 사랑에는 다양한 형태가 있다. 그중에서 거의 누구나 경험하는 가장 보편적인 사랑을 말한다면 부모와 자식, 그리고 부부 사이의 사랑이라 할 수 있다.

그러나 부모와 자식 간의 사랑을 천륜에 의한 본능적인 사랑이라 한다면 부부간의 사랑 역시 본능적이기는 해도 거기에는 좀 더 색다른 면이 있음을 알 수 있다. 전혀 무관한 두 사람이 만나서 모든 정열을 불태울 만큼 뜨거운 감정에 휩싸였다가도 얼음처럼 차갑게 돌아설 수 있는 것이 남녀 간의 사랑이기 때문이다.

요즘 세대는 아주 자연스럽게 서로 사랑을 고백할 뿐 아니라 때로는 공개적인 사랑의 표현조차 서슴지 않는다. 하지만 기성세대를 비롯하여 이전 세대들은 부부 사이에 사랑을 고백하는 것을 매우 어렵게 여기면서 살아왔고, 말로써 사랑을 표현한다는 것은 더구나 쉽지가 않았다. 어쩌면 사랑이라는 말 자체를 모르고 살아온 사람들인지도 모른다. 그러면서도 한번 부부로 맺어지면 검은 머리가 파뿌리 되도록 백년해로를 했다. 유교문화의 영향이 아닌가 싶다.

그에 비하여 신세대의 사랑은 쉽게 고백을 하면서도 쉽게 갈라서는 특징을 띤다. 상대방이 원한다면 언제라도 사랑의 증거를 제시해야만 한다. 그렇지 못하면 사랑의 부재(不在)로 간주하여 미련 없이 헤어져 버리는 것이 요즘 신세대의 사랑이다. 증거를 중시하는 사고 풍토에서 기인한 것으로 생각된다. 참으로 쿨(?)한 태도라 할 수 있다.

어렵게 맺어진 우리 자신의 인연에 대해 중국 야담집에 나오는 얘기처럼 '청실홍실'로 묶여진 운명이라고 농담처럼 아내에게 말을 던지고는 했다. 그러나 30년에 가까운 결혼 생활 중에 '이렇게 부부로 함께 살아온 것이 과연 사랑에 의한 것인가, 아니면 단순히 질긴 인연 때문인가?' 하는 궁금한 생각이 들 때가 한두 번이 아니었다.

그런데 지금은 '서로가 쉽게 눈에 뜨이지도 않고 빛나지도 않으면서 집안을 채우고 있는 오래된 가구' 같다는 말에 많은 공감을 한다. 또 오래된 부부 사이를 두고 '언제든지 기대어 앉을 수 있는 편안한 소파'와 같다거나 '변함없이 자리를 지키고 있는 든든한 바위 같은 존재'라는 말이 가슴에 와 닿는다.

부부라는 인연은 운명적 사랑이라기보다는 서로를 기대면서 살아온 삶의 날들이 세월 속에서 하나로 굳어져 버린 결정체가 아닐까 싶다. 당연히 처음 만날 때의 인연보다는 함께 살아오면서 만들어

좋은의사를 만난 환자는 행복하다

낸 나중 인연이 소중하다는 생각을 하게 된다.

　그러면서도 한편으론 '도대체 이것도 사랑인가?' 하는 질문을 스스로 던져볼 때가 있다. 어쩌다가 필요(?)에 의해 '사랑한다.'는 말을 뱉으려고 해도 입안에서 뱅뱅 돌기만 할 뿐, 그 한마디를 내뱉기가 왜 그리도 어려운지……. 서로 고백하지 않는 사랑도 사랑이라 할 수 있는가? 구세대의 입장에서는 그것도 사랑이라 생각되지만, 신세대들에게 묻는다면 긍정적인 답변을 얻어 내기는 어려울 것 같다.

　'남녀 간의 진정한 사랑'이란 어떤 것인지 언제나 막연하게 생각해 오던 것을 몇 가지 견해를 참고삼아 그 의미를 정리해 보고자 한다.

　첫째, 연애의 감정이 사라진 후에 비로소 진정한 사랑의 출발이 이루어질 수 있다.

　남녀가 처음 만나서 한눈에 반하는 연애의 감정은 사랑이라기보다는 종족 보존의 본능에 의한 이끌림 현상으로 볼 수 있다. 이런 감정은 무더운 여름날 갑자기 쏟아지는 시원한 소나기 같은 것일 수도 있고, 한순간 휩쓸고 지나가는 미친바람 같은 것일 수도 있다. 대체로 변화무쌍하고 격정적인 것이 연애 감정이다. 인간의 본능에 가장 충실하다는 점에서는 가장 순수한 감정이라 할 수 있다.

　무수한 시인과 소설가들이 청춘 남녀의 사랑에 대해 노래하고 찬양한 것을 보면, 가장 아름다운 감정임에는 틀림없다. 그러나 아쉽게도 오래 지속되지 않는 것이 연애의 감정이고, 설혹 부부로 맺어져서 함께 살을 맞대고 살아갈지라도 식어 버린 난로처럼 쉽게 냉랭해질 수 있는 것이 바로 연애의 감정이다.

성장 배경은 물론 취미나 성격, 생활 습관을 비롯해 각자가 지닌 환경이나 여건이 서로 다른 두 사람이 한때의 연애 감정이나 호감을 매개로 결혼에 도달하게 된다. 따라서 두 사람이 함께 삶을 시작하는 순간부터 동질성보다는 이질성을 더 많이 발견하게 되고, 서로 맞지 않는 톱니바퀴처럼 삐거덕거리는 소리를 낼 수밖에 없다. 서로를 알면 알수록 실망하는 일이 더 많아지고 속았다는 생각에 빠져들 수도 있다. 심지어는 배신감이나 증오의 감정이 모락모락 피어오를지도 모를 일이다. 뭔가 새로운 변화 없이 긴 세월을 부부로서 함께 살아가는 데는 많은 무리가 따르지 않을 수 없다.

그런 점에서는 연애만 하고 결혼은 피하는 것이 서로 즐거움을 나누고 사랑의 기쁨만을 맛보는 비결이 될지도 모르겠다. 마치 아름다운 꽃을 찾아 이리저리 자리를 옮겨 앉는 벌이나 나비처럼 연애를 즐기며 사는 사람들의 선택이 최선일지도 모른다. 그러나 좀 더 깊은 의미의 사랑을 경험하고 싶은 사람이라면 결혼을 선택하지 않을 수 없다. 다만 시간이 흐르면서 결혼을 선택한 대부분의 남녀가 연애 시절에 느끼던 달콤한 감정은 사라지고, 그 대신 갈등과 고통 속으로 빠져들게 된다는 것이 문제이다.

이때를 위기의 순간이라 할 수 있다. 하지만 이때가 바로 진정한 사랑을 찾아가는 여정의 입구로 들어선 것임을 알아야 한다. "진정한 관계는 최초의 연애 감정이 시들 때 비로소 꽃피울 수 있다."는

좋은의사를 만난 환자는 행복하다

토머스 루이스(『사랑을 위한 과학』)의 말처럼 연애의 감정이 사라지는 순간 드디어 진정한 사랑을 이루기 위한 출발점에 서게 되기 때문이다.

둘째, 상대방을 있는 그대로 인정하고 받아들이는 것이 참된 사랑의 시작이다.

'사랑에는 상호성이 있고, 동시적인 조절과 동조가 있다. 따라서 성숙한 사랑은 상대방을 아는 것과 중대한 관련이 있다.'(토머스 루이스,『사랑을 위한 과학』) 진정한 사랑은 상대방을 아는 것에서부터 출발한다. 연애 시절 서로에게 잘 보이기 위해 온갖 화려한 장식으로 꾸며온 각자의 겉모습이 그들의 참모습이 될 수는 없다. 달콤한 꿀을 적게 지닌 꽃일수록 화려한 자태로 벌과 나비를 유혹하려는 것을 보라.

서로를 잘 알기 위해서는 함께하는 시간이 많아야 하고 진실을 나누는 경험을 많이 해야 한다. "상대방에 대해서 방어적인 자세를 취하지 말고 있는 그대로 받아들여야 한다. 현재를 인정할 때 우리는 파트너와 아무런 제한 없이 모든 것을 공유할 수 있으며 서로 하나가 될 수 있다. 이러한 진실을 나누는 경험을 할 때마다 우리는 서로에게 더 가까워지게 된다."는 조셉 베일리의 말(『사랑의 속도를 늦추세요』)을 음미해 볼 필요가 있다.

서로를 잘 알지도 못하면서 사랑한다고 하는 것은 진정한 사랑이 아니다. 그렇다고 서로를 잘 아는 것 자체만을 사랑이라고 할 수도 없다. 서로를 잘 알고 상대방을 받아들이게 될 때, 비로소 한 단계 성숙한 사랑의 위치에 들어섰다고 볼 수 있다. 그러나 아직도 진정한 의미의 사랑에 도달했다고 볼 수는 없다.

셋째, 진정한 사랑은 서로의 성장과 발전을 돕는 것으로 완성된다.

일시적인 욕망에 의해 소유와 애착(집착)에서 비롯된 것을 사랑이라 할 수 없다. 그것은 자신의 욕구가 채워지는 순간 쉽게 돌아설 수 있기 때문이다. 많은 사람들이 사랑이라는 이름으로 상대방을 소유하려고 애쓰는 경우를 흔히 볼 수 있다. 사랑이라는 이름으로 스토킹을 하거나 편집증에 사로잡혀 상대방을 괴롭히는 행위와 크게 다를 바가 없다.

"사랑은 동시적으로 발생하는 상호 조절이며, 개인의 욕구는 동시에 충족된다.", "각자는 상대방을 지속적으로 배려한다. 그리고 동시적인 주고받음 속에서 두 사람은 함께 발전한다."는 토머스 루이스(『사랑을 위한 과학』)의 말이나 "사랑이란 자기 자신이나 타인의 정신적 성장을 도와줄 목적으로 자기 자신을 확대시켜 나가려는 의지이며 진정한 사랑은 다른 사람의 개별성을 존중할 뿐 아니라 서로 분리 또는 상실의 위험에 직면하면서까지 독립성을 길러 주려 애쓰는 것"이라는 스콧 펙(『아직도 가야 할 길』)의 말을 통해 진정한 사랑은 자기 자신보다 상대방을 배려하는 것은 물론 상대방의 성장을 도울 뿐 아니라 독립성을 지켜 주는 것이라는 사실을 알 수 있다.

'서로 사랑하라. 그러나 사랑으로 구속하지는 말라. 그보다 그대

좋은의사를 만난 환자는 행복하다

들 혼과 혼의 두 언덕 사이에 출렁이는 바다를 놓아두라.' '함께 노래하고 춤추며 즐거워하되 서로는 혼자 있게 하라.' '함께 서 있으라. 그러나 너무 가까이는 서 있지 말라. 사원의 기둥들도 서로 떨어져 있고 참나무와 삼나무도 서로의 그늘 속에선 자랄 수 없으니.'(칼릴 지브란 『예언자』 중 「결혼에 대하여」)

이상적인 부부 관계에 대해 이보다 더 적절한 표현은 찾아보기 힘들 것 같다.

서로를 공유하면서도 서로가 독립적인 존재로서의 인격을 누리는 경지에 도달하게 되었을 때, 비로소 진정한 사랑을 이루었다고 볼 수 있다. 여기에는 각자 자신의 요구를 충족시키려는 노력보다는 상대방을 위한 배려를 통해 서로를 만족시켜 나가는 지혜가 필요하다.

사랑은 언제까지나 화려하고 황홀할 것이라는 환상을 안고 결혼이라는 일차적 목표에 도달하지만, 막상 현실에서 부딪치는 문제들로 인해 실망하지 않을 수 없다. 그리고 결혼과 더불어 이내 식어 버린 연애의 감정을 아쉬워하며 사랑의 실체를 다시 확인하고 싶어 하지만, 이미 숨어 버린 사랑의 존재는 좀체 그 모습을 드러내려 하지 않는다.

그러나 "사랑은 늘 그 자리에서 보이지 않게 흐르고 있으며, 우리 자신을 포함한 모든 것의 근원이라는 사실을 우리는 이제야 비로소 알기 시작했다. 눈으로 직접 볼 수 없다고 하더라도 우리는 그 힘과 영향력을 느낄 수 있다. 우리가 순간적으로 스쳐 가는 진실과 아름

못난이 의사의 세상 보기

다움의 순간을 소중히 여기고 음미할 때 그 순간들은 더 오래 지속될 수 있다. 그리고 그 순간들이 보이지 않는 곳에서 보이는 곳으로 나오게 된다."고 조셉 베일리(『사랑의 속도를 늦추세요』)는 말하고 있다.

사랑은 화려한 모습을 띠고 있는 것이 아니라 언제나 우리 가까이에서 흐르고 있는 물이나 공기처럼 무색무취(無色無臭)한 존재이다. 그러나 그 사랑으로 인해 우리는 더할 수 없이 황홀한 기쁨을 맛보기도 하지만, 때로는 가슴을 에는 고통을 안고 괴로워하는 수도 있다. 그러나 이처럼 다양한 모습을 띤 사랑의 존재야말로 우리의 삶을 더욱 아름답고 풍요롭게 만드는 것임에 틀림없다.

남녀가 처음 만나는 것은 운명이라 할 수 있지만 둘 사이에 사랑을 이루고 키워 나가는 것은 노력의 결과라 할 수 있다. 진정한 사랑은 저절로 얻어지는 것이 아니라 함께 만들어 가는 것이라는 사실을 알아야 한다.

가장 어려운 말

정말로 하기 힘든 말은
누구를 사랑한다는 말이다.
상대방을 향한 내 마음의 벽을
허물기 전에는 결코 말할 수 없다.

정말로 마음이 따스해지지 않으면
참된 사랑의 말은 할 수가 없다.
그렇지 않다면 그 말은
거짓에서 나오는 공허함일 뿐이다.

제3장

도시와 고향

다시는 돌아갈 수 없는 나의 어린 시절과
그 시절 내가 머물었던 자연의 품속이 몹시도 그립다.
내 영혼이 쉴 수 없는 땅, 언제나 삭막한 기운이
감도는 도회를 떠나 양지바른 산비탈에
이름 없이 피는 꽃들을 바라보며 살아가고 싶다.

1
보리농사 유감

내가 태어나서 자란 곳은 경북 북부 지방의 작은 시골 마을이다. 소백산맥 줄기에서 뻗어 내린 산자락을 타고 흐르는 금천(錦川)을 따라 형성된 들판을 생활 터전으로 삼아 벼농사와 보리농사를 지으면서 살아가는 동네였다. 사방이 온통 산으로 둘러싸여 있어서 어느 쪽으로 고개를 돌려도 산과 하늘만 맞닿아 있을 뿐, 산 너머에 어떤 세상이 있는지 짐작조차 할 수 없는 곳이었다.

그런데 언제부터인지 산 너머로 흘러가는 구름을 바라볼 때마다 나도 어디론가 떠나고픈 충동에 사로잡히곤 했다. 끓어오르는 감정을 이기지 못해 혼자서 눈물을 지을 때도 있었지만, 그 누구에게도 그런 사실을 말할 수는 없었다. 주위에 나와 비슷한 생각을 가진 사람은 없는 것 같았기 때문이다. 당시에 그처럼 고향을 등지고 싶었던 이유는 지긋지긋한 농사일 때문이었다. 그중에서도 특히 보리농사는 몸서리가 쳐질 만큼 끔찍하게 싫었다.

물려받은 땅뙈기 하나 없이 가정을 꾸리신 부모님의 유일한 소원

못난이 의사의 세상 보기

이라면 우리 육남매의 배를 굶기지 않는 것이었다. 한 평이라도 땅을 더 마련하기 위해 식구들 모두가 새벽부터 저녁 늦게까지 농사 일에 매달려야만 했다. 내가 기억하기론 내가 초등학교 4학년이 되던 해 부모님은 처음으로 논 두마지기를 사들이시더니, 그 후로는 한두 해 걸러 두어 마지기씩 논을 사들이셨다.

덕분에 마을에서 가장 가난한 편에 속했던 우리 집이 내가 중학교에 다닐 무렵에는 중위권에 속할 정도가 되었으나 그 후로도 쌀은 거두는 대로 모두 시장에 내다 팔았기 때문에 꽁보리밥 신세는 여전히 면할 수가 없었다. 심지어 내가 고향을 떠나는 날까지도 보리밥조차 배불리 먹어 보았던 기억은 거의 없다. 다만 "지금은 배가 고파도 나중에 너희가 커서……."라는 어머니의 말은 우리 형제들이 수도 없이 들어 왔던 말이다.

어렵게 얻은 논인데 조금이라도 소출을 높이기 위해 가을 벼농사가 끝나고 나면 다시 보리씨를 뿌렸다. 눈과 얼음 속에서 추운 겨울을 지낸 보리싹이 봄기운을 맞아서 자라기 시작하면, 이른 봄부터 식구들 모두가 보리논으로 나가야만 했다. 삼월이라고는 해도 여전히 찬바람이 매섭게 몰아치는데, 보리보다 먼저 자라나오는 독새풀(=뚝새풀. 우리 시골에서 그렇게 부르는 그 풀은 정말로 독사처럼 지독하다는 생각이 들었다)을 뽑기 위해서였다.

온 식구가 고랑을 하나씩 차지하고 쪼그리고 앉아 서로 시합을 벌이듯이 풀을 뽑고는 했다. 보리는 듬성듬성 보이는데 독새풀은 어찌나 많이 솟아나는지, 아무리 뽑아도 남아 있는 고랑은 아득히 멀

좋은의사를 만난 환자는 행복하다

고……. 추위와 지루함 속에서 빨리 지지 않는 해가 원망스러웠다. 주말이나 공휴일은 물론이고 평일에도 수업이 끝나면 곧바로 보리 논으로 달려가야만 했다.

그러다가 어지간히 익은 보리 이삭이 고개를 숙일 때쯤이면 장마와 폭풍우가 불어닥쳤다. 수확을 앞두고 쓰러져 물속에 잠긴 보리를 일으켜 세우기 위해 식구들은 종일 논에서 보내야 했고, 익은 보리는 베어서 논두렁이나 냇둑에 펼쳐서 말리고는 했다. 하지만 거두어들이기도 전에 다시 비를 맞아서 파랗게 싹이 나오는 것을 두세 차례 뒤집어 말리는 일이 다반사였다. 겨우 마른 보리를 단으로 묶어서 가리로 쌓아 놓고 보리를 베어 낸 논에는 모내기를 했다. 당시는 농번기만 되면 '가정실습'이라는 것이 있어서 학교 수업 대신 집에서 며칠씩 농사일을 돕도록 하던 시절이었다.

모내기와 김매기가 끝나고 여름방학이 오면 또다시 보리농사와의 인연은 계속되었다. 가리로 쌓아 두었던 보릿단을 집으로 날라다가 뙤약볕 아래서 타작을 해야 했기 때문이다. 동력탈곡기는 나오지도 않은 때였고, 그나마 페달을 밟아 드럼을 돌리는 기계식 탈곡기가 있었으나 몇몇 집만 가지고 있었을 뿐 우리 집 형편으론 살 수가 없었다. 그래서 벼를 타작할 때는 이웃집 탈곡기를 빌려다가 신세를 졌지만 보리나 콩을 타작할 때는 언제나 마당에 곡식을 펼쳐 놓고 식구들이 도리깨로 두드려서 알곡을 털어 내야만 했다.

뜨거운 한여름 햇살을 받으며 도리깨질을 하노라면 땀과 범벅이 되어 달라붙은 보리가시가 온몸을 찌르는데, 그때마다 나는 너무 괴로워서 '보리농사 같은 것은 절대로 짓지 않을 거야. 보리농사를 지을 바엔 차라리 도망을 가 버릴 테야.' 하고 마음속으로 다짐을 하고는 했다.

초등학교 4~5학년쯤이었던 것으로 기억한다. 평일 아침인데 들에 나가 일 좀 하고 학교에 가라는 아버지 말씀에 "싫어요. 안 할 거예요."라는 대꾸를 하고나서 몹시 화를 내시는 아버지를 피해 집 밖으로 도망을 쳤다. 그랬더니 "저런 녀석은 공부시킬 필요 없다!" 하시면서 책보자기를 지게에 얹어 들로 나가시는 바람에 혼이 난 적이 있다.

그리고 또 중학교 2학년 여름방학 때였다. 보리타작을 하는 날인데 신발을 방 안에 감춰 두고 문고리를 숟가락으로 걸어 잠근 채 책을 보고 있었더니, 타작하던 식구들이 상일꾼 하나가 도망갔다고 야단법석을 떨었다. 결국에는 들켜서 "빨리 타작하러 나오너라." 하시는 아버님 말씀에 "지긋지긋한 보리농사 같은 건 절대로 짓지 않을 거예요!" 하고 버티는 바람에 험악한 분위기가 되고 말았다. 다행히 그때 내 편이 되어 주신 당숙 어른 덕분에 무사히 위기를 넘길 수 있었다.

보리농사를 지으면서 즐거웠던 추억이라면 타작을 하던 중에 어머니께서 털어놓은 겉보리 두 되를 주시면서(반드시 두 되만 주셨다) 동네 원두막에 가서 참외를 사 오도록 하신 것이었다. 한참 비지땀을 쏟다가 참외 5~6개를 여덟 식구가 나눠 먹을 때의 그 달콤함은 지금도 입안에 침을 고이게 한다.

좋은의사를 만난 환자는 행복하다

그런데 이제는 그처럼 열심이던 보리농사를 지을 생각조차 않는 다니 격세지감이 든다. 그때는 그렇게 알뜰히 이모작을 하면서도 보리밥조차 배불리 먹지를 못해서 언제나 허기에 시달렸는데, 요즘은 쌀이 남아돌 지경이라니 신기한 일이 아닐 수 없다. 요즘처럼 보리농사를 짓지 않고도 배불리 먹을 수만 있었더라면 시골을 벗어나려고 그렇게 발버둥 치지는 않았을 텐데…….

보리농사, 생각만 해도 지긋지긋하던 그 고리를 끊기 위해 고향을 등진 지 40년이 흘렀다. 그토록 사모하던 도시의 하늘 아래서 살아온 날들이 고향에서 굶주리며 보낸 날들보다 서너 배를 훌쩍 넘긴 것이다. 이제는 까마득한 추억이 되어 버린 고통스러웠던 기억들인데 새삼 그때가 그리워진다. 고향의 품속에 있을 때는 몰랐던 그 따스함이 지금 내 가슴을 따뜻하게 데워 주는 이유는 아마도 그곳은 내 어머니의 품속과 같고 내 생명의 뿌리가 거기서 비롯되었기 때문이겠지.

2
잃어버린 고향의 강

개원을 하고 처음 몇 년간은 휴가를 보낸다는 것은 생각조차 할 수 없었고, 공휴일은 물론 일요일에도 진료실을 열어야만 했다. 그러다가 여러 해가 지나서야 광복절을 전후하여 2박 3일간의 여름휴가를 보내게 되었는데, 처음으로 휴가를 내어 당시 초등학생이던 아들과 함께 고향에 다녀오던 때를 나는 잊을 수가 없다.

내 고향은 경북 북단 낙동강 700리 먼 여정이 시작되는 지역에 강의 한 지류를 끼고 마을이 형성되어 있다. 차로 달려서 30~40분이면 문경새재에 도달할 수 있고, 마을 뒷산에 오르면 소백산맥 줄기가 바라보이는 곳이다.

운전대를 잡은 나의 마음은 뒷자리에 있는 아들보다 한참이나 들떠서 고향을 향해 달려가고 있었다. 차로 5시간을 달린 끝에 여름철이면 날마다 친구들과 멱을 감고 고기를 잡으며 뛰놀던 마을 옆 시냇가에 도착하였다. 금천(錦川)이란 이름처럼 정말로 아름다운 시내였다. 수심은 깊지 않았지만 작은 자갈과 하얀 모래가 깔린 넓은

좋은의사를 만난 환자는 행복하다

시내를 따라 언제나 맑은 물이 잔잔하게 흐르는 곳이었다.

병풍처럼 마을을 둘러 있는 옥녀봉의 뒤를 지나 동쪽 언저리를 타고 내려오는 금천은 작은 들 하나를 사이에 두고 회룡포(回龍浦)를 돌아 나오는 내성천과 만난다. 하나가 된 두 냇물은 마을 앞 들판 좌측을 돌아서 들판이 끝날 무렵 '마지막 주막'으로 알려진 삼강주막이 있는 곳에서 낙동강 본류와 합쳐진다. 지금은 회룡포와 삼강주막을 찾는 이들의 발길이 전국에서 모여들고 있지만, 내가 어릴 때만 해도 바깥세상과는 동떨어진 세계였다.

그런데 두근거리는 가슴으로 시내를 바라본 나는 도저히 믿을 수 없는 광경에 내 눈을 의심하지 않을 수 없었다. 물이 말라 버린 냇바닥에는 잡초가 무성하였고, 그 사이로 겨우 도랑물 같은 작은 물길만 한 가닥 흐르고 있었기 때문이다. 시내를 가로질러 놓여 있는 다리 위로 차를 몰면서 주위를 둘러보았으나 어릴 때 뛰어놀던 그 맑은 물은 어디에도 없었다.

시골집에 들러 부모님께 인사를 드리고 과수원을 하는 막냇동생에게 냇물이 어찌 이 모양이 되었냐고 물었더니, 상류에 건설된 경천댐 때문이란다. 그래도 믿기지가 않아 내 눈으로 직접 확인하고 싶은 마음에 아들과 함께 마을 뒤 냇가로 향했다. 중학교 때 매일같이 오가던 길에는 허리 높이만큼 자란 잡초들로 가득하여 헤치고 나아가기도 어려웠다.

겨우 냇가에 도착은 했으나 산 사이를 돌아 잔잔하게 흐르던 그 물결은 어디에도 보이지가 않았다. 상류 쪽을 바라보니 물 없는 시

못난이 의사의 세상 보기

내 복판에 회색빛 2층 건물이 덩그러니 서 있었다. 농공단지(農工團地)란다. 그처럼 맑고 아름답던 고향의 정든 시내가 상류의 댐 건설로 인해 수년 사이에 옛 모습을 아주 잃고 비참한 몰골로 변해 버린 것이다.

이무기가 산다던 모퉁이의 소(沼)는 깊이를 알 수 없을 만큼 푸른 물이 넘실대어 혼자서는 들어서기도 두려웠건만, 이제는 모래로 모두 메워져서 물속에 잠겨 있던 바위만 덩그러니 솟아 있을 뿐 이무기는 어디로 갔는지 흔적조차 찾을 길이 없었다.

얕은 물이 흐르는 냇바닥을 파헤치니 검게 변한 모래 속에서 어릴 때는 볼 수 없었던 시커먼 말조개가 나오고, 작은 웅덩이를 이룬 곳에 채를 던지니 황소개구리 올챙이와 뒤섞여 붕어와 미꾸라지만 이따금 올라왔다. 중학교 때 여름 장마철이면 시오리 길을 돌아가는 것이 싫어서 친구들과 함께 목까지 차오르는 물속을 발가벗고 건너던 일이 엊그제만 같은데, 잡초가 무성한 냇바닥을 보니 무심한 강산의 변화에 마음이 아팠다.

어린 시절 우리가 뛰놀던 그곳에는 작은 자갈과 하얀 모래가 깔린 바닥 위로 언제나 유리알처럼 맑은 물이 흐르고 있었다. 그 속에 피라미, 송사리, 은어가 떼를 지어 헤엄치는 모습을 볼 수 있었고, 발을 물에 담그고 모래 위를 걷다 보면 발밑에서 꿈틀거리는 모래무지를 맨손으로 잡아내기도 했었다.

해질녘이면 석양에 황금빛으로 찰랑거리는 물결 위로 피라미가 은빛 배를 드러내며 뛰어오르고, 찰고동(다슬기)이 모래와 돌 위로

좋은의사를 만난 환자는 행복하다

새카맣게 기어 다니는 것을 볼 수 있었다. 여름철 홍수가 지면 마을 뒷산에 올라 붉은 황토물이 도도히 흐르는 모습을 지켜보며 두려움에 잠겼었고, 마을 앞 들판까지 범람했던 물이 빠지고 나면 어른들은 논에서 잉어나 메기를 잡아 오기도 했었다.

오랜 객지 생활 중에 꿈에도 생시에도 잊지 못할 고향의 시내였건만 이제는 영원히 다시 볼 수 없는 모습이 되어 버리고 말았다. 서운한 마음을 안고 잠을 청하였으나 밤새 뒤척이는 바람에 마음은 꿈속에서조차 편안치를 않았다. 믿었던 고향 산천으로부터 배신을 당한 것이 서러워 돌아오는 차 속에서도 실망과 서글픔을 지우지 못하고 '다시는 찾지 않으리라!' 다짐하였지만, 산천도 생명이 있고 마음을 지녔다면 어찌 그 아픔을 나의 서운함과 비길 것인가……

못난이 의사의 세상 보기

3
도시와 고향

도시에는 자연의 변화나 계절의 흐름을 깨닫지 못한 채 살아가는 사람들이 많다. 시간의 흐름이 화살 같이 빨라서 해가 뜨고 지는 것, 달이 차고 기우는 것, 계절의 변화를 지켜볼 겨를이 없는 사람들이다.

아침에 시작하여 저녁에 거두어들이고, 월초에 시작하여 월말에 거둬들이는 삶이기에 계절이 어디쯤 가고 있는지 모르는 사람들이 대부분의 도시인들이다. 냉난방시설이 잘되어 있는 장방형의 닫힌 공간에 갇혀 사는 삶이기에 몸은 언제나 쾌적하여도 마음은 불쾌하게 살아가는 사람들이 많다.

도시는 때가 되지 않아도 추수할 것을 찾는 사람들이 질주하는 곳이며, 시간에 쫓기면서 설익은 열매를 따려고 덤비는 사람들로 몸살을 앓는다. 그러나 정작 자신들을 위해서는 소중한 것들을 잃으면서 살아가는 사람들이 도시인들이다. 풍요로운 가운데서도 상대적 빈곤으로 인해 불행한 사람들로 넘치는 곳이 도시이다.

자연의 섭리를 가장 잘 이해하고 따르면서 살아가는 사람들이 있다면 바로 농부들이다. 그들은 추운 겨울바람 속에서도 봄기운을 가장 먼저 느끼는 사람들이며, 새싹이 움트는 모습을 가장 먼저 지켜보는 사람들이다. 이른 봄에 씨를 뿌리면서도 가을에 추수할 날을 생각하며 열매가 익기를 기다릴 줄 아는 사람들이며, 설익은 열매를 거두기 위하여 서두르지 않는 사람들이다.

한여름 뙤약볕에 몸을 굴리면서도 풍성한 수확에 대한 기대로 꿈꾸듯이 살아가는 사람들이며, 가을 햇살 아래 영글어 가는 이삭들을 바라보며 온 세상을 얻은 듯 뿌듯해 하는 사람들이다. 잘 익은 알곡을 거둬들이고 탐스러운 열매를 따는 기쁨은 한 해 동안 바친 그들의 모든 수고를 대신한다. 그들은 엄동설한 겨울에도 이듬해에 뿌릴 새싹을 가슴에 품고 살아가는 사람들이다.

자연의 법칙과 변화를 가장 깊이 깨닫고 살아가는 사람들이며, 어쩌면 이 세상에서 가장 풍요로운 삶을 누리며 사는 사람들이라 할 수 있다. 다만 하나 아쉬움이 있다면 도시인들로 인해 갈수록 그들의 삶의 터전은 허물어지고 그들의 마음밭은 오염되어 가고 있다는 점이다.

나는 시골에서 태어나 넉넉지 못한 가운데 자랐으나 바람과 구름이 흐르는 속에서 풀냄새와 꽃향기를 맡으면서 어린 날을 보냈다. 얼마나 많은 별들이 어둔 밤하늘을 수놓는지, 달은 어떻게 차오르고 이지러지며 가장 크고 밝은 달은 어느 계절에 볼 수 있는지를 알

　　　　　　　　　　　　　못난이 의사의 세상 보기

앉으며, 피부에 와 닿는 햇살의 깊이가 계절마다 어떻게 다른지를 느낄 수가 있었다.

그러나 꿈처럼 동경하던 세상으로 나와서 보편적인 도회인의 삶에 젖어 수많은 날들을 보내는 동안 어느덧 세월의 흐름조차 잊어버렸고, 이제야 지난날을 돌아보며 자연으로부터 멀어진 내 삶의 날들이 얼마나 황량한지를 깨닫는다.

다시는 돌아갈 수 없는 나의 어린 시절과 그 시절 내가 머물었던 자연의 품속이 몹시도 그립다. 내 영혼이 쉴 수 없는 땅, 언제나 삭막한 기운이 감도는 도회를 떠나 양지바른 산비탈에 이름 없이 피는 꽃들을 바라보며 살아가고 싶다. 작은 그루터기엔 나와 내 가족이 좋아하는 과수와 채소를 손수 가꾸어 보고 싶다.

어스름 저녁이면 뒷산 언덕에 올라 석양에 물든 저녁노을을 바라볼 수 있기를 원한다. 여름밤이면 모닥불 연기 날리는 마당에 누워 풀벌레 소리를 들으면서 은하수가 흐르는 밤하늘의 별자리를 다시 더듬어 보고 싶다. 맑은 시냇물에 몸을 담그고 친구들과 장난치던 시절로 돌아가고 싶다. 누렇게 익어 가는 벼가 물결치는 들판을 지나 코스모스가 바람에 하늘대는 시골길을 걸어 보고 싶다.

알밤이 툭툭 떨어지는 산비탈에서 들국화의 산뜻한 향기를 맡아보고 싶다. 푸른 달빛이 쏟아지는 눈 내린 겨울밤에는 인적이 드문 오솔길을 걸으며 내 발자국 소리를 듣고 싶다. 내가 자라던 시골 마을을 닮은 어느 조용한 골짝에서 내가 꿈꾸던 자그마한 집을 짓고 옛날처럼 살아가고 싶은 마음은 생각만 하여도 가슴이 설렌다.

좋은의사를 만난 환자는 행복하다

그러다가 문득 떠오르는 생각, '내게는 아직도 지워지지 않은 기억속의 고향이 있지만 고향 없이 자라는 도시의 아이들이 나중에 어른이 되었을 땐 그 빈 기억의 공간을 무엇으로 메울까? 어려서 금방 어른이 되어 버리는 도시의 아이들이 삶에 지칠 때에는 어떻게 위로를 받을 수가 있을까?'

  내 아이의 생각, 내 아이의 친구들의 생각, 아직 태어나지도 않은 내 아이의 아이들에 대한 생각들이 꼬리를 문다. '어떻게 이들의 가슴속에 고향을 심어 줄 수 있을까?'

(2009년 1월『한국수필』신인상 당선작)

4
단감나무 숲을 지나며

지난 일요일, 가을 햇살의 유혹에 끌려 목적지도 없이 차를 몰고 시외로 나섰다. 황금빛 벼가 출렁대는 들판을 지나 코스모스가 가득 피어있는 국도를 따라 산길로 접어들었다. 누렇게 익은 감이 가지가 휘어지도록 주렁주렁 열린 단감나무가 숲을 이룬 산비탈을 지나면서 나도 모르게 시골집 단감나무에 대한 추억에 한동안 마음을 빼앗기고 말았다.

내가 자란 시골집에는 두 그루의 감나무가 있다. 한 그루는 단감나무이고 또 한 그루는 곶감이나 홍시를 만들어 먹는 떫은 감나무이다. 이곳 남쪽 지방보다 훨씬 서늘한 기후대에 속한 경북 북부 지역인 우리 고향에서는 내가 어릴 때만 해도 단감나무라고는 온 마을에 겨우 한두 그루밖에 없었다. 그 당시 우리 마을에서도 우리 집이 유일하게 단감나무가 있는 집이었다. 자연히 그 단감나무는 우리 집 감나무인 동시에 모든 마을 사람들이 맛보는 마을의 감나무가 되어 버렸다.

작은 단감 속에는 여덟 개, 많게는 열개의 씨앗이 들어 있었다. 충분히 잘 익은 늦가을이 되어야 떫은맛이 사라지고 단맛을 내게 되지만, 그 사실을 잘 모르는 마을 사람들은 감꽃이 떨어지기가 바쁘게 우리 집 감나무를 쳐다보며 그 맛을 궁금해하고는 했었다. 지금은 나의 시골 마을에서도 맛좋은 개량종 단감나무를 많이 볼 수 있지만, 그 당시만 해도 우리 집 단감나무는 온 마을 사람들의 관심거리였다.

　나보다 두 살이나 나이가 어린 그 단감나무는 어느 해 초봄, 때늦게 내린 눈을 이기지 못해 원줄기는 부러지고 남은 가지마저 고목이 되어 말라 버려 지금은 앙상한 모습으로 새로 솟아난 몇 개의 작은 가지에 손으로 꼽을 만큼의 열매를 맺고 있을 뿐이다.

　또 하나 잊을 수 없는 추억이라면, 오월 말 감꽃이 필 무렵이면 새벽같이 일어나 눈곱도 떼지 않고 집 앞 논두렁에 서 있는 감나무 아래로 달려가서 어슴푸레한 어둠 속에서 이슬 젖은 풀잎을 헤치며 밤새 떨어진 감꽃을 줍던 일이다. 마치 목숨이라도 걸린 듯이 매일 아침 감꽃을 줍기 위해 다른 아이들보다 먼저 일어나 바람처럼 달려나가고는 했다. 부지런히 주운 감꽃을 풀꽃 줄기에 구슬처럼 꿰어서 들고 다니며 하나씩 뽑아 먹고는 했다.

　그러다가 꽃이 지고 나면 도토리처럼 작은 감이 떨어진다. 아직 떫은맛조차 들지 않은 어린 감을 주워서 물에 삭혀 먹거나 담벼락에 걸어 둔 멍석말이 속에 넣어 두고 익혀서 먹던 일도 엊그제만 같다. 감꽃이 피는 날부터 한겨울 따뜻한 아랫목에서 잘 익은 홍시를 먹는 마지막 순간까지, 감나무는 우리에게 더할 나위 없는 일용거리를 베풀어 주고는 했었다.

　어느새 머리에는 백발이 내리고 떨브레한 감꽃의 맛을 회상하는 나이가 되어 버렸다. 다시는 돌아갈 수 없는 지난날들을 아쉬워하는 나이가 된 것이다. 그러나 꿈속 같이 흘러간 나의 어린 시절은 언제나 내 가슴속에 살아 숨 쉬며 나의 마음을 설레게 한다.

좋은의사를 만난 환자는 행복하다

5
하얀 연기의 추억

지리산을 가기 위해 남해고속도로를 타고 부산에서 진주 방향으로 차를 몰던 중이었다. 진주가 가까워질 무렵, 새벽하늘이 뿌옇게 밝아 오고 있었다. 그 순간 하얀 연기가 아침 햇살을 받으며 산모퉁이 여기저기서 피어오르는 모습이 눈에 들어왔다. 갑자기 나는 기억에서 오랫동안 사라져 있던 어떤 풍경이 머릿속에 떠오르면서 가슴이 두근거려 오는 것을 느꼈다. 어릴 적 내 고향집 굴뚝에서 피어오르던 밥 짓는 연기와 너무나 흡사했기 때문이다.

그러나 좀 더 날이 밝아 오면서 나는 크게 실망하지 않을 수 없었다. 아쉽게도 그것은 시골 마을 초가집에서 피어오르는 밥 짓는 연기가 아니라 산골짝마다 들어서 있는 회색빛 공장들의 굴뚝에서 뿜어져 나오는 짙은 연기라는 사실을 알게 되었기 때문이다.

내 고향 마을 초가집 굴뚝에서 피어오르던 하얀 연기는 매운맛보다는 구수한 냄새가 언제나 배어 있었다. 특히 어스름 저녁노을을 등지고 배불린 소를 몰고 방울 소리를 울리면서 집으로 향할 때면 멀리서부터 집집마다 하얀 연기가 피어오르는 모습을 볼 수 있었고, 우리 집 굴뚝에서 피어오르는 저녁연기는 그렇게 반가울 수가 없었다.

그럴 때면 한달음에 산비탈을 내달아 마구간에 소를 들인 후에 식구들과 함께 저녁상을 받고는 했다. 꽁보리밥이나 칼국수, 콩죽, 갱죽, 수제비 등 지금 생각하면 초라하기 짝이 없는 밥상이었지만 당시로써는 더할 나위 없이 달콤한 성찬이었다. 그런데 이제는 그처럼 정겹던 저녁연기도 다시는 볼 수 없는 풍경이 되고 말았다.

고등학교 시절, 처음 객지 생활을 시작하면서 슬레이트 지붕으로 덮인 집에 방을 얻어 19공탄 신세를 지고 있을 때 새로 사귄 친구 하나는 학교 옆 시골 마을의 초가지붕 아래 재래식 아궁이가 있는 집에 방을 얻어 솔가지 삭정이를 때면서 밥을 지어 먹고는 했다. 나는 솔가지 타는 관솔 냄새가 좋아서 학교 수업을 마친 후면 가끔 그 친구의 집에 들러 시간을 때우다가 밥을 얻어먹고 오고는 했다.

당시 나는 무협 소설에 빠져서 헌책방에서 몇 권씩 빌려다가 밤을 새우며 읽고 있을 때였으나 그 친구는 문학 소설에 심취하여 있었고, 미우라 아야코의 소설 『빙점』에 매료되어 그 책을 세 번씩이나 읽고 나중에 자신도 그와 같은 소설을 쓰겠다고 다짐을 하던 때였다. 대학 입시 준비로 바빠지면서 한동안 그 친구의 자취집을 찾지 못하다가 대학 진학으로 인하여 헤어진 후, 다시는 그 친구의 얼굴을 보지 못하고 보낸 지가 40년이 지났다.

좋은의사를 만난 환자는 행복하다

생각하면 흐르는 세월 속에 내가 잃어버린 것은 밥 짓는 저녁연기뿐이 아니다. 그 외에도 수없이 많은 것들을 잃어버리며 살아가고 있다. 아침 이슬 맺힌 거미줄의 영롱한 아름다움, 어둔 밤 개울가 풀숲에서 들려오던 요란한 개구리 울음소리와 풀벌레들의 합창소리, 이따금 은은한 방울 소리를 울리며 풀을 뜯던 한가로운 소들의 모습, 한순간에 땀방울을 씻어 내리던 여름날의 시원한 솔바람, 따가운 햇살을 뚫고 고개 너머 개울까지 내달아 발가벗고 멱을 감던 친구들, 마당가에 모닥불을 피워 놓고 밤하늘을 수놓은 별자리와 은하수를 더듬던 여름밤의 추억 등 헤아릴 수 없을 만큼 많은 기억의 파편들은 언제나 내 가슴을 따스하게 데워 주는 소중한 추억들이다.

살다 보면 문득 한 번씩 떠오르는 지난날의 기억들로 인해 아릿한 그리움에 젖어 혼자 웃음 지을 때가 있다. 흑백영화의 한 장면처럼 갑자기 떠오르는 기억으로 인해 가벼운 흥분으로 가슴이 두근거릴 때도 있고, 부끄러운 마음을 들킨 것처럼 얼굴이 화끈 달아오르는 순간도 있다. 가난을 벗어나고 싶어서 발버둥 치던 젊은 날의 모습과 실수와 상처로 얼룩진 아픈 기억들도 있다. 그래도 이제는 모두 다 잃어버리고 싶지 않은 안타까운 추억들이다. 지나간 날들은 언제나 그리운 시절, 아름다운 추억으로 남는가 보다.

생각이 짧아서 아쉬움이 많았던 지난날들을 돌아보면서 이제 내게 남은 날들을 좀 더 가치 있게 살아야겠다는 생각을 한다. 어둡고 부끄러운 그림자가 드리우지 않도록 남은 삶을 잘 마무리해 갈 수 있기를 다짐해 본다.

6
늑대 영감 이야기

어릴 적 담 하나를 사이에 둔 우리 앞집에는 말 못하는 할아버지 한 분이 있었다. 가족으로는 큰며느리와 작은며느리, 그리고 작은 며느리 소생으로 나보다 서너 살 위인 손녀가 함께 살고 있었다. 할머니와 나보다 열 살쯤 많은 손자도 있었는데, 무슨 이유인지 멀리 강원도 춘천에서 살다가 방학이 되면 한 번씩 다녀가고는 했다. 당시 큰며느리의 나이는 40대 초반, 작은며느리는 30대 초반쯤 되지 않았을까 싶다.

부모님 슬하에 육남매가 사는 우리 집과 삼대가 함께 살면서도 네 식구에 불과한 앞집은 내가 보기에 다른 점이 너무 많았다. 우리는 안방과 사랑방 사이에 작은 들마루가 놓여 있는 집에서 여덟 식구가 복닥거리며 지냈으나, 넓은 대청마루가 깔린 본채에다 할아버지가 거처하는 아래채까지 딸린 앞집은 거의 언제나 빈집처럼 조용하기만 했다.

좁은 마당가에 떫감나무와 단감나무만 한 그루씩 서 있는 우리 집

좋은의사를 만난 환자는 행복하다

과는 달리 앞집 담장 안에는 복숭아나무와 살구나무, 앵두나무가 봄부터 열매를 맺었고, 집 뒤편에는 온갖 채소와 옥수수가 자라는 넓은 채마밭이 있었다. 집 앞쪽과 오른쪽 담장 밖으로는 네 필지나 되는 크고 작은 논이 펼쳐져 있었고, 논두렁 위에는 대여섯 그루나 되는 커다란 감나무에 감이 주렁주렁 열려서 가을이면 주위를 환하게 물들이고는 했다.

여름이 가까울 무렵이면 나는 앞집 식구들 몰래 담벼락을 따라 이어진 수수깡 울타리 사이로 팔을 뻗어 채 익지도 않은 앵두와 복숭아를 따 먹고는 했다. 행여 들킬까 봐 마음이 조마조마하면서도 새콤달콤한 맛의 유혹을 뿌리칠 수 없었다. 조금만 더 있으면 두 분 아주머니께서 잘 익은 앵두와 살구, 복숭아와 옥수수를 함지박에 담아서 번갈아 담 너머로 건네주시고는 했는데 그때마다 나는 양심의 가책을 느껴야만 했다.

나는 매일 할아버지와 마주치면서도 할아버지의 얼굴을 똑바로 쳐다볼 수가 없었다. 무표정하면서도 그늘진 얼굴에 눈길 한번 주지 않는 할아버지가 내게는 늘 두려운 존재였기 때문이다. 할아버지는 언제나 외톨이였고 마을의 어떤 행사에도 모습을 드러내는 법이 없었다. 농번기에도 이웃의 도움 없이 혼자서 거의 모든 일을 마무리 짓고는 했다. 그러나 어쩌다가 부드럽게 소를 쓰다듬고 있는 할아버지의 모습이 눈에 뜨일 때면 왠지 가슴 한편이 아릿해지곤 했다. 하지만 나는 할아버지가 웃는 모습을 한 번도 본 적이 없다.

그 당시 할아버지는 벼농사와 밭농사 외에도 우리 마을에서 유일하게 왕골농사를 짓는 분이었다. 집 옆에 있는 논에다 왕골을 심어서 왕골이 내 키를 넘길 만큼 자라면 그것을 베어다가 껍질을 벗겨서 말린 다음 돗자리를 짜서 시장에 내다 팔고는 했다. 그런데 왕골 껍질을 벗기는 일은 언제나 마을 아이들의 몫이었다. 큰 아주머니의 부름을 받고 모여든 아이들이 왕골을 벗겨 준 뒤 할아버지가 말 없이 나눠 주는 부드러운 왕골속을 한 아름씩 받아 오고는 했다. 당연히 나와 동생도 그중에 있었고, 그렇게 모아 둔 왕골속으로 아버지는 바구니를 엮거나 둥근 왕골방석을 만들어 요긴하게 사용하고는 했다. 우리 집에서는 할아버지의 돗자리 짜는 소리를 겨우내 들을 수 있었다.

여러 해가 지나도록 나는 할아버지가 전혀 말을 못하시는 분인 줄 알았는데, 그분이 말을 할 수 있다는 사실을 알게 된 것은 어느 해인가 마을 아이들의 장난 때문이었다. 어느 날 할아버지네 논두렁에 있는 감나무에 아이들이 올라가서 홍시를 따 먹고 있었다. 그때 갑자기 "야! 이놈들아—" 하는 할아버지의 고함 소리가 들렸고, 그 소리에 놀란 아이들이 "늑대 영감이다!"라고 외치며 산모퉁이로 도망치는 것을 보았다. 처음으로 할아버지가 말을 한다는 사실을 알게 된 순간이었다.

하지만 그 후 다시는 할아버지의 말을 들을 수 없었기 때문에 지금까지도 내 기억 속에는 언제나 '말없는 할아버지'로 남아 있게 되었다. 그 일이 있고 나서 나는 할아버지가 왜 그처럼 말을 하지 않게 되었는지 무척이나 궁금하였지만 그 이유를 알 수는 없었다.

좋은의사를 만난 환자는 행복하다

그런데 내가 막 초등학교에 입학하고 얼마 되지 않은 때였다. 어느 날 어머니께서 "어떻게 생사람을 한 구덩이에 몰아넣고 총질을 해댔는지……." 하시면서 혀를 끌끌 차는 모습을 보게 되었다. 그게 무슨 말이냐고 물었더니, 6·25 때 국군이 후퇴하고 마을이 한동안 인민군 치하에 든 적이 있었단다. 나중에 국군이 다시 돌아오고 전쟁이 끝난 후에 부역자들을 색출하여 어딘가로 끌고 가서 모두 총살을 시켰는데, 앞집의 두 형제도 그때 변을 당했다는 것이었다.

그 말을 듣고서야 '아! 그래서 할아버지 외에 집안에 남자라곤 없었구나.' 싶었고, 할아버지가 굳게 입을 닫고 사람들을 멀리하게 된 이유도 비로소 알 것 같았다. 그렇다고 할아버지에 대해 동정심을 갖거나 친근감을 느낀 것은 아니었다. 그동안 쌓인 두려움이 할아버지를 향한 내 마음의 문을 닫아 버렸기 때문이다.

한편으론 전쟁으로 인해 두 가장의 목숨이 구덩이 속으로 던져지고, 두 아주머니가 생과부가 되고, 두 자녀가 아버지를 잃고, 또 그 아버지의 아버지가 영영 말을 잃어버린 참혹한 일이 담 하나를 사이에 둔 바로 우리 앞집에서 일어났다는 사실이 믿기지 않았다. 조용하기만 한 나의 시골 마을이 피로 얼룩져 있다는 것은 상상조차 할 수 없는 일이었기에 그 모든 일들이 아주 먼 나라의 이야기만 같았다.

50년이 흐른 지금에야 철없던 어린 날을 돌아보며 아픈 상념에 잠긴다. '피로 범벅이 된 두 아들의 싸늘한 주검을 품에 안아야만 했던 할아버지의 비통한 심정을 나는 어찌 그토록 외면하였더란

못난이 의사의 세상 보기

말인가…….'

누군가는 부역자가 되고 또 누군가는 밀고자가 되는 비참한 역사가 밤과 낮을 바꾸어 일어나고, 살아남기 위해 몸부림친 시간들이 죽음의 씨앗이 되어 서로의 목숨을 허망하게 구덩이 속에 묻어야만 했던 전쟁이었다. 이제 그러한 전쟁으로 인해 우리 자신이 발기발기 찢기는 비극들이 다시는 이 땅에서 일어나지 않기를 간절히 기원해 본다.

좋은의사를 만난 환자는 행복하다

7

외할아버지와 참새구이

내가 초등학교에 입학하기 전인 어릴 때의 일이다. 해마다 겨울철이 되면 우리 집에서 십여 리 떨어진 곳에 살고 계시던 외할아버지께서 한 번씩 다녀가시고는 했다. 외할머니는 내가 태어나기도 훨씬 전에 세상을 떠나셨고, 큰외삼촌도 일제(日帝) 강점기에 징용을 나갔다가 돌아오지 못하셨기 때문에 큰외숙모 혼자서 외사촌누나 둘을 돌보며 외할아버지를 모시던 때였다.

외할아버지는 해방 전에 만주와 중국까지 두루 다녀오신 분이라 견문이 넓고 풍수와 지리에도 조예가 깊으셨다. 당연히 인근 여러 마을에 외할아버지를 모르는 이가 거의 없었고, 우리 마을에도 집터를 정하거나 묫자리를 보는 일은 물론 아이들 이름 짓는 것까지 외할아버지에게 부탁을 드리는 이들이 많았다. 그래서 외할아버지께서 우리 집에 오시는 날이면 마을의 모든 노인분들이 우리 집 사랑방에 모여서 밤늦도록 환담을 나누고 골패를 두는 소리에 집안이 떠들썩해지곤 했다.

평소 손님이라곤 없던 우리 집이 갑자기 잔칫집 분위기처럼 되어 아버지와 형은 바깥에서 분주하였고, 어머니와 큰누나는 밤새 술과 음식을 장만하여 사랑으로 들여보냈다. 어린 우리 사남매는 안방에서 아랫목을 중심으로 부챗살처럼 누워 짧은 이불을 서로 끌어당기며 다투다가 밤이 이슥해서야 왁자지껄한 소리를 뒤로하며 꿈속으로 빠져들고는 했다.

아침이 되어 나는 눈을 뜨는 즉시 부리나케 일어나 외할아버지가 계신 사랑방으로 뛰어들고는 했다. 어느새 일어나 하얀 한복을 입고 화롯가에 앉아 담뱃대를 빨고 계시던 할아버지는 나를 덥석 끌어안으시며 십 원짜리 한 장을 내 손에 쥐어 주시고는 하셨다. 어느 할아버지의 쌈지에서 나와 밤새 노인네들 손을 돌고 돌다가 마침내 외할아버지의 전리품이 되어 나에게 주어지는 것이었다. 연초 냄새가 물씬 나고 글씨를 겨우 알아볼 수 있을 만큼 낡은 돈이었지만, 지금도 그 기분 좋은 촉감은 내 손끝에서 짜릿하게 느껴지는 것 같다.

할아버지 앞에서 재롱을 떨다 보면 항상 등장하는 특별 메뉴가 있었다. 나보다 열 살 위인 형이 밤새 친구들과 함께 이 집 저 집을 돌면서 사다리를 타고 올라가 처마 밑 둥지에서 자고 있던 참새를 잡아다가 아버지께서 쇠죽을 끓이시고 난 뒤 잿불에 구워 낸 참새구이였다. 할아버지는 새까맣게 그을린 참새의 자그마한 몸에 남겨진 깃털을 모두 벗겨 내신 뒤 허벅지와 가슴살, 콩팥과 간은 발라서 내 입에 넣어 주시고 당신은 뼈 사이에 붙은 작은 살점만 조금 드시고는 하셨다.

나를 무릎에 앉히시고 맛있게 오물거리는 내 모습을 흐뭇하게 지켜보시던 할아버지는 연방 "우리 빙구, 새 잘 먹지! 우리 빙구, 새 잘 먹지!" 하셨는데 그 말이 작은 시골 마을에 소문이 나 버렸다. 그 바람에 형님 친구들은 길에서 나를 볼 때마다 "우리 빙구, 새 잘 먹지!" 하면서 놀려 대고는 했다. 김천 직지사의 주지스님으로 시무하시던 자광(慈光) 스님도 그중 한 분이었다.

나를 그처럼 자상하게 대해 주시던 외할아버지께서 내가 초등학교에 입학하기 두어 해 전에 중풍으로 인해 반신마비가 오는 바람에 다시는 우리 집에 오실 수가 없게 되셨다. 그리고 얼마 후, 나는 면사무소 근처에 있는 초등학교에 입학을 했기 때문에 한동안 외할아버지를 뵐 수 없었다.

그러다가 초등학교 2학년 가을이 되어 면사무소에서 멀리 떨어진 자그마한 초등학교로 전학을 가야만 했다. 생긴 지 얼마 되지 않은 학교인데 집에서 더 가깝다는 이유로 학구조정(學區調整)에 의해 강제로 전학을 하게 된 것이었다.

교사(校舍)라곤 네 칸짜리 건물 한 채가 전부여서 한 칸은 교장실과 교무실로 사용하고 나머지 세 칸을 합판으로 반씩 나누어 전 학년이 사용하다가 맑은 날이면 밖으로 나가서 산비탈에 앉아 수업을 받아야 했다. 제대로 된 화장실조차 없어서 교사 뒤편에 붉은 황토 언덕을 수직으로 깎아 칸을 만들고 입구를 거적으로 가려서 사용했다. 특별 활동 시간이나 체육 시간이 되면 이틀이 멀다 하고 멀리 냇가에까지 가서 각자 자기 머리통만 한 돌을 하나씩 주워 오고는 했다. 새로운 교실을 짓는 데 보태기 위해서였다. 그리고 거의 날마다 수업이 끝나면 학교 둘레에 심어 놓은 서너 뼘 되는 어린 나무에 물을 길어다 주어야만 했다. 이전에 다니던 학교와 비교할 때마다 마음속에 불평이 일지 않을 수 없었다.

그런 중에 다행이라면 우리 마을과 외가 마을 사이에 위치해 있는 그 학교는 우리 집보다는 외갓집이 훨씬 가까운 편이었다는 것이다. 그래서 큰 외갓집과 이웃해 있던 작은 외갓집 외사촌 형제들을 비롯해 외가 마을 아이들은 진작부터 그 학교에 다니고 있던 터였다. 덕분에 농사일이 끝난 겨울철에는 평일뿐 아니라 토요일에도 수업이 끝나면 친구들을 따라 외갓집으로 발길을 돌릴 때가 많았다. 우리 집에서는 일 년 내내 구경도 할 수 없었던 쌀밥과 고구마를 얻어먹을 수 있었기 때문이다.

외가에 가면 제일 먼저 외할아버지를 뵌 다음 작은 외갓집으로 가서 나보다 두 살 많은 외사촌 형과 함께 마구간이 딸린 아래채에서 고구마를 구워 먹으며 놀다가 잠이 들고는 했다. 그리고 이튿날 아침이면 작은 외숙모가 차려 주시는 아침밥을 먹고 다시 큰 외갓집으로 뛰어가서 외할아버지께 인사를 드린 후 학교로 향했다.

전학 후 처음으로 친구들을 따라 외가로 가서 외할아버지를 뵙던 날이었다. 할아버지는 내 손을 잡으시고 뭔가 알아들을 수 없는 말씀을 하시다가 갑자기 "어~엉, 어~엉" 하고 울음을 터뜨리셨다. 곁에 계시던 큰외숙모가 "할아버지가 아무나 잡고 저러신다."며 할아버지를 나무라셨지만, 한참 시간이 지나서야 할아버지는 울음을

좋은의사를 만난 환자는 행복하다

그치셨다. 평소 목소리가 우렁차고 당당하시던 할아버지의 초라해지신 모습에 나는 마음이 아팠지만 외할아버지께서 왜 그렇게 우셨는지는 이해할 수 없었다.

어느 날인가, 할아버지가 계신 방문을 열고 막 안으로 들어서려는데 큰외숙모가 기겁을 하시면서 조금 후에 들어오라고 하셨다. 나무로 된 함지박에 흙을 깔고 그 위에다 할아버지께서 대변을 보신 다음 큰외숙모가 뒤처리를 하시던 중이었다. 할아버지께서 몸을 제대로 가누시지를 못해 대변이 쏟아져서 방바닥에 묻어 있기도 하였지만, 그보다는 할아버지의 깨끗하지 못한 모습을 내게 보여 주고 싶지 않았던 큰외숙모의 마음이 아니었던가 싶다.

당시에 내가 외갓집에 가면 작은외숙모는 '외가에 와서 밥이라도 많이 먹고 가라.'고 하시면서 하얀 쌀밥을 큰 그릇에 수북이 담아 주셨고, 도시락에도 뚜껑이 닫히지 않을 만큼 밥을 가득 채워 주셨다. 그래서 점심시간이 되면 다른 아이들이 보기에 창피하다는 생각이 들고는 했다. 밥이 도시락 밖으로 넘치는 탓도 있었지만, 우리 집에서 싸 온 밥이 아니라는 사실을 누구나 알 수 있었기 때문이다.

나는 그 당시 외갓집에서는 언제나 쌀밥만 먹는 줄 알았는데, 평소에는 꽁보리밥을 드시다가 내가 갈 때마다 흰 쌀밥을 지어 주셨다는 것은 내가 어른이 되고도 한참 지나서야 알게 된 사실이다. 우리 집 형편을 잘 아시는 외숙모께서 나뿐 아니라 우리 형제들 모두를 위해서 그처럼 마음을 써 주셨던 것이다.

그 후 초등학교를 마치고 외가 마을과는 반대 방향에 있는 중학교에 입학하게 되면서 다시는 외할아버지를 뵐 수가 없었다.

그러다가 중학교 2학년 여름방학이 막 지나고 가을로 접어든 어느 날이었다. 수업을 마치고 집에 돌아오니, 외할아버지께서 돌아가셨다며 식구들은 모두 외가에 가 버렸고 큰누나 혼자 집을 지키고 있었다. 그리고 나에게는 외가로 오지 말고 소에게 풀을 뜯기고 꼴도 한 짐 해 놓으라는 지시만 떨어져 있었다.

나를 그처럼 귀여워해 주시던 할아버지의 마지막 모습조차 뵐 수 없게 하신 부모님의 처사가 너무나 야속했다. 하지만 초등학교에 다니던 동생들은 이미 학교에서 곧바로 외가에 가 버렸기 때문에 부모님의 지시를 따르지 않을 수 없었다. 혼자서 소를 몰고 뒷산을 오르면서 할아버지의 혼이라도 나의 마음을 헤아려 주시기를 빌고 눈물을 흘려야 했다. 그때까지 내가 살아온 날들 중 가장 슬픈 날이었다.

외할아버지께서 돌아가신 후, 내가 그처럼 따르던 외사촌 형마저 고등학교 진학을 위해 서울로 떠나자 외가는 점차 마음에서 멀어지게 되었고, 곧이어 나도 고등학교 진학과 더불어 객지 생활을 시작하게 되었다.

그 후 가끔 고향에 다녀올 기회가 있어도 외갓집에 들르지 못한 지가 사십 년이 지났다. 그러나 아직도 외할아버지에 대한 기억이 한 번씩 떠오를 때면 참새구이를 받아먹던 어린 시절이 그립고, 어느새 다시 어린아이가 되어 있는 나 자신을 발견하고는 한다.

좋은의사를 만난 환자는 행복하다

제4장

한 그루 고목이기를

'그래! 바로 저렇게 사는 거야.
저 나무들처럼 살자. 저 나무처럼 늙어 가자.'
나무의 지혜를 배울 수만 있다면 마지막 날에 나는
웃으면서 떠나리라. 아직 그 답을 온전히 찾지는 못하였으나
언젠가 나는 한 그루의 고목(古木)이기를 원한다.

1
처음처럼

  며칠 전 신문 기사를 통해 당대 최고의 서예가로 손꼽히는 여초(如初) 김응현(金應顯) 선생이 작고하셨다는 소식을 접하게 되었다. 나는 그분에 대해서 전혀 아는 바가 없다. 다만 35년 전 내가 다니던 고등학교 강당에 그분의 형님 되시는 일중(一中) 김충현(金忠顯) 선생의 글씨 한 점이 걸려 있던 기억 때문에 약간의 관심을 갖게 된 것이다. 서예와는 거리가 먼 내 눈에도 당시 김충현 선생의 글씨는 매우 힘이 있어 보였다. 그러나 워낙 오래전의 일이라 그것이 어떤 글이었는지는 기억할 수 없다.

  그런데 내가 신문 기사를 읽으면서 김응현 선생에 대해 좀 더 깊은 관심을 갖게 된 이유는 그분이 뛰어난 서예가라는 사실보다는 그분의 삶 때문이라 할 수 있다. 그분은 자신의 호(號)처럼 세상을 살아오신 분이라는 사실을 알게 된 것이다. 80년을 한결같이 '처음처럼' 살아오셨다니 얼마나 대단한 일인가! 어떤 계기로 '여초(如初)'라는 호를 갖게 되었는지는 몰라도 참으로 존경스러운 일이 아닐

           좋은의사를 만난 환자는 행복하다

수 없다.

72세의 고령(1999년)에 교통사고를 당하여 서예가로서는 생명이라 할 수 있는 오른쪽 손목에 골절상을 입고서도 대범한 경지에 이를 만큼 왼손 글씨를 새로이 완성시켰다니 보통 사람으로서는 생각지도 못할 일이다. "어쩔 수 없이 왼손으로 글을 쓸 수밖에 없었다."는 말에서 그와 같은 일이 그분에겐 하나의 일상에 불과하였음을 짐작할 수 있다. 여느 사람 같았으면 좌절감에 빠지거나 이미 이루어 놓은 업적으로 스스로를 위로하며 물러앉고 말았으리라.

가시밭길 같은 인생살이를 '처음처럼' 살아간다는 것은 결코 쉬운 일이 아니다. 우리를 좌절케 하는 일들은 수시로 일어나고, 때로는 우리의 삶을 송두리째 흔드는 사건에 휘말리게 되는 수도 있다. 그래도 지치거나 포기하지 않고 '처음처럼' 살아갈 수 있다면 여초(如初) 선생의 삶과 같은 모습으로 생(生)을 마무리하는 날이 오지 않을까 생각한다.

여초(如初) 선생의 삶을 닮아 가기 위한 비결이 무엇인지를 생각해 본다.

첫째, 가치 있는 삶의 목표를 가져야 한다.

개인에 따라 삶의 목적과 가치가 다를 수 있으나 좀 더 의미 있고 순수한 가치를 지닌 목표가 있어야 한다. 자신의 삶을 바쳐서 추구할 만큼 가치 있는 목표가 아니라면 여건이나 생각의 깊이에 따라 쉽게 흔들릴 수 있기 때문이다. 흔들리는 목표를 향해서는 똑바로 나아갈 수 없다. 그리고 수시로 자신을 돌아보며 처음 정한 목표를 잃어버리지 않도록 확인해야 한다.

둘째, 좌절하지 않는다.

무슨 일이든 처음 시작할 때가 가장 힘든 법이다. 무(無)에서 유(有)를 창조하는 첫걸음을 내딛는 순간이기 때문이다. 그런데 정작 힘든 시기는 벗어났지만 형편이 좋아진 후에 작은 위기 앞에서 쉽게 허물어지는 사람들이 있다. 어려울 때는 잘 버텨 냈는데 쉬울 때 허물어지는 셈이다.

고난이나 시련 앞에서 쉽게 좌절하거나 실망하는 사람은 목표에 도달할 수 없다. 새로운 위기가 닥쳐올 때마다 어려웠던 처음의 순간을 생각하며 이겨 내야 한다. 고난은 좌절시키기 위해 있는 것이 아니라 연단을 위해서 필요한 것이란 말이 있다. 위기에서 더 큰 위력을 발휘하는 사람이 되어야 한다.

셋째, 자만하지 않는다.

조금 이루었다고 자만하게 되면 쉽게 중단하는 수가 많다. 이미 이룬 것에 만족하지 말고 부단한 노력을 기울이는 사람이 더 높은 경지에 도달할 수 있다. 그리고 다른 사람과 비교하는 태도는 바람직하지 못하다. 자만에 빠질 위험이 크기 때문이다.

스스로 자신이 정한 목표에 도달하였는지 살펴볼 뿐 아니라 항상 새로운 것을 배우려는 태도로 목표를 향해 나아갈 때 지속적인 발

좋은의사를 만난 환자는 행복하다

전이 가능하다. 시작할 때 품었던 처음 마음을 마지막까지 지켜 나갈 수 있는 비결이라 할 수 있다.

세상살이뿐 아니라 사람과의 관계에 있어서도 '처음 마음'을 지킬 수만 있다면 변함없는 신뢰의 바탕 위에서 온전한 삶을 이루게 될 것이다. 어려움이 닥칠 때마다 한발 뒤로 물러나서 처음 순간을 돌아볼 수만 있다면 쉽게 허물어지는 일은 없으리라.

아직도 나는 작은 시련 앞에서 쉽게 마음이 흔들리는 것을 경험한다. 감당하기 어려울 만큼 마음이 위축되어 혼자 고민에 빠지는 날도 있다. 하지만 그런 일로 오랜 시간 허송하며 보내지는 않는다. 그럴 때는 조용히 산길을 걸으면서 어려웠던 지난날을 돌아보거나 바닷가 언덕에 서서 저 멀리 수평선 너머로 마음속의 짐을 날려 버리곤 한다. 복잡하던 삶의 실타래가 풀리고 한결 가벼워진 마음으로 발길을 돌릴 수 있다.

2
못생긴 조약돌

몇 달 전 가까운 바닷가로 산책을 나갔다가 손안에 들어갈 만큼 작은 조약돌 하나를 주워 왔다. 예뻐서가 아니라 너무 못생겨서 주워 온 것이다. 기나긴 세월을 파도에 휩쓸리며 바닷가를 구르는 동안 닳고 닳은 조그마한 돌이지만 아무리 살펴도 이쁜 구석이라고는 없다. 그렇다고 특이한 형태나 무슨 동물의 모양을 닮은 것도 아니다. 조금 울퉁불퉁하고 길쭉하면서 약간 비뚤게 구부러진 모양인데, 이리저리 돌려 보아도 무엇과 닮았다고 갖다 붙일 것이 없다.

집으로 가져와 대학에 다니는 아들에게 무엇과 닮았는지 맞춰 보라고 하였더니 '왜 이런 못생긴 돌을 주워 왔을까?' 하는 의아한 표정으로 한참 들여다보더니 "ㅇ같이 생겼네요." 하고 사람의 배설물을 닮았단다. 그 말을 듣고 보니 정말로 그런 것 같다. 한편으론 '내가 돌을 제대로 주워 오긴 했구나.' 하는 생각이 든다.

냇가나 바닷가를 거닐다 보면 예쁜 돌을 보면 주워 오고 싶을 때가 있다. 눈에 쏘옥 드는 돌이 있으면 가끔 하나씩 주워 오기도 한다.

좋은 의사를 만난 환자는 행복하다

그런데 처음에는 신기한 듯이 바라보고 흐뭇해하지만 며칠이 지나고 나면 아무렇게나 던져두고 잊어버리는 경우가 대부분이다. 그러면서도 물가를 걸을 때면 또 마음에 드는 돌이 있는지 살피는 일이 버릇처럼 되어 있다. 그러나 딱히 마음에 드는 돌을 만나는 경우는 드물다.

그런데 몇 달 전, 여느 때처럼 작은 조약돌이 깔려 있는 바닷가를 거닐다가 아주 친근감이 드는 못난이 하나를 발견하게 되었다. 그래서 기꺼운 마음으로 그 돌을 주워 오게 된 것이다. 그것을 가까이 두고 바라볼 때마다 내 자신을 돌아보고 싶은 마음에서다.

내 침대 옆 작은 탁자 위에 그 못생긴 조약돌을 놓아두고 아침저녁으로 바라본다. 저녁에 잠들기 전에는 한 번씩 만져 보면서 내 자신을 돌아보게 된다. '너, 참 못났구나!' '그래, 너도 못났다.' 우리 사이에는 통하는 것이 있다. 오늘 또 하루 못난 짓을 하며 보내지는 않았는지 생각해 보게 된다. 지금까지 내가 주워 온 돌들 중에서 가장 마음에 드는 녀석이다.

3
물처럼 바람처럼

부드러운 듯하나 강하고
강한 듯하나 부드러운
물의 흐름이 좋다.

보일 듯하나 보이지 않고
없는 듯하나 그 자취를 남기는
바람이 나는 좋다.

굽은 듯하여도 굽혀지지 않으며
길이 없는 듯하여도 그 길을 찾아 흐르는
물처럼 나도 흐르고 싶다.

좋은의사를 만난 환자는 행복하다

눈에 보이지 않아도 향기를 실어 나르고
손에 잡힐 듯하여도 자취 없이 사라지는
바람처럼 날리고 싶다.

화려한 외모는 없어도,
뚜렷한 형체는 없어도,
쉼 없이 흐르는 물처럼 바람처럼
나는 살고 싶다.

〈逝者 如斯夫 , 不舍晝夜 . (흐르는 것은 이와 같아서 밤낮 쉼이 없구나.) 孔子〉

못난이 의사의 세상 보기

4
아주 짧은 시간

아무리 짧은 시간이라도
파란 하늘을 한번 바라보고
흙냄새 나는 땅 위를 거닐어 본다.

아무리 짧은 시간이라도
흐르는 냇물에 손을 적시어 보고
넓은 바다를 향해 가슴을 활짝 열어 본다.

아무리 짧은 시간이라도
새소리 바람 소리에 귀를 기울여 보고
풀잎의 푸른 향기를 맡아 본다.

좋은의사를 만난 환자는 행복하다

아무리 짧은 시간일지라도

한 줄의 글을 읽고

흐트러진 생각을 정리해 본다.

그 짧은 시간에

나의 마음은 더욱 새로워지고

이 세상에서 소중한 것들이 무엇인지를 깨닫게 된다.

못난이 의사의 세상 보기

5
불혹을 넘기며

나이 마흔이 될 때까지

나뭇가지 끝의 작은 잎사귀처럼 흔들리며 살아왔습니다.

아주 작은 바람결에도 온몸이 흔들리며 살았습니다.

마흔이 넘어서야

겨우 흔들리기를 멈추게 되었습니다.

그러나 아주 멈춘 것은 아닙니다.

조금 적게 흔들리게 되었다는 뜻이지요.

마흔이 끝나 갈 때쯤

웬만한 일에는 흔들리지 않을 만큼 되었습니다.

그래도 아주 멈춘 것은 아닙니다.

바람이 비껴가기를 기다리는 여유를 찾은 거지요.

좋은의사를 만난 환자는 행복하다

이제 내 나이 쉰을 넘어

지천명(知天命)의 때가 되었습니다.

하늘의 뜻이 무엇인지 생각해야 할 나이가 되었지요.

사는 하루하루가 소중하고 뜻깊은 하루가 되도록

매일 기도하는 마음으로 살려고 다짐합니다.

크게 흔들리지 않고

운명이 제게 지워 준 길을 가려고 노력합니다.

차츰 나이를 먹으면서

세상을 바라보는 눈이 조금씩 밝아졌습니다.

시간이 가고 세월이 흐를수록

마음이 맑아지는 것을 느낍니다.

6
산길을 걸을 때는

산길을 걸을 때는 용사의 발길처럼 힘차게 오르는 것보다 가벼운 걸음으로 천천히 오르는 것이 좋다. 등에는 아무 짐도 지지 말고 그냥 빈손에 가벼운 복장으로 사랑하는 사람과 함께 오르는 것이 좋다. 아니면 혼자라도 좋다. 비 오는 날이라도 좋고 바람 부는 날이라도 좋다. 추운 겨울날이라도 좋고 무더운 여름날이라도 좋다. 새싹이 돋아나는 봄날이거나 맑은 가을날이라면 더욱 좋다. 마음이 내키는 날에는 언제나 산을 오른다.

무리를 이루지 말고, 큰 소리를 내지도 말고, 많은 말을 하지도 말고, 오직 눈과 귀를 열고 마음을 풀어헤치고 푸른 숲 속 오솔길을 걷는다. '쏴아―' 하는 바람 소리에 실려 오는 솔향기를 맡으면서 지저귀는 새소리에 귀를 기울이고 아늑한 경치 속에 마음을 적시면서 걷는다. 가볍게 떨어지는 가랑잎 소리와 나무 위를 타고 오르는 다람쥐의 발길을 느낄 수 있을 만큼 가만히 소리 죽여 걷는다.

자연의 모습을 보며 걷는다. 자연의 소리를 들으면서 걷는다. 자

좋은의사를 만난 환자는 행복하다

연의 향기를 맡으면서 걷는다. 자연의 모습은 눈의 피로를 풀어 주고, 자연의 소리는 마음을 시원하게 하며, 자연의 향기는 머리를 맑게 한다. 때로는 피곤하고 혼탁해진 마음으로 산길을 걷다 보면 어디선가 새로운 힘이 솟아나는 것을 느낄 수 있다. 무겁던 발걸음이 가벼워지고 어둡던 마음속의 구름이 걷히는 것을 알게 된다.

어디까지 오른다는 목표를 정하지도 말고, 얼마나 오래 머문다는 계획을 세우지도 말고, 몸에 땀이 흐르도록 힘들게도 말고, 그냥 가는 곳까지 가다가 서로 마음이 통하면 어디쯤 걸터앉아 쉬다가 걷다가 마음이 충만해질 때쯤 산을 내려오면 된다. 서로가 말은 하지 않아도 막혔던 마음의 통로가 열리고 함께하는 순간의 소중함을 깨닫게 된다.

산길을 걷다 보면 피곤하던 세상살이 중에도 아름다운 날들이 있음을 기뻐하게 된다.

$$\frac{7}{\text{한 그루 고목이기를}}$$

조부모님께서 일찍 돌아가신 탓에 내가 어릴 때부터 아버지는 당신도 환갑을 넘기지 못하실 거라는 말씀을 자주 하셨다. 그런데 2년 전, 아버지는 아흔두 살로 세상을 떠나셨다. 그리고 그해 나는 아버지께서 그토록 어려워하시던 환갑을 맞게 되었다. 그때부터 '아흔'이라는 숫자는 내게 새로운 의미로 다가왔다. 나 역시 아버지가 이 땅에서 살다 가신 날만큼 살아가게 될 것이란 생각이 들었기 때문이다.

아버지께서 떠나신 후 죽음에 대해, 또 앞으로 내가 살아가야 할 날들에 대해 생각해 보는 시간이 많아졌다. 성장과 배움의 시기였던 서른 해를 철없이 흘려보내고, 가정을 이루고 사회인으로 첫발을 떼어 오늘에 이르기까지 서른 해는 좌우를 돌아보지 못하고 숨 가쁘게 달려온 날들이었다.

이제 마지막 서른 해가 끝날 때면 내 모든 삶도 마무리되어야 한다. '어떻게 하면 좀 더 의미 있는 삶을 보낼 수 있을까?' 이 세상을 떠나는 날 '후회 없는 삶이었다.'는 말을 할 수 있었으면 좋겠다.

좋은의사를 만난 환자는 행복하다

주말이면 가끔 시간을 내어 아내와 함께 가까운 산과 들을 찾는다. 운전대를 잡고 느긋하게 시골길을 달리다 보면 내 고향처럼 정겨운 마을들을 만날 때가 있다. 그런데 그때마다 제일 먼저 눈에 들어오는 것은 마을 어귀를 지키고 있는 아름드리 고목의 모습이다. 한눈에 반할 만큼 아름다운 자태는 자석처럼 내 마음을 끌어당긴다. 차에서 내려 그 품 안으로 들어서면 알 수 없는 위로가 쏟아져 내리는 것을 느낄 수 있다.

　한결 푸근해진 마음으로 아쉬운 작별을 위해 고개를 들면 하늘을 가릴 만큼 무성한 잎사귀 사이로 얽히고설킨 나뭇가지들이 보인다. 똑바로 곧게 자란 것들보다는 휘어진 가지들이 대부분이고, 울퉁불퉁 흉이 진 가지들도 많다. 지나온 세월이 결코 만만치 않았으리라. 모진 풍상에 부러지고 찢어지는 아픔을 겪으면서 살아온 인고의 세월. 그럼에도 불구하고 전혀 상처받지 않은 모습으로 자리를 지키는 그 여유는 어디서 오는 것일까?

　나이가 들수록 쇠잔해지는 육체의 변화야 피할 수 없다지만 정신마저 퇴락해 가는 사람들을 볼 때마다 '제발 나는 그들과 같지 않기를!' 기원하는 마음이 된다. 하지만 허점투성이였던 지난날의 기억들이 떠오르면 다가올 날들에 대한 두려움이 앞서기도 한다.

　'다시 과거로 돌아갈 수 있다면 그렇게 살지는 않을 텐데……' 지난 세월을 탓해 보다가 금방 깨닫게 되는 것은 과거로 다시 돌아간다 해도 크게 나은 삶이 되지 못한다는 사실이다. 지난날들의 삶에 대한 교훈을 공유하지 못한 채 시간만 과거로 되돌린다면 지나온 삶보다 더 못한 삶을 보낼 수도 있다.

　　　　　　　　　　　　　못난이 의사의 세상 보기

남겨진 삶의 날들에 대해 고민을 하던 중에 눈에 들어온 것이 저 고목들의 모습이다. 한자리에 꿋꿋이 서서 온갖 풍상을 겪으면서도 넉넉하고 여유로운 자태를 지녔다는 사실 앞에 그저 감탄을 쏟아낼 수밖에 없다. 어린나무들이 보여 주는 풋풋한 아름다움과는 격이 다른, 품위 있고 완숙한 아름다움에 경의를 표하고 싶다.

그런데 주위를 둘러보아도 저 고목들처럼 아름다운 사람은 찾아보기가 쉽지 않다. 연륜이 흐를수록 나무는 위엄과 기품을 더해 가건만 사람은 어찌하여 초라하게 변해 간단 말인가? 인간이 어찌 한 그루의 나무에도 미치지 못하는가? 육체는 시들지라도 정신만은 그 빛을 더해 감이 마땅할 터인데……. 어쩌면 나 또한 그처럼 퇴락해 갈 운명이라 생각하면 미리부터 가슴이 저려 온다.

그러다가 한줄기 빛처럼 가슴을 스치는 생각. '그래! 바로 저렇게 사는 거야. 저 나무들처럼 살자. 저 나무처럼 늙어 가자.' 나무의 지혜를 배울 수만 있다면 마지막 날에 나는 웃으면서 떠나리라. 아직 그 답을 온전히 찾지는 못하였으나 언젠가 나는 한 그루의 고목(古木)이기를 원한다.

내가 잘할 수 있는 것

머리에는 흰서리가 내리고 인생의 전환점을 지난 시점에서 저의 지난날들을 돌아봅니다. 굽이굽이마다 후회가 서려 있고 아쉬운 마음으로 가득합니다. 무언가를 말해야 할 때에 침묵하였고, 해야 할 일을 눈앞에 두고도 행동으로 옮기지 못하며 지나온 날들도 많았습니다. 제 자신이 부족했기 때문이라고 자위해 봅니다. 그래도 역시 서운하기는 마찬가지입니다. 철없던 시절의 허물은 어느 정도 용납이 되지만, 인생의 개화기를 허송하며 보낸 것은 아무리 세월이 흘러도 지울 수 없는 그림자로 제 마음속에 남아 있기 때문입니다.

오래전, 제가 이루지 못한 꿈을 어린 아들에게 기대하던 때가 있었습니다. 아들이 커 가는 모습을 지켜보면서 제 인생은 이미 끝났다는 생각이 들었기 때문입니다. 그러나 아들에게는 아들로서의 가야 할 길이 있고 저에게는 저대로의 남은 인생이 있다는 사실을 깨닫게 되었습니다. 아들은 아들의 길을 가야 하고 저는 저의 길을 계속 가야겠지요.

아들이 갓 대학에 입학하였을 때 함께 기차 여행을 하면서 나눈 말이 있습니다. "지금까지 살아오면서 나는 많은 어려움을 겪어야만 했다. 그런데 그렇게 살아오는 동안 아쉽고 후회스런 일들이 수

없이 많았지만, 그중에서 결코 잊을 수 없는 두 가지가 있다. 하나
는 내 인생의 목적이 아니라는 생각으로 의사가 되기 위한 공부를
소홀히 했던 것이고, 다른 하나는 평생을 가까이할 좋은 친구를 사
귀지 않았던 것이다." 그로부터 십수 년이 흐른 지금도 그 생각에는
변함이 없습니다.

의과대학에는 다니면서도 의사가 아닌 다른 일을 할지도 모른다
는 생각으로 의학 공부를 등한히 했던 일이 막상 의사가 되어 환자
를 진료하면서 가장 후회되는 일이었고, 뒤늦게 철이 들어 시작한
의사로서의 공부는 훨씬 더 힘든 과정을 거쳐야만 했습니다.

그리고 바쁜 일들을 핑계 삼아 친구들과의 모임이나 동아리 활동
에 등을 돌리면서 가까웠던 친구들에게서 제 스스로 멀어져 갔던
점 역시 뼈저리게 후회스러운 일입니다. 대학 시절 날마다 얼굴을
마주할 수 있었던 좋은 친구들을 마음에서 멀리하며 보냈습니다.
그러나 지금은 가까이하고 싶은 마음은 있어도 몸이 멀리 있어서
다시 가까이할 기회를 얻기가 어렵습니다.

인생살이에 양념이 될 예술이나 운동, 오락 등에는 접근할 기회
조차 갖지 못했지만 그렇게 후회스럽지는 않습니다. 그러나 위의

두 가지는 할 수만 있다면 지금이라도 다시 시작해 보고 싶은 일입니다.

개인에 따라서 후회스런 일들이 서로 다를 수도 있지만, 배움의 기회는 한번 잃고 나면 다시 얻기란 정말로 어렵습니다. 어쩌면 평생 후회하며 살아가게 될지도 모릅니다. 마음을 열고 뜻을 함께할 좋은 친구를 얻는 것 또한 일생의 기쁨이라 할 수 있습니다. 그래서 이해관계에 얽매이지 않고 마음이 통하는 좋은 친구를 가진 사람들을 보면 너무나 부럽습니다.

이런저런 핑계를 대면 곤란하겠지만, 저는 제대로 할 줄 아는 것이 없는 사람입니다. 그냥 걷고 뛰는 것 외에 운동이라고는 거의 해 본 적이 없습니다. 학교 체육 시간에도 뒤에서 뱅뱅 돌기만 하다가 공도 한번 차 보지 못하고 보내 버린 때가 많았습니다. 몸을 생각하여 늦게 시작한 골프도 시간이 아깝다는 생각에 그만두고 말았습니다. 또 그 많은 악기들 중에 다룰 줄 아는 것이 하나도 없습니다. 노래도 음치 수준입니다. 술도 잘 마시지를 못합니다.

대한민국 사람이면 누구나 즐기는 고스톱도 저에게는 예외입니다. 바둑도 길만 겨우 익히다가 7~8급 수준에서 그만두고 말았습니다. 너무 할 줄 아는 것이 없어서 한때 수동식 카메라를 구입하여 사진촬영법에 대해 책을 읽어 가며 다루어 보기도 하였으나, 그마저도 수년 전에 그만두고 말았습니다. 컴퓨터도 겨우 진료에 필요한 것만 익혀서 사용하고 있을 뿐 간단한 문제라도 생기면 누군가의 도움을 받아야 합니다.

아무것도 제대로 할 줄 아는 게 없다는 것이 자랑거리가 아닌 줄은 알지만, 모르는 것투성이다 보니 때로는 삶이 무미건조해지는 것 같습니다. 사람들과 어울려서 살아가려면 함께하는 무언가가 있어야 하는데 그런 것이 없기 때문입니다. 아쉽기도 하고 스스로 한심하다는 생각이 들기도 합니다.

어떤 일에 전문가가 되기 위해서는 대체로 배움을 시작하는 시기가 맞아야 합니다. 학습을 하는 데는 '시냅스'라고 하여 뇌 신경세포(일명 뉴런)들 사이에 연결되는 신경망이 있는데, 그것이 적절한 형태로 하나의 견고한 틀을 만드는 시기가 있기 때문입니다.

그러나 절대적으로 학습이 가능하다거나 반대로 학습이 전혀 불가능한 시기는 없습니다. 다만 좀 더 쉽게 배울 수 있고 좀 더 높은 수준에 도달할 수 있기 위해서는 어느 시기를 넘겨서는 곤란하다는 의미입니다. 그런 점에서 무엇이든 젊은 시절에 배우는 것이 더 효과적입니다. 그러나 시기가 좀 늦어졌다고 아예 배우기를 포기한다면 아무것도 배울 수가 없습니다.

더 늦기 전에 무언가를 시작해 보려고 했으나 시기가 많이 늦었다는 생각의 한계에서 벗어나기란 쉽지 않았습니다. 그래도 의사로서 환자를 보는 것 외에 제가 할 줄 아는 것이 무엇인가를 돌아보다가 남들보다 조금 다르게 살아온 삶의 경험을 바탕으로 글을 써 보고 싶었습니다.

그런데 아쉽게도 창작에 전혀 소질이 없다는 것이 문제였습니다. 벼르고 벼르다가 그냥 제 자신의 이야기를 해야겠다는 생각이 들었습니다. 창작이 아니라 있는 그대로 살아온 날들의 이야기, 언제까지라도 지워 버릴 수 없는 가슴속의 이야기, 대가를 지불하고 나서야 배우게 된 뼈아픈 삶의 교훈들, 고개를 넘긴 삶이지만 그래도 뭔가 꼭 한번 이루어 보고 싶은 앞날의 이야기를 하고 싶었습니다. 지금까지 제가 살아온 삶의 흔적과 앞으로 나아가야 할 삶의 궤도를 그려 보고 싶었던 것입니다. 그러면서 지나간 삶을 되돌아보는 것이 앞으로의 삶을 찾아가는 데에 많은 도움이 된다는 사실을 알게 되었습니다. 한편 그것을 기록하는 순간이 매우 소중하다는 사실도 깨닫게 되었습니다. 좀 더 순수해지고 좀 더 꿈을 꿀 수 있기 때문입니다.

외눈박이 현미경을 들여다보듯 세상을 살아온 못난 의사의 시각이 외통수처럼 여겨질지도 모릅니다. 주어와 서술어만으로 구성된 저의 글이 마른 장작처럼 보이기도 할 것입니다. 하지만 기교가 아닌 원칙을 지키는 것이 제 삶의 근본이 되어야 한다고 믿어 왔습니다. 제가 끝까지 지켜 가야 할 태도는 글을 잘 쓰는 사람이 아니라 삶을 잘 사는 사람이 되는 것이라 생각합니다. 글이 아름답거나 매끄럽지 못해도 삶은 진실하고 성실하기를 원합니다. 어쩌면 그것이 이 세상에서 제가 가장 잘할 수 있는 일이 되기를 바랍니다.

지난날을 돌아보면서 제 마음속에 남아 있는 말들을 넋두리처럼 해 보았습니다. 마라톤처럼 달려온 인생의 여정에서 목적지가 어렴풋이 보이는 지점에 와 있습니다. 지금까지 지나온 길에 굴곡도 많았지만 그래도 바른 길로 들어설 수 있었던 것은 제게 커다란 행운이었습니다. 앞으로 남은 인생은 좀 더 가치 있는 삶이 되도록 잘 마무리해 갈 생각입니다.